悪魔の降誕祭

横溝正史

角川文庫
13905

目次

悪魔の降誕祭

一

「ああ、もしもし、ええ、さようでございます。こちら緑ケ丘荘の金田一耕助ですが……」

と、いままさに外出しようとしていた金田一耕助は、卓上電話のベルの音に、ドアのところからひきかえしてくると、立ったまま受話器をとりあげた。

「ええ? ああ、小山順子さんとおっしゃるんで……? はあはあ、なるほど、いや、そのご心配ならぜったい大丈夫です。はあはあ……いや、そのご心配はいりませんよ。たとえあいてが警察のご連中でも、依頼人の許可がないかぎり、ぜったいに漏洩《ろうえい》するようなことはございませんから……」

どうも長くなりそうな電話なので、金田一耕助は帽子をとって、二重まわしのままどっかと廻転椅子《かいてんいす》に腰をおろすと、

「……はあはあ、それはもちろんでございます。但《ただ》し、不正事実の場合はこの限りにあらずでございますよ。ああ、いや、これは失礼申し上げました。ええ、なに?」

と、金田一耕助はちょっと緊張のおももちで、

「生命にかかわる問題……? いのちにかかわる問題だとおっしゃるんでございますか。

はあはあ、なるほど、いや、それはいまも申し上げますとおり、ぜったいに秘密は守りますけれど、ああ、なるほど、……ところが、ねえ、小山さん……あれっ」

と、金田一耕助はちょっと眼を光らせて、

「ああ、もしもし、あなた、小山さん……小山順子さんとおっしゃるんじゃないんですか。ああ、そう、いえ、いえ、どういたしまして。……ああ、いや、こちらのほう、電話よくきこえております。ああ、いや、ぼく、さっき聞きちがえたんじゃないかと思ったもんですからね」

と、さりげなく相槌《あいづち》をうっているものの、金田一耕助の唇には、ちょっと皮肉な微笑がうかんでいる。

「はあはあ、なるほど、それで、いま、電話、よく聞こえておりますか。ああ、そう、それなら大丈夫ですね。ああ、なるほど……ところがねえ、小山さん、あいにくなことには、ぼく、これからちょっと出かけるところなんですがね。あしたではいかがでしょうか。はあはあ、なるほど、いや、それは有難うございますけれど……いや、それがねえ、どうしてもはずせない約束なもんですから……ええ、なに？　なんですって？　こと人命に関する問題ですって？　あなた、さっきもそういうことをおっしゃったが……なにか殺人事件でもあったんですか。ええ、なに、な、なんですって？　今後起こる殺人……？　はっきりとはわからないが、なんだかそんな気がして怖い……？　ああ、そう、小山さん、それではこういたしましょう。ぼく、これから外出いたしますがね。今夜九時までにここへかえってまいりましょう。それではいかがですか。はあはあ、なるほど……えっ、なんですって？　あなた、だれかに追っかけられてるんですか」

と、また緊張した眼の色になり、

「ああ、そう、なにかそんな気がするとおっしゃるんですね。ええ。それで……？」

と、ふたこと三こと相槌をうったのち、

「ああ、そう、それはよござんす。はあはあ、なるほど、……じゃ、こうしましょう。小山さん、もしもし、小山さん、聞こえますね。じゃ、ぼく、出かけるまえに管理人にいっておきましょう。小山順子さんてかたがいらしたら、ぼくの部屋へおとおししておくようにって。ええ？　いや、ぼく、ひとりもんですから、……ああ、いや、いいですよ。べつに黄金《きん》の延棒《のべぼう》がごろごろ、ころがってるようなうちじゃありませんからね。……あっはっは……はあはあ、じゃ、ジャスト九時、かならずかえってまいります。では、そのときゆっくりお話をうかがいましょう。では、のちほど……」

ながいながい電話をきって、卓上電話の受話器をおいた金田一耕助は、ひょいと顔をあげたひょうしに、デスクのうえにのしかかっている等々力《とどろき》警部と、がっきり視線がぶつかった。

電話のベルが鳴りだしたとき、いまいましそうに舌打ちをして、すでにドアを出ようとしていた等々力警部ではあったが、異様な会話の断片を耳にすると、ふたたび部屋へもどってきて、さっきから熱心に耳をかたむけていたのである。

「金田一先生、なんだかおもしろそうな電話じゃありませんか」

警部はわざと唇をねじまげて、にやにやと意地悪そうにわらっている。しかし、その瞳《ひとみ》の異様なかがやきを見ると、警部の好奇心がひとかたならぬものであることがうかがわれる。


「あっはっは、怖いおじさんに聞かれちまいましたね」

「怖いおじさんに聞かれちまったじゃありませんぜ。あんた、そんなら、なぜ、小山順子さんに、いま眼のまえに警視庁の怖いおじさんが、立ってると注意をなさらなかったんです」

「まあ、いいです、いいです。それじゃ、さっそく出かけようじゃありませんか」

ながい電話でねばつくてのひらを、金田一耕助はハンケチでごしごしすると、あらためて、くちゃくちゃに形のくずれたお釜帽《かまぼう》を、雀の巣のようなもじゃもじゃ頭にたたきつけて立ちあがった。例によって、くたびれた羽織袴《はかま》といういでたちのうえに、だらしなく二重まわしをひっかけている。

つまり等々力警部の誘いにおうじて、いままさに緑ケ丘のフラットを、出ようとしたところへ、電話がかかってきたというわけである。

金田一耕助は等々力警部をうながして、部屋を出ようとしたが、そのときふと気がついて、壁にかかったカレンダーを、一枚、二枚、三枚といっしょに破った。きょうは十二月の二十日、もう年もおしつまっているのである。

「あっはっは、こういうことにかけては金田一先生、あいかわらずだらしがないな」

「と、いうことを、はじめてのお客さんにしられたくありませんからね」

と、破りとった三枚のカレンダーを揉《も》み苦茶にして、ポンと屑籠《くずかご》に投げこむと、

「さあ、警部さん、いきましょう」

と、こんどは金田一耕助のほうがさきに立って廊下へ出ると、注意ぶかく玄関のドアに鍵《かぎ》をかけた。

金田一耕助のフラットは二階の正面にある。だから応接室の窓から外を見ると、緑ヶ丘荘の正門がすぐ眼の下にみえるのである。そのことはかれが訪問客のようすをあらかじめしるためにも、たいへん便利にできていた。いまその門のまえには警視庁の自動車がとまっている。

緑ヶ丘荘の玄関を出るとき、金田一耕助が受付の窓口からのぞいてみると、管理人の山崎さんが奥の間で、夕食をしたためているすがたが眼についた。

「ああ、山崎さん、ちょっと。……いや、そのままでいいんですが……」

「ああ、金田一先生、お出かけで……」

さすがは金田一耕助、鼻薬がゆきとどいているとみえて、管理人の山崎さんが、手の甲で口のはたをぬぐいながら、奥の間からとんで出てきた。

「いや、どうもすみません。ぼく、ちょっと出かけるんですが……」

「なにかまた、事件のようですね」

と、山崎さんは受付の窓口から門のほうをのぞいている。警視庁の自動車が気にかかるのだろう。

「ああ、いや、ちょっとね。それで、ぼく、九時までにはかえってくるつもりですけれど、今夜じつは、小山順子というご婦人が訪ねてくることになってるんです」

「はあ、小山順子さんですね」

と、山崎さんは卓上カレンダーに記入している。

「ええ、そう、それでそのご婦人が来られるまえに、ぼくがかえってこられれば問題はないんですが、ひょっとすると、そのご婦人のほうがはやくなるかもしれません」

「はあはあ、なるほど」

「それで、そういう場合にはかまいませんから、ドアをひらいてぼくの部屋へ案内しておいてくれませんか。たぶん、そうは待たさないつもりですけれど……」

「はあ、でも、大丈夫ですか」

「大丈夫かとは……?」

「いや、あの、だれもそばについていなくてもよろしいんですか」

「あっはっは、いや、そのご婦人じしんが心配していましたがね。大丈夫、なにも狙われるような品はありませんからね。ご婦人が来られたらガス・ストーヴでもつけて、暖かくしてあげてください」

「承知しました」

「頼みます」

「では、いってらっしゃい」

自動車のなかでは等々力警部が待っていた。警部はなにかむつかしい顔をしていたが、くるまが走りだすと、にやっとした笑顔を金田一耕助のほうへむけて、

「金田一さん、さっきの電話の女ですがね、ひとつわたしが推理してみましょうか」

「いけませんよ、警部さん、失礼じゃありませんか。むやみにひとの依頼人のことをあげつらっちゃ……」

「まあ、いいじゃありませんか。まだ、依頼事項の内容はわかってないんだから。……さてと、まずだいいちに、小山順子というのは偽名である」

「あれ、なぜまた、そんな失礼なことをおっしゃるんです？」

金田一耕助は混ぜっかえすような調子だったが、警部は委細かまわずに、

「しかも、それは電話をかけてから、とっさに思いついた偽名である。したがってあなたのほうから、小山さんと呼びかけられたとき、彼女はすぐに応対できなかった。……」

「電話がよく聞きとれなかったんですよ。彼女のほうで……」

「第二は彼女は生命の危険にさらされている……と、まあ思いこんでいる。じぶんの生命か他人の生命か、いまのところ不明だが……いや、彼女じしんも、なにかの危険をかんじているにちがいない。……」

「警部さん、そんなつまらない揣摩《しま》臆測《おくそく》はよしましょう。すべては会ってみてからの話で

す。ああ、そうそう、会って話をきいてもあなたに打ちあけるわけにゃいきませんぜ」

「いや、ところがあんたはわたしに打ち明けるな」

「あれ、どうしてですか。ぼくにそれほど徳義心がないと思ってるんですか」

「いや、それは徳義心の問題じゃない。予感の問題ですな」

「予感……？　また、ひどく超自然的なことをいいだしたもんですが、どうしてまたそんな馬鹿なかんがえが、あなたの頭脳にやどったのだろう」

「それはね、金田一先生」

　と、等々力警部はわざともったいぶって、一句一句に力をこめながら、

「電話をきいてらっしゃるあなたの額に、しだいに脂汗がにじんできたからでさあね。と、いうことは、あなたじしん電話の女の話に、なにかしら、迫真性をかんじていられた証拠じゃありませんか」

「それで……？」

「それで……つまり、なんですな。当然、そこになんらかの事件がもちあがる。事件がもちあがった以上、わたしに打ち明けずにはいられませんからね。あっはっは」

「警部さん、そうすると、あなたはわたしの能力を信用なさらないんですね」

「それ、どういう意味……？」

「だって、そうじゃありませんか。小山順子さん……ミスかミセスかしりませんが、そのひとがわたしに助力を求めようとしているのは、そういう事件の発生を、未然に阻止した

いがためにほかならんのじゃないですか。警部さんはぼくにそれを、阻止する力がないとおっしゃるんですか」

「やっ、これは……」

と、等々力警部はてのひらで、じぶんの頬ぺたをぴしゃりと叩《たた》いたが、しかし、それでもまだ負けていず、

「いや、そりゃ、あなたのそういう方面の才能はたかく評価いたしますよ。たかく評価していればこそ、こんやこうして、ご足労をねがってるんですからね。しかし。……」

「しかし……?」

「わたしはやっぱりじぶんの予感を信用しますよ。なぜならば……」

「なぜならば……?」

「つまり、わたしがさっき、電話がかかってきたとき、その場に居合わせたということですな。したがって、運命的にこの事件は、いずれわたしにつながりをもってくる……」

「警部さんが運命論者に宗旨がえをされたとは、いままでしりませんでしたね」

金田一耕助はふざけてペコリと頭をひとつさげたが、等々力警部はにこりともしなかった。なにかむつかしい顔をしているのは、予感という神秘な霊感を胸中であたためているのであろうか。

金田一耕助もそれにつりこまれたように、しばらく無言でひかえていたが、やがて思い出したようにポツリとつぶやいた。

「なあに、ノイローゼですよ」

「ノイローゼ……？　わたしが……？」

「いや、いや、警部さんじゃなく、さっきのご婦人がですね。なんでもないことを大げさに騒いだり……被害妄想狂というのかな。ちかごろはむやみにそんなのが多くなりましたぜ。いや、それはそれとして、警部さん。あなたのお話ですが……」

と、金田一耕助は話をほかへそらしたが、しかし、かれはまちがっていたのである。

小山順子と名乗って電話をかけてきた女は、決してノイローゼ患者ではなかったのである。そして、金田一耕助も切迫した女の語気からそれを感得し、感得したからこそ今夜の会見を約束したのだけれど、しかし、あとになって考えてみると、かれはまだまだ女の語気の怯《おび》えたような、迫真性を過小評価していたのである。つまり、べつのいいかたですれば女の電話を甘くみていたのだ。

かれがもっと正しく女の訴えを受け入れていれば、おそらく等々力警部のもってきた事件のほうを断わってでも、女の来訪を待っていたであろうのに。……

二

等々力警部のもってきた事件は、その晩すぐに片付いたわけではないが、だいたいの目鼻がついたので、ジャスト九時、金田一耕助は緑ケ丘町の緑ケ丘荘へかえってきた。

「警部さん、あなた、まださっきの予感を信じますか」

別れるとき、金田一耕助がからかい顔に訊《たず》ねると、等々力警部はちょっと小首をかしげたが、すぐおもっくるしくうなずいて、

「もちろん、信じますとも、いや、さっきよりいっそう強く、霊感がそれをわたしにささやいてますぜ」

警部はがらにもなく詩的な言葉を口に出すと、さすがにてれたのか、目玉をくるくるさせてにやりとわらった。

しかし、金田一耕助はかえって思慮ぶかげな面持ちをして、

「どうして……？　どうしてさっきより、予感が強くなったとおっしゃるんです」

警部はだまって腕時計を示す。腕時計はそのとき八時三十五分を示していた。

「夜の九時という時刻は、婦人の訪問時刻としてはいささか常軌を逸しておりますな。ましてや緑ケ丘町のように、都心からはなれた場所への訪問としては、いっそう、その感を強くせざるを得ないじゃありませんか。と、いうことはあいてのご婦人がいかに、せっぱつまった気持ちに追いこまれているか……いや、まあ、どちらにしても……」

と、等々力警部は肉のあつい頰にしぶい微笑をうかべて、

「今夜十二時までわたしは本庁におりますから、なにかご用があったら遠慮なく電話をかけてください」

「警部さん、それじゃあなたは、今夜なにか起こると思ってらっしゃるんですか」

「いや、いや、予感というやつですな。もっと古風ないいかたをすれば、虫のしらせとでもいいますか。……どうしてこんな気持ちになったのか、じぶんでもわからんのだが……」

冗談とも真剣ともつかぬ顔色で、小首をかしげている等々力警部をあとにのこして、金田一耕助が流しの自動車をひろったのは、渋谷《しぶや》の道玄坂付近であった。そして、ジャスト九時、緑ケ丘荘へかえってきたのである。

受付の窓口からなかをのぞいてみると、山崎さん夫婦のすがたはみえなかった。金田一耕助はそのまま二階への階段をのぼっていった。

小山順子と名乗って電話をかけてきた婦人は、はたしてもうきているだろうか。……等々力警部に妙なことをいわれたので、金田一耕助もちょっと胸さわぎがするような気持ちであった。

じぶんのフラットのドアのまえへ立ったとき、お客がすでにきて待っているらしいことを、金田一耕助ははっきりしった。ドアのうえの欄間から灯《あか》りの色がもれているのである。把手をひねるとはたして鍵《かぎ》はかかっていなかった。

「やあ、どうもお待たせいたしました。よほどお待ちになりましたか」

玄関で二重まわしをぬぎながら、応接室のほうへ声をかけたが、返事はなくて、ただガス・ストーヴのごうごうたる唸《うな》りがきこえるばかりである。

しかし、金田一耕助はべつに気にもとめずに、

「いやあ、どうも失礼いたしました。さきほどは……」

と、応接室のドアをひらいて、さてその瞬間、ポカンとしたように立ちすくんだ。

部屋のなかにはだれもいない。明るい電灯のなかに照らし出された応接室のなかには、ただガス・ストーヴがごうごうたる音を立てて、ほの白い焔《ほのお》をあげているばかり。部屋のなかがほどよく暖まっているところをみると、ガス・ストーヴがつけられてから、もうかなり時間がたつと思われるのに。……

金田一耕助は当惑したように、一瞬ドアのところで立ちすくんでいた。例のくせで、五本の指で雀の巣のようなもじゃもじゃ頭をかきまわしながら、ぼんやり部屋のなかを見まわしていた。しかし、その眼が部屋の隅の椅子のうえに投げだしてある、女もののオーヴァやハンド・バッグに吸いよせられると、はじめて安心したように皓《しろ》い歯を出してにっこりわらった。

「トイレかな……？」

口のなかで呟《つぶや》きながら、部屋のなかの暖気をにがさぬように、うしろのドアをぴったりしめると、デスクのまえの廻転《かいてん》椅子へいって腰をおろした。

客を案内したとき、管理人の山崎さんがそろえておいてくれたのだろう、デスクのうえに三種類の夕刊がかさねてある。金田一耕助はそのひとつを取りあげたが、なんとなく落ち着かぬ気持ちである。

こんなとき、客も主人もまことにバツの悪いものである。ことに客が女性であるだけに、トイレからかえってくるあいてにむかって、なんといって挨拶《あいさつ》をしてよいものやら、金田一耕助は内心の苦笑を禁じえなかった。

三分――五分――

金田一耕助は三種類の新聞を、あちこちひっくりかえしていたが、客はまだかえってこない。ときどき、トイレのほうへ通ずるドアへ走らせる金田一耕助の瞳《ひとみ》が、しだいにくもって険しくなる。

とうとう金田一耕助は廻転椅子から立ちあがった。トイレへ通ずるドアをひらくと、

「小山さん、小山さん、おいでですか？」

と、声をかけたが依然として返事はなく、そのときゴーッと通りすぎた木枯が、窓というう窓をガタピシとゆすぶっていった。

しかし、客はそこにいるにちがいないのである。洗面所に灯りがついていることからでもうなずける。管理人の山崎さんが、洗面所のあかりまでつけていったとは思えない。

金田一耕助はとつぜん、イカの墨汁のようにドスぐろい胸さわぎが、肚《はら》の底からこみあげてくるのをおぼえた。

「小山さん……小山さん……」

と、呂律《ろれつ》もいささか怪しくなり、みじかい廊下をいく足どりも、どこか雲をふむような調子であった。

金田一耕助はせまっくるしい洗面所のなかをのぞいてみた。そして、こわれた笛のよう

な音をのどのおくから吐きだした。

洗面所の床に女がひとり倒れている。地味な鳶《とび》色のスーツをきた女である。うつぶせに倒れているので顔はよくわからないが、女はあきらかにここまで水を飲みに来たのである。床のうえにアルマイトのコップがころがっていることがそれを証明している。両手の指がタイルの床に食いいらんばかりに骨張っていた。

「小山さん……小山さん……」

と、金田一耕助はささやくような声でよびかけながら、そっと身をかがめて相手の脈をさぐってみた。もう体は硬直をはじめていて、むろん脈搏《みゃくはく》は停止している。

当然のことながら金田一耕助の眼底には、等々力警部のしぶい微笑がうかんできた。

金田一耕助はもういちど素速い視線でトイレのなかを見まわすと、それから応接室へかえってきて、卓上電話のダイヤルをまわしはじめた。

警視庁の捜査一課、等々力警部の救援をもとめるためである。

三

昭和三十二年十二月二十日午後九時三十七分。——

この事件のためにまずいちばんに、緑ヶ丘荘へ駆けつけてきたのは、緑ヶ丘病院の院長佐々木先生である。それから数分おくれて、緑ヶ丘警察から捜査主任の島田警部補が、係官をつれて駆けつけるにおよんで、日頃いたって閑静な緑ヶ丘荘も、蜂の巣をつついたような騒ぎになった。

「金田一先生、ど、どうかしたんですか。さっき訪ねてきた小山順子さんというひとに、なにか間違いでもあったんですか」

と、管理人の山崎さんは蒼《あお》くなって眼をうわずらせている。

「いや、山崎さん、あなたはなにも心配することはないんですよ。しかし、あとでお訊ねしたいことがありますから、今夜はどこへもいかないでください」

「そりゃ、もちろん、どこへもいくあてはありませんが……」

緑ヶ丘警察の島田警部補や緑ヶ丘病院の佐々木先生とは、金田一耕助も以前いっしょに仕事をしたことがある。

「いやあ、どうも驚きましたね。金田一先生、先生のお住居《すまい》で殺人事件が起るなんて……先生、ころしなんでしょう」

島田警部補はあいかわらず、ずんぐりとした短軀《たんく》のしたにくっついているガニ股《また》の脚で、セカセカとそこらじゅうを歩きまわりながら、満月のような顔面に朱をたたえて興奮している。

「どうもそうのようですね」

「どうもそうのようですねえあんて、落ち着いてちゃいけません。いったいむこうに死んでる婦人はどういう……？」

「ああ、主任さん、そのことについちゃいまに本庁から警部さん、等々力警部がお見えになりますから、警部さんからお聞きになってください」

「えっ、等々力警部がくるんですか」

「ええ、ぼくが電話をかけておいたんです。こうなると、ぼくも渦中の人間ですからね、警部さんに救援をもとめたというわけです」

「あなたが渦中の人物だなんて、とんでもない。しかし、本庁から警部さんがいらっしゃるとあれば好都合です。ところで、金田一先生」

「はあ」

「警部さんがくるまでに、われわれはなにをすればいいんですか。いや、どこから手をつけたらよいのですか」

「そうですね。まず第一に管理人をよんで、あの婦人がアパートへやってきたときの事情をきいてください。それから、あの婦人、みずから小山順子と名乗ってたんですが、偽名じゃないかと思われるふしがあるんです。ですから持ち物やなんかから、身許《みもと》をつきとめていただきたいんですが。……」

「ああ、そう、山口君、それじゃさっそく管理人をここへよんでくれたまえ」

「承知しました。金田一先生、とんだことができましたな。あっはっは」

と、山口刑事は笑いながら部屋を出ていった。

べつに悪意があったわけではない。金田一耕助をよくしっている人間にとっては、かれの部屋で殺人事件が起こるということが、なにかしら、滑稽《こっけい》千万な間違いのように思われるらしいのである。

　まもなく、管理人の山崎さんがおどおどしながら、山口刑事につれられて応接室へ入ってきた。

「ああ、山崎さん、なにも心配することはないんですよ。ちょっと間違いが起こったんだが、それはあんたに関係のないことだからね」

　と、金田一耕助はまず山崎さんをなだめておいて、

「それで、こちらにいられるのは、島田さんといって捜査主任でいらっしゃるんだが、ひとつこのかたに、小山順子さんというかたが、ここへ訪ねてこられたときの模様を話してあげてください」

「はあ、あの、それではあのお客さんに、なにか間違いでもあったんでしょうか」

　と、山崎さんはまだ眼をうわずらせている。

「いや、まあ、それはそれとして、ぼくのいまの質問にこたえてください。いや、ぼくにというより、ここにいらっしゃる主任さんに話してあげてください」

「はあ、あの、それでは……」

　と、管理人の山崎さんが、へどもどしながら答えるところを聞いてみると、小山順子と名のる婦人は、かっきり八時半に緑ケ丘荘へやってきたらしい。そこで山崎さんは金田一耕助にいわれたとおり、すぐにこのフラットへ通し、ガス・ストーヴに点火してひきさが

ったというのである。

「主任さん、そのときの被害者のようすを山崎さんに訊《たず》ねてください。小山順子という婦人は、なにかに怯《おび》えているというようなふうはなかったかと。……」

「ああ、いや、そのことなんでございますが……」

と、管理人の山崎さんは金田一耕助の質問を直接ひきうけて、

「これはあとで家内とも話しあったことでございますが、なんだかこう、ひどくものに怯えたようすで……尾行かなんかを気にしてるって、そんなようすでございました。ところで、これはぜひ金田一先生にお訊ねいたしたいんでございますが、先生、いま、被害者とおっしゃいましたけれど、そうすると、小山順子さんてかた、殺されてとかなんとか、そんなんでございましょうか」

「ああ、そう、それはあんたのご想像にまかせましょう」

「そうしますと、先生がかえっていらっしゃったとき、あのご婦人、すでにもう死んでいたんでございますか」

「ええ、そうだよ。それがなにか……」

「それじゃ、あの……それじゃ、あの……」

と、山崎さんはまるで咽喉《のど》がつまりそうな声で、

「いったい、だ、だれがなかからドアを開いたんでしょうか」

「だれがなかからドアをひらく……？」

と、金田一耕助はふしぎそうに眉《まゆ》をひそめて、

「いや、ドアはひらいていましたよ。もちろん、開けっぱなしじゃなかったが……」

と、いいかけて、金田一耕助ははっと気がついたように、

「山崎さん！」

と、思わずおどろきの声をのどから放った。

「それじゃ、あのご婦人、なかからドアに掛け金をかけたの？」

「ええ、そ、そ、そうなんで。わたしが廊下へ出ると、玄関まで送ってきたあのひとが、じぶんでドアをしめると、ガチャリと掛け金をかける音がしたんです。ひとさまの住居へやってきて、なかから掛け金をかけるとは、ずいぶん失礼なひともあるもんだと思ったもんですから、わたしゃそっと把手《とって》をひねってみたんです。そしたら案の定、掛け金がかかっていたんですが……」

山崎さんは額にびっしょり汗である。

金田一耕助と島田警部補はぎょっとして、思わず顔を見合わせた。そばでは山口刑事も息をのんでいる。

「金田一先生、あなたがおかえりになったときには、たしかに掛け金ははずれていたんですね」

「はあ、たしかにはずれていました」

ふたりはまだ眼と眼を見かわせたままである。

金田一耕助はまたふっと、イカの墨汁のような不吉な思いが、肚《はら》の底からこみあげてくるのを、おさえることができなかった。

「そうすると、これはどういうことになりますかな。被害者はいったん掛け金をかけたが、あとでそれじゃあんまり失礼だと思いなおして、また掛け金をはずしたんでしょうか」

「まさか……そうとは思えませんねえ」

金田一耕助は慄然《りつぜん》としたように肩をすぼめている。

「いや、これが金田一先生だからいいようなものの、もしそうでなかったら、てっきりこの部屋の主人公に疑いがかかるところですな」

山口刑事ものどに魚の骨でもひっかかったような声だった。

ちょうどそのころトイレのほうでは検屍《けんし》がおわって、佐々木先生も応接室へやってきたが、先生も軽々《けいけい》には口をきかなかった。

「解剖の結果をみなければくわしいことは言えんが、どうやら青酸加里中毒のように思われる。被害者は苦痛のあまり、トイレまでいって水を飲もうとした。その瞬間、こときれたんでしょうな」

「金田一先生、青酸加里とするといよいよ先生が……」

山口刑事が混ぜっかえすのを、島田警部補がたしなめるように、

「山口君、冗談はよせ。それで佐々木先生、時刻は……？」

「八時半ごろから九時ごろのあいだじゃないかな。それから、山口君」

「はあ」

「青酸加里がそのままの状態であたえられたとすると、即座に反応があらわれるだろうが、カプセルかなにかに入れて嚥《の》ませると、効果が現われるまでに、相当の時間がかかるということをしっておきたまえ。但《ただ》し、これも解剖の結果をみなければ詳しいことはいえんがね」

そのときである。さっきから被害者の所持品を改めていた新井刑事が、とつぜん、素《す》っ頓狂《とんきょう》な声をあげて、はっと一同の注目をあつめたのは……

「主任さん、主任さん、むこうのトイレで死んでいる女、ありゃいまをときめくジャズ・シンガー、関口たまきのマネジャーらしいですぜ」

四

「金田一さん、どうもわたしの予感があたりすぎたようですな」

その夜、等々力警部が緑ケ丘荘に到着したのは、十時過ぎのことだったが、その警部のはなった第一声というのが以上のとおりであった。

「いや、どうも……」

と、金田一耕助も苦笑いでまぎらしているよりほかなかった。警部といえどもおのれの予言を誇りがおにいっているのではない。むしろ少なからず驚いているのである。

「やあ、島田君、ご苦労さん。それで被害者の身許はわかったかね」

「いや、警部さんこそご苦労さんです。ええ、わかりましたよ。ジャズ・シンガー関口たまきのマネジャーで志賀葉子という女らしいんです。ハンド・バッグのなかに名刺が入っているんですがね」

「関口たまきのマネジャー……？　関口たまきといやあこのあいだ、アメリカまでいってきた人気者だね」

「そうです、そうです。だから、こりゃあよほど複雑な事件なんですぜ。警部さん、死体をごらんになりますか」

「ああ、見せてもらおう。ときに関口たまきのほうへは連絡をしたかね」

「ええ、さっきやっと連絡がとれました。今夜はNHKテレビの稽古《けいこ》かなんかで、まだスタジオにいるんです。いま、新井君が迎えにいってますから、まもなくやってくるでしょう」

いましも現場写真の撮影がおわったばかりで、志賀葉子の死体はまだトイレの床によこたわっていた。

志賀葉子、年齢は三十五、六だろう、女にしては顎《あご》も肩もひどく角張った、いかつい体つきで、お世辞にも美人とはいいにくい。苦痛にゆがんだその顔は、醜怪であると同時に凄惨《せいさん》でさえもある。

「金田一先生、これがきょう夕方小山順子と名乗って、電話をかけてきた女にちがいないんでしょうな」

「ええ、それは……きょうの八時過ぎ、おなじ名前を名乗って受付へやってきたそうですから」

と、そこで金田一耕助はあらためて、等々力警部をはじめとして、島田警部補やその他の係官にむかって、きょう夕方、小山順子と名乗ってかけてきた、電話の内容をくわしく話してきかせた。

「な、な、なんですって、金田一先生」

と、島田警部補はおどろいて、

「そ、それじゃこの女、殺人を予告してきたとおっしゃるんですか」

「電話ですから、もちろんはっきりとはいいませんでしたが、なんだかそんなことをいってました。しかし、そのときぼくのうけた印象じゃ、生命の危険にさらされているのは、電話のぬしじしんじゃなく、ほかにあるような感じでしたがね。それをなにかのきっかけで、電話のぬしがかぎつけた。それで、ぼくのところへ相談にこようとしていた。……と、そんな印象だったんですがね」

「そうすると……」

と、そばから嘴《くちばし》をいれたのは山口刑事である。

「ここにだれか、志賀葉子ならぬ他の第三者を、殺害しようと計画している人物がある。そいつがこの被害者に計画をさとられたことをしって……いや、それをしったのみならず、被害者が金田一先生に相談しようとしていることに気がついて、そこでさきまわりをして、一服盛ってころりと眠らせたというわけですか」

「ええ、そう、そう考えられないこともありませんね。げんに電話をかけてきたときも、だれかに追っかけられているようで怖い……っていってましたからね」

こんなことなら等々力警部のほうを断わってでも、なぜすぐに会ってやらなかったかと、いまさらのように金田一耕助は、ドスぐろい悔恨に胸をかまれる。

一同もしばらく無言のまま、白いタイルのうえに倒れている凄惨な志賀葉子の死に顔を視《み》つめていたが、やがて等々力警部がぎこちない空咳《からぜき》をして、

「島田君、それで死因は……?」

「佐々木先生の説によると、青酸加里らしいというんですがね。佐々木先生、ご存じでしょう」

「ああ、緑ケ丘病院の院長先生だね」

島田警部補は佐々木先生の検屍の結果を報告すると、

「ときに、警部さん、あなたこの死体の顔をごらんになって、どうお思いになります」

「どう思うって?」

「いやね、金田一先生はこの顔を、たんに肉体的苦痛のために歪《ゆが》んだ顔だろうか。ひょっとすると被害者は、死の直前なにかしら、非常に驚くべきものを見たんじゃないかとおっしゃるんですが」

島田警部補に注意されて、等々力警部はもういちど、トイレの床に倒れている、凄惨な死体に眼をおとしたが、そういえば眦《まなじり》も張り裂けんばかりに視ひらかれた眼は、なにかを見きわめようとするかのように、強い意志の力を秘めたまま凝結している。なかばかっと開いた口は、いまにも恐ろしい秘密を叫ぼうと、用意されているかのようだ。

「金田一先生、なにかそういう気配が……？」

「いや、それはこうなんです」

と、島田警部補がよこからひきとって、掛け金の不思議を等々力警部に説明した。

「だから、金田一先生がおっしゃるのに、被害者はこのフラットへひとり取り残されると、非常に、用心ぶかくなかから掛け金をおろした。それにもかかわらず金田一先生がかえっていらっしゃったとき、内部の掛け金は外れていたそうです。だから、被害者がこのフラットへとじこもってから、金田一先生がかえっていらっしゃるまでのあいだに、だれかがここへ訪ねてきたんじゃないか。それを被害者は金田一先生とまちがえたか、それともなにかほかの理由でなかへ招じいれた。その男か――あるいは女が、被害者を毒殺していったんじゃないかと。……」

「しかし、なにかそういう形跡が……」

「いや、ですから、いま、アパートの連中から聞き込みを蒐集《しゅうしゅう》してるんですがね。少なくとも管理人の山崎という男は気がつかなかったらしい。しかし、このアパートの玄関は出入り自由ですからね。フラットごとに、げんじゅうに鍵《かぎ》がかかるようになっているんで……だから、だれかこっそりこの部屋へやってきたのを、目撃してるものがありはしないかと……」

そこへ刑事のひとりが応接室のほうからやってきた。

「主任さん、このアパートの管理人の細君が、金田一先生になにか申し上げたいことがあるといって、むこうへきてるんですが」

「ああ、そう、いまそちらへいく。北川君、この死体はもう少しこのままにしといてくれたまえ。関口たまきがやってくるまで……」

応接室へとってかえすと、管理人のおかみさんのよし江さんが、こわばった顔をしてドアのところに立っていた。

「ああ、おかみさん、ぼくに話したいことってなに？　なにもそうびくつくことはないんだよ。さあ、こっちへ入ってらっしゃい」

「はあ、あの、いま主人に叱られたもんですから。……そんなことがあったら、なぜもっとはやくいわなかったんだって……」

「それ、どういうことなの。なんでもいいからいってください」

「はあ、あの……きょう夕方、先生がうちの主人にことづけをのこして、お出かけになりましたでしょう。小山順子さんてかたが訪ねていらっしゃるって。……」

「ああ、そう」

「あのことづけはわたしも奥の間にいて聞いてたんです。ところがそれからまもなく、主人がちょっと出かけたあとで、小山順子さんてかたからまたお電話がかかってきたんです」

「なんだって？」

と、等々力警部がおもわず声をはずませた。

「また、小山順子という名前で電話がかかってきたの？」

「はい」

「おかみさん、それ、それ、なんてってかかってきたの？」

と、金田一耕助も眼を視張った。

「はあ、それはこうなんですの。金田一先生ならついいましがた、お出掛けになりましたとわたしがそう申しますと、金田一先生のお部屋は何階の何号室かというお訊《たず》ねでございますの。それで、そういうことはご存じでなくとも、あなたさまがお見えになったら、お部屋へご案内することになっております。そう先生がことづけしてお出掛けになりましたと、そうわたしが申し上げたんですの。そしたら……」

「ふむ、ふむ、そしたら……？」

「それでも、念のために聞いておきたいからと、そうおっしゃるもんですから、わたしもつい、いらっしゃればどうせわかることだからと、二階の三号室で、階段をあがればすぐのお部屋だと申し上げてしまったんです」

「それで、その電話の声、まえにかかってきたのと同じだった？」

と、これは等々力警部の質問である。

「いえ、あの、ところがわたし、まえにも小山順子さんてかたから先生のところへ、お電話があったことしかしらなかったんです。先生がお出かけになるすこしまえに、お電話がかかってきたことは存じておりますけど、そのときは主人が取りついだものですから」

このアパートには十五世帯しかおらず、したがって交換台などもなかった。外線との切り換えなどは、いっさい管理人の一家が交替でつとめているのである。

島田警部補はそれから二、三質問をつづけてみたが、よし江さんもそれ以上、耳新しい事実もしっていなかった。ただ小山順子と名乗る女が訪ねてきたとき、なんとなくびくびくしているように見えたこと、それからまた、順子を二階へ案内していったご亭主が、階下へおりてきたとき、ひどく用心ぶかい女とみえて、ドアのなかから掛け金をおろしていたと、ご亭主がぶきみそうに話していたのを付け加えて、山崎さんの陳述を裏書きしただけであった。

ちょうどそこへ、関口たまきがやってきたという報告が階下からとどいた。

五

関口たまきは二十八、九、おそらく三十とまではいっていないだろう。

とくべつズバ抜けた美人というのではないが、ここ数年来ジャズ・シンガーとしてたたしかな人気と名声を持続しているだけあって、化粧や衣裳《いしょう》のこのみにも、また口のききかたやちょっとした身振りなどにも、垢抜《あかぬ》けのしたものがあって、彼女がこのフラットへ足を踏みいれたとたん、殺風景な金田一耕助の応接室に、一種のあでやかさとあたたかみを吹きこんだのはさすがである。

　ただし、たまきはひとりではなかった。たまきの腕をとるようにして、いっしょに入ってきたのは、もうそろそろ五十にちかい年配の男である。背のすらりと高い、男ぶりと身だしなみのすこぶるよい人物だが、小鬢《こびん》のあたりに白いものがちらついているところは、さしずめロマンス・グレーというところだろう。

　さいしょ口をきったのはその男である。

「志賀君――志賀葉子君がこちらでなにかまちがいがあったということですが、それはどういう……？」

　と、じろじろと一同の顔を見まわしている男の眼つきには、どこか不敵なものがあり、どうやらこの男、ひと筋縄でいきそうにないことを思わせる。

「失礼ですがあなたは……？」

　島田警部補の質問にたいして、

「いいや、これは失礼、わたしはこれの亭主で、こういうものですが……」

　と、男が取り出した名刺には服部徹也という名前と、西荻窪《にしおぎくぼ》の住所が印刷してあるだけで、職業も肩書もいっさいなかった。しかし、そういえばちかごろたまきが西荻窪に豪勢な家を新築したことを、金田一耕助は新聞で読んでしっていた。

「ああ、そう、それは失礼しました。それじゃおふたかたに見ていただきたいものがあるんですが、どうぞこちらへ……」

たまきは良人《おっと》の徹也と顔を見合わせてちょっと躊躇《ちゅうちょ》していたが、それでも無言のまま島田警部補のあとについて、トイレのほうのドアを出ていった。豪奢《ごうしゃ》な毛皮のオーヴァにくるまっているが、さすがにあたりの緊張に圧倒されたのか、顔は蒼白《あおじろ》くこわばって、肌がけばだったようにそそけだっている。

金田一耕助はわざと応接室にのこっていた。

ものの五分ほどたって、トイレのほうからもどってきた関口たまきは、いまにも失神しそうな体を、やっと良人の徹也の腕に支えられていた。顔色は蒼いというよりも、紫色に変色していて、いっぺんに年齢が五つも六つもふけたようにみえる。応接室へもどってくると、彼女はくずれるように安楽椅子に腰をおとして、両手で顔をおおうてしまった。

「なにか、飲み物でも差し上げましょうか」

金田一耕助がなぐさめ顔に声をかけると、

「いいえ。いいえ、たくさん。……あたし、薬もっておりますから。……パパ、そのハンド・バッグからお薬だして……」

「ああ、そう」

徹也がハンド・バッグのなかをさぐって、小さなケースを取ってわたすと、たまきはそのなかから二粒三粒の錠剤をつまみだした。

すぐに徹也がコップに水をくんでくる。きびきびしたこのロマンス・グレーの男の挙動には、鞠躬如《きっきゅうじょ》という言葉がいちばんぴったり当てはまりそうな、ことほどさように献身的な奉仕ぶりだった。

「家内は心臓が弱いものですから、こういうショッキングな事件は禁物なんです」

と、徹也はなじるような口調で島田警部補をにらむと、すぐまたやさしい視線をたまきにむけて、

「どう、キョ子、気分は……？」

と、とろけるような猫撫《な》で声である。キョ子というのはたまきの本名なのであろう。

「ありがとう、パパ、あんまりびっくりしたもんだから……」

と、いくらか紅味のさした頬に、よわよわしい微笑をたたえて、おずおずと部屋のなかを見まわしながら、

「パパ、どうしてこんなことになったのか、みなさんにおききして。……志賀さんがどうしてここにいて、あんなことになったのか……」

「ああ、そのことですがね」

と、徹也が口をひらくまえに、そばから身を乗りだしたのは島田警部補である。

「まず、わたしから紹介させていただきましょう。そこにいらっしゃる和服のかたがこの部屋のご主人で、金田一先生、金田一耕助先生といって、ご存じですかどうですか、犯罪

捜査にかけては天才的な手腕をおもちのかたで、いわば一種の私立探偵のようなことをしていらっしゃるんですね。それでは、金田一先生、あなたからどうぞ」

「ああ、そう、承知しました」

と、そこで金田一耕助がきょう夕方かかってきた電話の内容から、九時過ぎ、外出さきからかえってきて、死体を発見した顚末《てんまつ》を語ってきかせると、いったん紅味のさしていたたまきの頰から、ふたたび血の気がひいていって、いまにも失神しそうに暗い、おびえた眼の色を示しはじめた。

徹也は気づかわしそうな眼でそれを見ていたが、やがてその眼を金田一耕助のほうにむけると、

「すると、志賀君はなにか殺人事件について、こちらへ相談にあがったというんですか」

「ええ、そう、それもすでに演じられた殺人事件ではなくて、ちかき将来に演じられようとしている殺人事件ですね」

「そ、そ、そんな馬鹿な！」

と、徹也は吐きすてるような調子だったが、そばで聞いているたまきの面上にうかんだ恐怖のいろには、ひとびとをぎょっとさせるようなものがあった。彼女のからだははげしくふるえ、額にはぐっしょりと汗をかいている。その眼をみると、このまま失神するのではないかと思われるばかりである。

徹也はあわててその手をじぶんの両手にはさんで、強く摩擦してやりながら、

「キヨ子、しっかりおし。なにも心配することはないんだよ。このひとたちはなにか途方もない感ちがいをしているにちがいないんだ。いったい、だれがだれを殺そうとしているというんです、そして、また志賀がどうしてそれをしったというんだ」

「それはわかりません」

「わからん？　わからんじゃすまんじゃないか。志賀はこれのマネジャーなんですぞ。だからあれにたいする妙な疑いは、とりもなおさずこれにたいする疑いということになってくる。いまのあんたのことばを聞いてると、まるでこれの身辺で、なにか忌わしい殺人が計画されてるようにきこえるじゃありませんか」

「いや、われわれはそれを心配してるんですよ」

と、ポッツリとそばから言葉をはさんだのは等々力警部である。

「だれ？　君は……？」

「ああ、紹介しましょう。こちら警視庁の等々力警部。……金田一先生の親友で、小山順子から電話がかかってきたとき、警部さんもこの部屋にいられたんだそうです」

と、島田警部補がとりなした。等々力警部はあいての顔色など委細かまわず、

「そのとき、わたしのえた印象では、電話のぬしの語気がひどく切迫しているらしいことでしたな。わたしは直接その電話をきいたわけじゃない。しかし、すぐそばにいたもんだから、とぎれとぎれながらもご婦人の声がきこえたんです。それで、このご婦人はなにかしら真実のことを訴えてる……って、そんな気がつよくしたもんです」

「あのう……」

と、そのときやっと気を取りなおしたたまきが、それでもまだ怯えの色をいっぱい眼にうかべて、

「その小山順子という名前で電話をかけてきたひとが、志賀さん、志賀葉子さんだってことにまちがいはないんでしょうね」

「ああ、それはまちがいないと思います。げんにこのアパートの受付で小山順子と名乗ったそうですから」

「しかし、志賀はまたなぜ偽名など名乗ったんだ」

徹也はまだ釈然としないふうである。

「いや、それはこういう職業をしていると、よくあることなんですよ」

と、金田一耕助は微笑をふくんで、

「依頼人のかたがたは、はじめから手のうちを見せたくないんですな。こちらが……すなわちぼくという人間が、十分に信用できる男だと見きわめがつくまでは、いちおう身分なり姓名なりをかくしておこうとされる。……そういうことはよくあるんです。ことにこんどの場合、こういう世間的に有名なご婦人に関連していることなんで、いっそう慎重を期して、いちおう名前は秘されたんじゃないでしょうか」

「しかし……しかし……いまかりに、志賀の身辺でだれかが、だれかを殺そうと計画しているとしても、……それだって怪しいもんだが……しかし、かりにそうだとしても、それ

がキヨ子に関係があるとどうしてわかるんだ」

「ああ、島田さん、あれを見せてあげてください」

金田一耕助がふりかえると、島田警部補がうなずいて、

「こういうものが、被害者のハンド・バッグのなかから発見されたんですがね」

と、取り出したのは一通の封筒で、表に赤鉛筆で、

「金田一耕助先生へ」

と、達筆の女文字で書いてある。但《ただ》し封はしてなかった。

「なかを見てもいいんですな」

「ええ、どうぞ」

「ああ、パパ！」

良人が封筒からなかみを取り出そうとするのを見ると、たまきがとつぜんおびえたような声をあげた。

「えっ、どうしたの、キヨ子？」

「いいえ、あの、あたし……」

一同の視線がじぶんの挙動に注がれているのに気がつくと、たまきはまた蒼ざめて、両手のあいだにハンケチを引き裂かんばかりに揉んでいたが、それでもやっと、

「いいえ、あの、すみません、どうぞ」

と、そういう声はいまにも消え入りそうである。

徹也は不思議そうに妻の横顔を視《み》まもりながら、やがて封筒から取り出したものに眼を落として、思わず不思議そうに眉《まゆ》をしかめた。

それはあきらかに新聞の、しかも写真版の切り抜きである。たぶん羽田の空港ででもあろうか。着陸したPAA機のタラップのなかほどで、右手をたかくさしあげて微笑しているのは、まぎれもなく関口たまきである。

そして、それはただそれだけの写真であった。

六

「まあ!」

と、たまきも思わず眉をつりあげたが、しかしその顔色にはなぜかしら、ほっとしたような安堵《あんど》の色がうかがわれた。あきらかに彼女はもっとほかの何物かを期待し、そして、それを怖れていたにちがいない。

「いったい、これはなんのことです。これは先月の十五日、キヨ子が羽田へ着いたときの写真じゃありませんか」

徹也は憤然たる色を消さずに、なにげなく裏をかえしたが、そこは都内版らしく、ちかごろ流行《はや》る犬の奇病の記事が出ている。

「さあ、なんのことだかわれわれにもわかりません。しかし、これがぼく宛ての封筒のなかに入っていたところをみると、この写真のなかに、重要な意味がかくされているにちがいありませんね」

「だれかの殺人計画の秘密が、この写真のなかに秘められているというんですか。あっはっは」

と、徹也はわざと毒々しい声をあげてわらったが、すぐまた写真のうえに眼を落とすと、

「それにしても、キヨ子、これはたしか毎夕日日に出た写真だったね」

「はあ」

「新聞で見たときには気がつかなかったが、この切り抜きでみると、おまえのすぐうしろに立っている黒いサン・グラスの男、これ道明寺修二君じゃない？」

徹也の声の調子はいくらかかわっていて、なんとなく不安そうな色が眉宇《びう》をかすめた。

「はあ、あの、そうのようですわね」

と、たまきはわざとよそよそしさをよそおっていたが、その声はかすかにふるえている。

徹也の眼が鋭くその横顔を透視した。

いま徹也が道明寺修二とよんだ男は、たまきのすぐうしろに立っているのだが、その視線はたまきの横顔にそそがれている。サン・グラスをかけているし、それに新聞の写真版だから、視線の表情まで読みとることはできなかったが、男の全体のポーズから、たまきに対するやさしい愛情が汲《く》みとれた。

ところがそれを阻止するかのように、道明寺修二の肩に、手袋をはめた女の手がおかれ

ているのだが、それがだれだか、そこからうえは写真が切れているのでわからなかった。

「関口さん、道明寺修二というのはどういうひとですか」

「はあ、あの、あちらで長年ピアノの勉強をしていらしたかたなんですけれど、こんどPAA機でごいっしょになって、いろいろお世話になったかたなんですの」

たまきはなんとなく良人《おっと》の視線が眩《まぶ》しそうである。

写真ではよくわからないが、道明寺修二というのは三十前後という年頃らしい。サン・グラスをかけているのがキザだが、がっちりとしたよい体格をしている。

「あなたのこんどの旅行は、たしか短期間だったとおぼえておりますが。……」

「はあ、三週間の契約でした。おもに東部のテレビへ出たんですが、帰途、ロサンゼルスでひと晩リサイタルを開いたとき、道明寺さんが訪ねてきてくださいまして。……」

「こちらへかえってからも、つきあってらっしゃるんですか」

「はあ、おなじ芸能関係にタッチしてるもんですから。……」

「道明寺君ならこんやもいっしょだったんですよ。ここ当分、これといっしょに仕事をすることになってるんです」

そこには多少年齢のちがいすぎる良人の、嫉妬《しっと》の匂いがないでもなかった。

「ああ、なるほど……」

と、金田一耕助はかるく受け流して、

「ところで、もうひとつこの写真についてお訊《たず》ねしたいんですが、道明寺君の肩に手をかけてる婦人がありますね。この写真では上半身がチョン切れておりますが……これがだれだか、おわかりになりませんか」

「ああ、それならたぶん柚木さんの奥さんじゃございませんでしょうか」

「柚木さんの奥さんとおっしゃると……？」

「いいえ、あたしも詳しくは存じませんの。奥さまと申しましても未亡人でいらっしゃるそうで、在米中から道明寺さんとご懇意でいらっしゃったようです」

「こちらへかえってからも、お会いになったことがございますか」

「はあ、今夜もＮＨＫテレビのスタジオへ遊びにいらっしゃいました。あたしどものお稽《けい》古《こ》を見たいとおっしゃって……」

　さっきから金田一耕助とたまきの会話を、もどかしそうに聞いていた良人の徹也が、そのときたまりかねたように言葉をはさんだ。

「いったい、これはどうしたというんだ。だれかがだれかを殺そうと計画をたてていて、それを志賀葉子がかぎつけた。そして、こちらへ助力を乞《こ》いにきたのを、殺人計画者がそれとしってあとを追っかけてきて、先手をうって志賀君を殺していったというんですか」

「われわれが恐れているのはそのことなんですがね」

　と、等々力警部がむつかしい顔をしてつぶやいた。それがあまりにも間髪をいれない相《あい》槌《づち》だったので、徹也は一瞬きょとんとまのぬけた顔をしていたが、急に腹をゆすって笑い出した。

「あっはっは、そんな馬鹿な！　いかにスリラーばやりの当節だって、それじゃ話があまりうますぎる。しかも、私立探偵のフラットで……」

「しかし、それじゃ、服部さん、いまトイレによこたわっている死体は、どう説明するんです」

島田警部補にきりこまれて、徹也はぎょっとしたように笑いをとめると、きょとんとしたような眼つきで、一同の顔を見まわしていたが、

「いや、なるほど、……しかし、どうもぼくにはわからんね」

と、急に元気をうしなっていった。

「ところで、関口さん、恐れいりますが、ついでにご家族をどうぞ。ご家族は何人ですか」

「家族……？　わたしどもの家族でございますか」

「はあ」

「それは……」

と、たまきはちょっと口ごもったが、

「ここにおりますわたしどものほかには、あたしの伯母の梅子のほかに、由紀子という娘と、それから志賀さん、ほかに女中がふたりおりますけれど……」

「ああ、志賀さんはごいっしょにお住まいだったんですか」

「はあ、そのほうがなにかと便利なもんですから……」

「失礼ですが、由紀子さんてお嬢さん、おいくつでいらっしゃいますか」

「はあ、ことし十六でございます、満で……」

「満十六……？」

一同はおもわず眼を視張ったが、そのときそばから徹也がギコチない空咳《からぜき》をして、

「いや、その由紀子というのはわたしの娘なんです。したがって、これにとっては成《な》さぬ仲の娘ということになりますな」

「ああ、そう、いや、これは失礼いたしました。ところで、関口さん、もうひとつお訊ねしたいことがあるんですが……」

「はあ、どういうことでございましょうか」

たまきもおいおい落ち着いてきたのであろうか、さきほどのように怯《おび》えた色もなく、正面きって金田一耕助を視る口もとには、うつくしい微笑さえたたえていた。

「いや、もうまもなくクリスマスがまいりますね」

「はあ」

「クリスマスにはなにか催しごとのお約束でも……」

せっかく落ち着きを取りもどしていたたまきの瞳《ひとみ》に、またふいと怯えたような色がうかんだが、すぐまたしずかな微笑を頬にきざむと、

「はあ、あたしども、クリスマスといえば書き入れどきでございますけれど、それでも放送やなんかのお仕事がおわったあと、十時ごろから家で、新居披露のパーティーを開こう

ということになっております。ごく親しいかたがただけで……」

「いや、有難うございました」

金田一耕助はもじゃもじゃ頭をかきあげながら、ペコリとひとつ頭をさげた。

さて、志賀葉子の死体はいちおう解剖にまわしたあとで、西荻窪の関口たまきのほうに引き取ると話がきまって、夫婦がかえっていったのはそれから間もなくのことだったが、そのあとで、島田警部補が不思議そうに金田一耕助に訊ねた。

「先生、さっきクリスマスのことをたまきに訊ねておいででしたが、ありゃ、どういう意味なんですか」

その質問にたいして金田一耕助は、無言のまま壁のほうへ視線をふりむけた。

その視線を追って壁のカレンダーへ眼をやった等々力警部も、おもわずぎょっと大きく眼を視張った。

きょうの夕方、金田一耕助が日暦を三日ぶん同時にめくって、二十日と出しておいたので、等々力警部はよくおぼえている。げんにそのとき等々力警部は、それについて金田一耕助をからかったくらいである。

それがいまみると、さらにだれかが五日ぶん剝《は》ぎとったとみえて、カレンダーは二十五日と出ているのである。

「まさか被害者がこんな悪戯《いたずら》をしたとはおもわれませんね。しかも、わたしは被害者の死体を発見すると、まずいちばんに警部さんに電話をしたんですが、電話をかけながらなにげなくカレンダーを見ると、二十五日となっていたんです。だから、だれかがわたしの留守中に、カレンダーを五枚剝ぎとっていったやつがあるんです。しかも、それが被害者でないとすると……」

「しかし、金田一先生」

と、島田警部補は興奮のいろをおもてに走らせて、

「もし、犯人がやったとしたらそれはなんのためなんです」

「それはわたしにもわかりません。しかし、こういうことがいえるのではないでしょうか。犯人にとっては万事うまくいった。そこで奴《やっこ》さんいささか、有頂天になってるんじゃないでしょうかねえ。しかも、この事件は予告の殺人という形式をそなえている。予告の殺人ならいっそのこと、つぎに起こるべき殺人の日も予告してやろう……と。なにしろ、ちかごろじゃ探偵小説や映画の影響が大きいですからね。あっはっは」

と、金田一耕助はかわいたような笑い声をあげると、

「いずれにしても、念のためにこのフラットの隅から隅までさがしてください。被害者のお腹のなかは解剖のさい、お医者さんが調べてくれるでしょうが、このフラットにも被害者のお腹のなかにも、五枚のカレンダーがなかったとしたら、少なくともつぎのことだけはたしかになります。被害者以外にもうひとり、だれかこのフラットへ入ってきたものがあるということが……」

五枚のカレンダーはけっきょくどこからも発見されなかった。

だが、そうかといって、アパートの住人のなかにだれひとりとして、八時半から九時ごろまでのあいだに、二階の三号室へ出入りする怪しい人物をみたものもなかった。故意か偶然か、カレンダーを剝ぎとっていったやつは、出入りについてたいへん自由なアパート生活者の間隙《かんげき》を、たくみについていったとみえるのである。

七

志賀葉子の死因ははたして青酸加里だったが、それではどういうふうにして、青酸加里があたえられたか。――それにはこういう場合がかんがえられた。

関口たまきが鎮静剤として、つねに錠剤を身辺からはなさないらしいことはまえにもいったが、葉子もたまきからすすめられて、おなじ錠剤を愛用していた。げんに彼女が金田一耕助のフラットにのこしたハンド・バッグのなかにも、そういう錠剤の入った小さなケースが入っていた。この錠剤が綿密に試験された結果、青酸加里はそこに入っていたことがわかったのである。

この錠剤はのみやすいように糖衣でくるんであったから、嚥下《えんか》してもすぐには青酸加里の威力は発揮しなかったのであろう。しかし、胃のなかで糖衣が溶解するにはそれほどながい時間がかかるとはおもえない。おそらく二分か三分のものであろう。と、すると志賀葉子がその錠剤を口にふくんだのは、金田一耕助のフラットのなかであろうという公算が、非常に大きくなってくる。

　では、それは葉子がみずからドアをひらいて招じいれた、正体不明の訪問客がくるまえか、あるいは訪問客がやってきてからか。

　いずれにしても、金田一耕助のフラットへきたとき、葉子が興奮していたであろうことは想像される。だから、訪問客があるまえに、葉子が鎮静剤をのんだとしても、それはかならずしも不自然とはおもわれない。

　しかし、金田一耕助の想像では、葉子が錠剤を口にしたのは、訪問客がきてからではないかと、そういう気がつよくするのである。

　だれかがドアをノックする。金田一耕助がかえってきたのかと、葉子がドアをひらいてみる。すると、そこに思いがけない人物が入ってきたので、葉子は興奮をしずめるために、どうしても鎮静剤が必要であった。……

　しかし、そうなると、正体不明の訪問客は何者かということになる。葉子の錠剤に青酸加里をしこんだ人物なら、わざわざ金田一耕助のフラットまで、あとを追ってくる必要はないはずである。むしろ、それはその人物にとって、非常な危険な行動といわねばならぬ。そういう危険を冒してまで、葉子のあとを追っかけてきたとしたら、葉子がよほどその人物にとって、致命的ななにかを握っていたことを意味しており、しかも、その人物がそれに気がついたということではないか。

　五枚のカレンダーはついに、どこからも出てこなかったのだから、葉子のほかにもうひとり、あるいはひとり以上の訪問客があったことはたしかなのだが、その人物はいつやってきて、いつ立ち去ったのか。葉子はその客が立ち去ってから錠剤をのんだのか。それとも、その客は眼のまえで葉子が苦しみ出したのをみながらも、平然として見殺しにしたのか。……

いずれにしても、その日から第二の殺人事件——それこそ犯人がほんとに意図した殺人なのだが——が起こるまでの四日間は、金田一耕助にとっては、ただ頭脳をはたらかせて想像するだけで、行動のともなわない、いわば小休止の期間だった。ただし、それは金田一耕助にとって小休止であっただけで、この事件の捜査主任、島田警部補にとってはそんなのんきな沙汰《さた》ではなかった。

おそらくかれは部下を督励すると同時に、おのれもガニ股《また》の脚を擂《す》り粉木《こぎ》にし、満月のような顔から笑顔もわすれて、奔命これつとめたにちがいない。

そして、そのときどきの報告を、金田一耕助にもたらせると同時に、かれの意見や今後の方針をきいてかえるのをつねとしていたが、その結果、金田一耕助のしりえた事実というのはつぎのとおりである。

服部徹也と関口たまきの夫婦関係は、ちょっとふつうとかわっていた。

関口たまき本名キヨ子は、相当ものがたい中流以上の家庭にうまれて育った。彼女は終戦の翌年、すなわち昭和二十一年の春に女学校を卒業した。したがって当時のかぞえかたでいうと十九歳、満でかぞえると十七歳とちょっとにしかなっていなかった。

終戦直後の混乱とインフレとは、キヨ子の生家のようなものがたい家庭をもおそって、彼女は某雑誌社へつとめはじめた。キヨ子の家庭でもあえてそれに反対しなかったし、キヨ子じしんは女性の社会的進出という、新しい希望に胸をふくらませていた。ところがその雑誌の編集長をつとめていたのが服部徹也で、かれもいまみたいなロマンス・グレーでなく、三十六、七の働きざかりであった。

世間しらずのキヨ子はこの徹也の甘言にだまされたのである。当時、徹也の妻子は郷里へ疎開していて、かれは不自由な疎開やもめの生活をかこっていたのだが、キヨ子はまだ独身であるという男のことばを鵜呑《うの》みにした。そして、きっと結婚するという約束を信じて、男に身をまかせてしまったのである。

こうして取りかえしのつかぬ体になってから、彼女は男に妻子があることをしった。彼女の実家でもおどろいて徹也とわかれさせようと働きかけた。ところがものがたい、古風な家庭で育った彼女は、貞女二夫にまみえず式の教育が身にしみていたらしく、父兄の強要によって別れることはぜったいに承知しなかった。男もまた彼女をはなさなかった。

こうしてキヨ子の煩悶《はんもん》がはじまったのだが、昭和二十一年二年と生活のほうはそう困らなかった。当時は雑誌を刷りさえすれば売れたころだからである。

ところが、昭和二十三年ごろから、そろそろ出版界の景気が下降線を辿《たど》りはじめた。あちこちに倒産の雑誌出版社が続出しはじめた。しかし、服部徹也という男はなかなかの手腕家なのである。雑誌が危くなったとみるや、どこから資本を捻出《ねんしゅつ》してきたのか、キヨ子を看板娘にして、銀座裏でバーをはじめた。

そのとき、キヨ子ははじめてたまきと名乗ったのだが、このバーへはよくG・Iがやってきた。そのG・Iの口ずさむジャズを、いつかキヨ子のたまきがおぼえて唄《うた》いはじめた。これがG・Iのあいだの人気に投じて、彼女はいつかアーニーパイルへ引っ張り出されるほどの人気者になっていた。

昭和二十五年の春、スポンサーがついてたまきははじめて渡米した。そして、その秋かえってきたとき、彼女はいつのまにか、ジャズの女王という地位に立っているじぶんを発見したのだ。

こうなると徹也はいよいよ彼女をはなさなかった。田舎にいる妻の可奈子とわかれて、たまきと結婚しようといいだした。しかし、それはたまきが許さなかった。ジャズの女王とはやされながら、彼女はあくまで古風な女なのである。じぶんのためにひとりの人妻と、その娘が不幸におちいることを好まなかった。徹也の妻子の生活費は、むろん東京から送られていて、昭和二十三、四年以降のそれらの金は、むろんたまきの働きによるものだった。

昭和二十五年の秋、とうとう徹也の妻子が東京へかえってきた。徹也の妻の可奈子もずっとまえから、じぶんの良人《おっと》とたまきの関係をしっていた。かつて徹也とおなじ雑誌社で婦人記者をしていたというこの女は、およそ良心もプライドももちあわさなかったとみえて、良人の情婦にみつがれて平気だった。彼女がじぶんの住居として、郷里から引き揚げてきた小田急沿線の経堂《きょうどう》にある家というのも、彼女が強要して良人に建てさせたものであり、その費用がたまきのふところから出ていることはいうまでもない。

　こうして不思議な三角関係がながくつづいた。徹也は依然として銀座裏のバーを経営しており、そこからも相当収益をあげていたが、その後『タマキ』と改名したそのバーの権利から名義からいっさいあげて情婦の関口キヨ子のものにしてあった。

　つまり徹也は慾得《よくとく》ずくだけではなくて、心の底からたまきに惚《ほ》れているのである。そして、その反面、妻の可奈子を憎んだ。このずうずうしい恥しらずの女にたいして、限りのない憎悪と侮蔑《ぶべつ》の念をいだきはじめた。当然、なんどとなく別れ話が出たのだが、あいかわらずたまきがそれを許さなかった。可奈子はともかく、なんの罪もない娘の由紀子を、それによって不幸におとしいれることが、古風なたまきにとっては耐えがたい苦痛だったらしい。

　可奈子はおそらく、たまきのそういうウィーク・ポイントをしっていたのだろう。徹也とたまきが粗末なアパートで暮らしているのに、彼女は経堂の相当立派な家に住み、月々きまった生活費では足りなくて、月に一度か二度、かならず余分のものをねだりにきた。

　それのみならず、彼女はちょくちょく浮気もしていたらしい。去年の春のごときは由紀子をひとり家にのこして、半月以上もかえらなかった。たまきがふびんがって由紀子を、じぶんのアパートへ引きとっていたくらいである。可奈子のあいてはダンス教師で、伊豆《いず》の温泉旅行としゃれこんで、さんざんふざけちらしていたのである。

当然、また徹也との別れ話がもちあがった。そして、このときばかりはさすがのたまきも取りなしようがなかったとみえ、正式に離縁話が進行していた。そのさなかに可奈子が青酸加里をあおいで死んだのであった。

八

「青酸加里をあおいで死んだ……」

そこまで話をきいたとき、金田一耕助はおもわず息をのんだ。

「自殺したんですか」

「と、まあ、そういうことになってるんです。当時いろんな情況からして……しかし、遺書はなかったそうですし、げんに可奈子を殺したとおなじ薬が、志賀葉子にも用いられているんですからね」

金田一耕助はしばらく、島田警部補の満月のような顔を視《み》つめていたが、なにかしらそら恐ろしいものが肚《はら》の底から、こみあげてくるのをおさえることができなかった。

「それで、ふたりは……徹也とたまきは改めて結婚したんですか」

「ええ、そう、この春、可奈子の一周忌がすむのを待って。……」

「そして、由紀子をひきとったんですね」

「ひきとったばかりではなく、じぶんの養女として入籍しているんです」

　金田一耕助はまたしばらく無言のままでひかえていた。なにかしら、暗い、重っくるしい思いが、かれを窒息させるのである。

「ねえ、金田一先生」

　と、島田警部補は身をのりだして、

「先生もおぼえてらっしゃるでしょう。志賀葉子があなたにもってきたあの封筒……来るべき殺人の重要証拠を秘めていると思われていたあの封筒……あれを服部が開こうとしたときのたまきの表情を。……たまきはあのなかに、じぶんのことが書いてありはしないかと、それを怖れたんですぜ」

「じぶんのことというと……？」

「つまり、たまきが亭主を殺そうとしてるってことを、志賀葉子が暴露してやあしないかって、それを怖れたんじゃないでしょうかねえ」

「たまきが良人を殺しそうな気配でもあるんですか」

「ええ、そう、こういう事実がうかんでるんです」

　と、島田警部補はいきおいこんで、

「たまきは昭和二十二年以来、数次にわたって妊娠し、そのつどソーハしてるんです。しかも、彼女はとても子供をほしがるんだそうです。しかし、子供はほしいが私生児をうむのはいやだというんです。こりゃむりもありませんやね。そうかといってじぶんのうんだ子を可奈子の子供として入籍されることは、たまきのプライドが許さないですな。だから、ソーハするたびに、こういう辛《つら》い、悲しい思いをさせる服部を殺して、じぶんも死んでしまいたいといっていたそうです」

「複雑ですね」

「複雑にして怪奇なりですよ。だいたい、男と女の関係というものは、第三者にゃ判断できにくい場合がままありますが、こういうのはちょっと珍しいですね」

「たまきは服部と別れようとはしなかったんですか」

「いや、いちどか二度、すがたをくらましたことがあるそうです。しかし、そのつど服部が蛇みたいな執念でさがしだすんですね。そんなときの服部はもう気ちがいみたいなもんで、たまきの髪の毛とってひきずりまわしたり、踏んだり蹴《け》ったり、そうかと思うと土下座をせんばっかりのかっこうで、おんおん泣いてあやまったり、そりゃもう狂態のかぎりだそうです。それだからってそういう亭主……でもない、去年までは妾《めかけ》と旦那《だんな》みたいな関係だったんですからね。……そういう男と別れられないって法はない。それが別れられないってのはたまきの性格にあるんですね。煮えきらない、キッパリことをわりきれないという……ところがえてしてそういう性質の女が危険なんで、キッパリことをわりきろうとすると、とんでもないことをかんがえる。……それにねえ、金田一先生」

と、島田警部補はからだを乗りだし、

「先生もご存じのとおり、志賀葉子もたまきのまねをして、興奮すると鎮静剤の錠剤をのむ習癖がありましたね。そして青酸加里はその錠剤のなかに仕込まれてたってことをご存じでしょう。……たまきならば、錠剤をすりかえるチャンスはいくらでもありますからね。しかも彼女は十二月二十日の夜、午後九時半にＮＨＫへやってくるまで、どこでなにをしていたかアリバイがない。……」

「いや、しかし、それは……」

と、金田一耕助がおどろいたように、

「きのうのあなたのお話では、娘の由紀子の証言で、たまきは九時過ぎまで、ひとりで家で読書をしていたということになっているそうじゃありませんか」

「どうもね。由紀子のいうことじゃあね。あの娘はたまきを崇拝してるんですよ。だらしなかったじぶんのおふくろに反して、ああいう人気者ですからね」

「しかし、島田さん、葉子ののんだ錠剤に青酸加里をしこんだのがたまきだとしても、たまきはどうして葉子のあとを追ってきたんです。それからまた、なんだってうちのカレンダーをはぎとっていったんです」

「金田一先生、それじゃ先生にお訊《たず》ねいたしますけどね。それがたまき以外の人間だとしても、それじゃなんのためにそいつは、葉子を追っかけてきたり、カレンダーをはぎとっていったとおっしゃるんです？」

これには金田一耕助も一言もなく、それきりしばらく黙ってかんがえていたが、また思い出したように、

「ところで、島田さん、あの封筒ですがねえ。新聞の切り抜きの入っていた……あれはい

ったい、なにを意味するんでしょうかねえ」

「ああ、あれ。……あれはやっぱり道明寺修二という男のことを、話すつもりだったんじゃないでしょうかねえ。PAA機でいっしょに日本にかえってから、だいぶんたまきに熱くなってるって評判でさあ。服部もなんだか気になるふうだったじゃありませんか」

「しかし、それならばなぜ完全に写真を切り抜かなかったんでしょう」

「完全に切り抜かなかったとおっしゃると……？」

「いや、これが先月十五日、関口たまき女史が羽田へ着いたときの完全な写真なんですがね。毎夕日日から切り抜いてきたんです。ほら、これには柚木夫人というひとの顔もちゃんと出てますよ」

金田一耕助がデスクのなかから出してみせた切り抜きをみて、島田警部補もおもわず大きく眼を視張った。

なるほど、それには、豪奢《ごうしゃ》な毛皮にくるまった三十前後の女の顔がはっきりと写っている。女は手袋をはめた片手を道明寺修二の肩において、うえからその顔をのぞきこむように、やさしく小首をかしげている。新聞の写真なのでハッキリはしないが、そうとうの美人であるようにおもわれる。

「あっ、新聞じゃ完全に掲載されていたんですね」

「ええ、そうですよ。それにもかかわらず志賀葉子は、なぜ柚木夫人の顔の部分はちょん切っておいたのか……」

「先生！」

　と島田警部補は息をはずませて、

「それじゃなにか柚木夫人という女が、こんどの一件に、関係があるとおっしゃるんですか」

　金田一耕助はそれには答えず、なにか暗示を与えようとするかのように、まじまじと、警部補の顔を見ていたが、残念ながら島田警部補には、その暗示をとく才能にかけていた。

……

九

　運命の降誕祭の夜。

　金田一耕助はなんとなく落ち着かないままに、宵からふらりと銀座へ出てみた。その前夜ほどではなかったが、それでも銀座はかなり賑《にぎわ》っていた。かれはいきつけの小料理屋でゆっくり食事をすませると、二、三軒バーをのんで歩いた。よっぽど『タマキ』というう ちへいってみようかとも思ったが、そこまでの勇気は出なかった。

　かれはただ憑《つ》かれたように、二重まわしの袖《そで》をひらひらさせながら、銀座裏から銀座裏へとほっつき歩いた。なにかしら落ち着かず、いらいらとした想いがかれを駆り立てるのである。おでん屋へ顔をつっこんだり、つめたいアイスクリームを食べてみたり、そうかと思うとビヤ・ホールへとびこんでジョッキを呷《あお》ったりもした。

十二時ちょっとまえ、かれは急に思いたって、自動車をひろって警視庁へ走らせた。あるいはそれが潜在意識的には予定の行動だったのかもしれない。

等々力警部がいてもいなくてもかまわない。いなければかえってほっとして、アパートへかえってもよく睡《ねむ》れるだろうと思ったのである。

等々力警部はいた。捜査一課、第五調べ室に。警部は卓上電話にしがみついて、なにやら口ぎたなくののしっているところだったが、そこへ身も心も凍りついたような金田一耕助が、ふらふらっと入ってくるのをみると、いきなり受話器を電話のうえに叩《たた》きつけた。そして、歯をむき出してにやっとわらったが、それは世にもいやな邪悪のかげをもったわらいかただった。

「あっはっは」

と、のどのおくで毒々しい声を立てると、

「金田一先生、こんどはあなたの予感が的中しましたね。さあ、まいりましょう」

「いくって、ど、どこへいくんです」

金田一耕助は寒かったのである。降誕祭の夜の彷徨《ほうこう》で身も心もひえきっていたのである。だからふるえて吃《ども》ったまでのことなのだが、……

「きまってるじゃありませんか。西荻窪の関口たまきの豪勢なお宅拝見といくんですよ」

「たまきの家でなにかあったんですか」

「あったんです。予告殺人劇という放れ業がね。それもリハーサルじゃない、ぶっつけ本番です」

金田一耕助は暗い眼で、きょとんと警部の顔を見ていたが、

「殺されたのはいったいだれ……？」

「きまってるじゃありませんか。あなた、島田君から話をお聞きになったでしょう」

「殺されたのはだれ……？」

もういちど金田一耕助がおなじ言葉をくりかえした。

「たまきの亭主の服部徹也」

「毒殺されたんですか」

「いいえ、こんどは毒殺じゃありません。なんだか鋭利な刃物でえぐられたというんです」

「えっ、毒殺じゃない？」

一瞬、金田一耕助の顔におどろきの色が走った。

「警部さん、そ、それ、ほんとうでしょうね」

「いや、報告はそうなってます。だから、いまおたくへ電話をかけていたところなんです」

「警部さん、つれてってください。ぼくもいっしょにつれてってください」

金田一耕助のおもてには、なにかほっとしたような色があり、態度も急にくつろいでき

たようである。

「それはもちろん!」

しかし、等々力警部には、なにが金田一耕助の態度をこのように、変化させたのかよくわからなかった。ただ、わかっていることは、今夜、たまきの家で殺人事件が起こるにしても、それはおそらく毒殺騒ぎであるだろうと、金田一耕助は思っていたらしい。しかし、それが毒殺ではなく、刺殺であるとわかったからとて、なぜ、金田一耕助の態度が、このように、急変するのだろうか。しかし、いくら警部が訊《たず》ねたからといって、その気にならねばこんりんざい、打ち明けるような金田一耕助でないことを、等々力警部はだれよりもよくしっている。

西荻窪にある関口たまきの新居へついたのは、もうかれこれ深夜の一時ごろのことだった。

金田一耕助は新聞で読んだのだけれど、建築費だけでも一千万円以上かかったということの家は、いま窓という窓があかあかとした灯火でかざられている。

しかし、いまそこには、灯火の色が示すような華やかさが欠けているのである。門を出入りをするのはいかめしい顔をした警官たちばかりで、なにかしら重っくるしく緊迫した空気が、この豪壮な関口たまきの邸宅を圧している。

等々力警部と金田一耕助が玄関から入っていくと、すぐ左のとっつきがかなり広いサロンになっていて、そこに十人ほどの男女が啞《おし》のような群像を形成していた。

事件が起こったのはもうかなり座が乱れてからのことらしく、男たちは全部上衣《うわぎ》をぬいでワイシャツすがたで、なかにはレイみたいなものを首にかけているのもあれば、三角型の紙帽子を、横っちょにかぶっているのもあった。

しかし、かれらのそういうおどけた恰好《かっこう》にもかかわらず、また、サロンのなかに充満している酒気や、脂粉の香りや、たばこの煙のはなばなしさにもかかわらず、そこには陽気な空気はみじんもなかった。

男も女もみないちように、凍りついたようにおしだまって、不安そうにそわそわと、たがいに顔を見合わせているのである。

等々力警部はすばやく一同を見まわしたが、関口たまきのすがたは見えなかった。

「奥さんは……？」

と、等々力警部が先着していた所轄警察の捜査主任、久米警部補をふりかえったとき、

「あの、そのキヨ子なら……」

と、いましもサロンの外の階段をおりてきた婦人が、ドアからなかへ足を踏みいれながら、警部補の答えをよこから引きとった。

「あんまりびっくりして、ヒステリーというんでございましょうか。少し発作がはげしすぎますので、さっき先生に鎮静剤の注射をうっていただいて、いま二階に寝かせてございますが……」

と、ゆったりと落ち着きはらった口のききかたである。年齢は五十五、六であろうか。

地味な結城《ゆうき》つむぎがぴったり似合う、いかにも身だしなみのよさそうな老婦人である。白髪まじりの頭髪を、いやみにならぬていどに結いあげているのも上品である。

服装からみてこの婦人は、今夜のパーティーには加わっていなかったらしい。

「このかたは……？」

等々力警部がたずねると、

「ああ、いや、こちらはこの家の女主人、関口たまきさんの伯母にあたるかたで梅子さん、ついでにほかのかたをご紹介しましょうか。それとも死体のほうをさきにごらんになりますか」

「ああ、いや」

と、警部がちょっと考えているうちに、金田一耕助はあたりを見まわした。

むこうのマントル・ピースのそばにイヴニングをきた少女が、こちらへ横顔をみせて立っている。まだ成熟しきらぬその体つきからして、それがたまきの継娘、由紀子であろうと思われた。頸《くび》に豪華な真珠の首飾りをまいている。

「やっぱりさきに死体のほうを見せてもらおう。死体、そのままになってるんだろう？」

「はあ、発見されたときのまんまになっております。それではどうぞこちらへ……」

久米警部補が金田一耕助と等々力警部をみちびいたのは、サロンから廊下づたいに角をまがってふたつ目の部屋。

そこはあきらかに関口たまきの居間になっているらしく、広さはそれほどではなかったが、天井から周囲の壁の飾りつけといい、三面鏡だの洋ダンスだの、また、ちょっとした書きものに使うデスクや椅子など、ひとつひとつに粋がこらしてあって、ファンからの贈り物らしいフランス人形や、ハワイ土産のレイなどがいちめんに飾り立ててある。

たまきの亭主の服部徹也が殺されたのはこの部屋なのである。

等々力警部と金田一耕助が入っていったとき、服部徹也の死体はまだ、床の絨緞《じゅうたん》のうえにうつぶせに倒れていた。そして、それにむかってカメラをむけた鑑識の連中が、しきりにシャッターを切っているところであった。

金田一耕助が鑑識の連中の背後からのぞいてみると、徹也も頭に三角型のトンガリ帽子をかぶっている。そして、これまた上衣をぬいで上半身はワイシャツだけだが、そのワイシャツのちょうど肩甲骨の下あたりに、鋭い刃物に裂かれた傷があり、その傷のまわりにドスぐろい血がにじんでいる。ワイシャツが白いだけに、その血のいろがいっそう印象的だった。

「久米君、もう医者の検屍《けんし》はすんだのかね」

「はっ、さっきすませました。鋭利な刃物でたったひと突き。……それで十分だったろうというのが川上先生の診断です」

「それで、この死体を発見したのは……？」

「道明寺修二といってピアニストだそうですが……いま、むこうのサロンにいたはずです」

「それで、どういう状態のもとに発見したの？」

「いや、それがよくわからんのです。いうことがしどろもどろで……落ちついたところで、もういちど締めあげてやろうと思ってるところなんですが、なんでしたら、警部さん、ここへやっこさんを呼びますから、じきじきお訊ねになったら……」

「しかし、この死体のあるところじゃ……」

「いや、死体はもうそろそろ引きとりにくるはずですが……」

噂をすれば影とやらで、そこへ救急車が死体引き取りにやってきた。死体はいちおう病院へ搬入されて、警察の手によって解剖されることになっているのである。

この死体引き渡しでちょっとごたごたしたのちに、改めて死体発見者の道明寺修二が、現場であるたまきの居間へよびこまれた。

こうして、いよいよこの事件についての訊《き》き取りが開始されるのである。

十

道明寺修二というのは三十二、三だろう。新聞の写真でははっきりわからなかったが、色白の好青年である。背はそうたかくはないが、肥り肉《じし》の、坊っちゃん坊っちゃんとした頬に、男にはもったいないようなえくぼが印象的である。

「いや、どうも。さきほどは失礼いたしました。すっかり取り乱していたもんですから」

道明寺修二は部屋のなかへ入ってくるなり、不思議そうな視線を金田一耕助のほうへ走らせたが、すぐそれを久米警部補のほうへもどすと、だれにともなく一礼した。

「まあ、そこへかけたまえ。それでいくらか落ちつきましたか」

「はあ。……」

と、警部補に示された椅子に腰をおろした道明寺修二は、それでもまだ坐《すわ》り心地が悪そうにもじもじしながら、

「なんだかまるで夢を……それも悪夢を見てるような気がしますね。だしぬけに服部さんがこの部屋へ、ころげこんできたもんですから……」

と、いまさらのように肩をすくめて、そわそわと部屋のなかを見まわしている。額にはじっとりと汗がにじんでいた。

「なんですって？　服部さんがころげこんできたって……」

と、久米警部補は書物机のむこうから体を乗りだして、

「さっきのお話では、十一時ごろなにげなくこの部屋へ入ってきたら、服部さんの死体がそこにころがっていたということでしたが……」

「いや、いや、どうも失礼いたしました。あれはむろん、真実ではありません。いったい、どういって、説明したらよいかわからなかったもんですから……」

「それじゃ、こんどは真実を話してくださるんでしょうねえ」

「はあ、もちろん、そのつもりでやってきたんですが……」

と、道明寺修二はちょっと胸をそらせたが、それはおそらく真実を話すためにはかなりの決意を必要とし、その決意を勇気づけるために、大きく息を吸いこむ必要があったのであろう。

「さきほどはちょっと省略したんですが、じつはわれわれ、ぼくとたまきさんですね、たまきさんとふたりでこの部屋で話をしていたんです。それが十一時ごろのことなんですが……ところが……」

「ああ、ちょっと」

と、等々力警部がさえぎって、

「十一時ごろ、ここでたまきさんとふたりきりで話をしていたというのは……？　さしつかえがなかったら、そのことも話してもらえると有難いんですがね」

「はあ、いや、承知しました」

と、修二はちょっと怯《おび》えたような眼の色をして、等々力警部から久米警部補、それから金田一耕助の顔を見わたしたのち、いくらかしゃがれたような声で、

「いや、そのことはぜひ、みなさんに聞いていただきたいと思ってるんです。さっきはそれを躊躇《ちゅうちょ》したもんですから、こちらから誤解をうけたようですが……」

と、久米警部補を顎《あご》で指さし、

「じつはこんやだれかぼくたち、つまりぼくとたまきさんを罠《わな》に落とそうとしたものがあったんです」

「あんたがたを罠に……？」

と、等々力警部は眉《まゆ》をひそめて、

「罠ってどういう罠……？」

「はあ、あの、ちょっとこれを見ていただきたいのですが……」

と、道明寺修二が椅子から立って、ズボンのポケットからつかみ出しだのは、くちゃくちゃになった一枚の便箋《びんせん》である。

それを受けとった久米警部補は、しわをのばして便箋のうえに眼を走らせると、思わず大きく眉をひそめて、

「道明寺さん、これが罠だとおっしゃるんですか」

「はあ、それについてはいまお話し申し上げますが……」

金田一耕助が等々力警部からまわされた便箋のうえに眼をおとすと、紫インクもあざやかにつぎのような走り書きである。


十一時ジャスト。わたしの居間へ。聞いていただきたい話があります。　たまき

「ところで、この手紙、いつ受け取られたんですか」

久米警部補の質問に、

「いや、それがじつはよくわからないんです」

と、修二も顔をしかめて、

「われわれがこの家へやってきたのは十時ごろでした。そのときはみんなもうかなり酔っぱらっていたもんだから、すぐもう乱痴気《らんちき》さわぎになったんです。ところが十時半ごろ上衣のポケットから、ハンケチを取りだそうとすると、そういう紙片がはいっていたんです」

「それで、この手紙にあるとおり、あなたはジャスト十一時に、この部屋へやってこられたというわけですね」

「ええ、そうです、そうです。ところが……」

と、修二が話しつづけようとするのを、

「ああ、ちょっと……」

と、金田一耕助がさえぎって、

「あなたはこの部屋をご存じだったわけですか。この部屋がたまきさんの居間だということを……?」

道明寺修二はちょっとのま、いぶかしそうに金田一耕助の顔をながめていたが、それでも率直に返事をした。

「ええ、それは……われわれここへ着くと、まずいちばんにたまきさんが、家中を見せてくれたもんですから」

「ああ、なるほど。それではいまの話をおつづけください」

「はあ、あの、それで、……そのとき、たまきさんとも話しあったんですが……」

「ああ、ちょっと……」

と、こんどは等々力警部がさえぎって、

「あなたがこの部屋へやってきたとき、たまきさんはもうここへきていたんですか」

「ああ、そう、それじゃもう少し正確にお話しましょう」

道明寺修二はハンケチでねばつくてのひらをこすりながら、

「ぼくがここへやってきたとき、この部屋はまっくらでした。むろん、たまきさんはまだきていなかったんです。そこでぼくが電気をつけようかどうしようかと、躊躇しているところへたまきさんが入ってきたんです。たまきさんは電気をつけて、ぼくがここにいることを認めると、いきなりとがめるような調子で、こういう意味のことをいったんです。道明寺さん、これどういう意味ですの……？　と、そういってぼくにつきつけたのが、それとおなじような手紙です。ジャスト十一時に、あなたの居間へ、話したいことがある……と、そういう意味のことが書いてあって、署名はぼくの名前になっていました」

金田一耕助はおもわず、口笛を吹きそうなかっこうをしたが、さすがにそれは思いとまって、神妙な顔で話を聞いていた。

「しかし、あなたはそんな手紙を、書いたおぼえはないとおっしゃるんですね」

「むろんです。たまきさんだって、そんな手紙を書いたおぼえはないというんです」

「それじゃ、だれかがあなたの名前をかたって、ふたりをここで落ちあうようにしむけたというんですね」

「まあ、そうとしか考えられませんね」

「それで、たまきさんのところへきた手紙は……？」

「それはあのひとがまだもっているでしょう」

「なるほど、それから……？」

「はあ、とにかく、そのときはふたりともおどろいたんです。おたがいにおぼえのないことだとしたら、これは気をつけなければいけない。だれかがわれわれを、おとしいれようとしているのではないか。……と、そんなことを立ち話でしているとき、そのカーテンのおくでへんな音……ゴトリというような音がしたんです」

と、道明寺修二は三面鏡のそばにしぼってある厚いカーテンをゆびさした。三面鏡のそばにはしゃれたステンド・グラスをはめたドアがあり、カーテンはふだんそのドアをかくしておくために、そこにしつらえられているものらしかったが、いまはドアのすみにしぼられている。

十一

「なるほど、そのドアのむこうでへんな音がしたので……？」

と、久米警部補があとをうながす。

「はあ、それで……」

と、話がいよいよ核心にふれてきたのか、道明寺修二は額からふきだす汗をハンケチでこすりながら、

「そのときにはカーテンはまだしまっていたんです。ですから当然、ドアはみえませんでした。ところが、そのカーテンのおくからへんな音がするので、たまきさんがそばへよって、さっとカーテンをひらいたのです。そしたら……」

「そしたら……？」

道明寺修二が息をのんでためらうようすに、久米警部補がもどかしそうにあとをうながす。

修二はちょっとものに憑《つ》かれたような眼で、一同の顔をみまわすと、大きく咽喉《のど》ぼとけを鳴らして息をのみ、

「たまきさんがカーテンを開いたせつな、そのドアのステンド・グラスのむこうに、だれかがもたれているような影がみえたのです。しかも、その影はたまきさんがカーテンをひらいても、身動きもしないでいるんです。たまきさんは二、三度声をかけました。そこにいるのはだれかって。……しかし、それでも返事はなかったんです。そこでたまきさんが鍵《かぎ》をまわしてドアをひらくと、そのとたん、服部さんがくずれるように、この部屋へころげこんできたんです」

等々力警部はおもわず金田一耕助と顔見合わせた。

そういえば、さっきの死体の位置はちょうどそういうところにあった。

久米警部補もおどろいたように眼をまるくして、

「それじゃ、被害者はあのドアにもたれて死んでいたというんですか」

道明寺修二は滴りおちる汗をぬぐいながら、ものに狂ったような眼でうなずいた。

「あなたがたは……」

と、等々力警部があいての心中をよもうとするかのように、きっとその顔色を注視しながら、かたわらからことばをはさんだ。

「そのときすぐに、服部さんが死んでいる……いや、つまり、殺害されているということに気がつきましたか」

「それはもちろん、……そのときには背中にまだ刃物が突っ立っていたんです」

「ああ、そのナイフならむこうにとってあります。薄刃の鋭いやつで、われわれが駆けつけてきたときには、まだ背中に突っ立っていたんです」

と、久米警部補はいちおうそう補足しておいて、それからまた道明寺修二のほうへむきなおると、

「それから……？」

と、あとをうながす。

「はあ、それからあとは申し上げるまでもありますまい。たまきさんが失神する。ぼくが大声をあげて叫ぶ。……そこでいまサロンにいるひとたちが駆けつけてきて、それからこ

の大騒ぎになったんです」

金田一耕助は修二の話をききながら、ステンド・グラスのはまったドアをひらいて、そのおくをのぞいてみた。

そこはわずか半間の小廊下になっていて、廊下のむこうもステンド・グラスのはまったドアになっている。

「あのドアのむこうはなにになっているんですか」

「浴場の脱衣室になってるんです」

と、久米警部補が説明した。

「つまり、脱衣室からすぐにこの居間へこられるように設計してみたが、作ってみるとこのドアが眼ざわりになる。そこでカーテンでかくすようにしたんだと、さっき梅子老夫人がいってましたがね」

「ところで、道明寺さん」

と、等々力警部はさぐるようにあいての顔を視《み》ながら、

「あなたはいま、たまきさんとここで話をしていると、カーテンのむこうでへんな音がしたといったが、服部氏はそのとき刺されたというんですか」

「いや、そのときはぼくもそう思いました。しかし、こうして落ちついてかんがえてみると、それだとうめき声とか、唸《うな》り声とか、なにかきこえるだろうと思うんです。ところが、そんな気配はぜんぜんなかったんですから、それより以前、すなわち、ぼくがここへ入っ

てきたときにはすでにさされて、あのドアにもたれたまま死んでたんじゃないかと思うんです。ですから、われわれの聞いたゴトリというような音は、なにかのはずみに死体がずれるかどうかして、そのとき発した音じゃないかと思うんです」

なるほど半間四方のわずかな間隙《かんげき》では、刺されて死んでも横に倒れるわけにはいかず、どちらかに体をもたらせていたことになるのだろう。したがって死体は非常に不安定な平衡をたもっていたわけで、ちょっとした衝撃によっても、位置がかわることはありうるわけである。

「ときに、このにせ手紙だが……」

と、等々力警部は便箋《びんせん》のうえに眼をおとして、

「この手紙について、たまきさんはどういってるんです」

「いや、ところが、警部さん、ぼくたちはまだそれについて討論する機会がないんです。そのまえに服部さんがころげこんできたもんですから、……しかし、ぼくだけのかんがえじゃ……」

「うん、あなただけのお考えでは……？」

「さいしょ、ぼく、これはてっきり服部さんがわれわれのあいだを妙に誤解して、ふたりを試そうとしたんじゃないかって、そんな気がしたんですが、しかし、この手紙の文字、これはあきらかに女文字のようですねえ」

道明寺修二のことばのとおり、それはあまり上手とはいえないが、女の筆蹟《ひっせき》であること

だけはまちがいがないようだ。

「いや、どうもありがとう。それじゃまたあとで……」

道明寺修二はまだなにかいいたそうだったが、久米警部補が手をふったので、思いなおしたようにかるく頭をさげて出ていった。

十二

「警部さん、これはいったい、どういうことになるんでしょうねえ」

と、修二のすがたが見えなくなると、久米警部補は困惑したような顔を、等々力警部のほうへむける。等々力警部は金田一耕助のほうをふりかえって、

「金田一先生、あなたのお考えはどうです」

「そうですねえ。こいつは少々むつかしい事件になってきましたねえ」

と、金田一耕助はぼんやりともじゃもじゃ頭をかきまわしていたが、とつぜん大きく眼を視張ってうれしそうにわらった。思いがけない人物が入ってきたからである。いや、思いがけない人物といったら間違っているだろう。それは当然顔を出すべき人物、すなわち緑ケ丘署の島田警部補であった。

「いやあ、警部さん、さきほどはお電話ありがとうございました。久米君、たいへんなことがもちあがったね」

と、島田警部補はあいかわらず、ガニ股《また》の短軀《たんく》をせかせかと、部屋のなかへ運びこんでくると、

「金田一先生、ちょうどよかった。さっき警部さんから連絡があったので、さっそくお宅へお電話をしたんですが……どうやら、先生の予想が的中したようですなあ」

と、島田警部補は満月のような顔を紅潮させながらも、内心こんどの事件をよろこんでいるふうにもみえる。これでまた金田一耕助のお手並み拝見と、ほくそ笑んでいるのかもしれない。

「久米君、あんたこのあいだの事件について、金田一先生のお話、聞いた？」

「いや、まだ。だってそんなひまないよ。さっき紹介していただいたばかりだから……しかし、金田一先生」

と、金田一耕助とまだ馴染《なじ》みのうすい久米警部補は、いささか警戒気味で、

「あなたのお考えではどうです。こんどの事件、やはりこないだのお宅の、志賀葉子ごろしとなんか関係があるんでしょうかねえ」

「それはやっぱり」

と、金田一耕助もことばに注意をしながら、

「あると見るべきが妥当じゃないでしょうかねえ。なんぼなんでも関口たまき女史の身辺に、殺人本能をもった人物が、ふたりもいるとは考えられませんからね」

「なるほど、ところで、これは島田さんから聞いたんですが、志賀葉子は先生のところへ、

ちかく起こるべき殺人について相談にいったんだそうですね。しかもその葉子を殺した犯人は、つぎに起こるべき殺人の日を、こんやと予告していったとか……」

「はあ。……いや、それについて島田さんは、こんや殺される人物を、服部徹也氏であろうと予言していたんですよ」

久米警部補はびっくりしたように、島田警部補をするどく注意した。島田警部補はちょっと照れ気味で、ガニ股の脚でせかせかと部屋のなかを歩きまわっている。

金田一耕助はこのふたりの警部補を、興味ぶかい眼で見くらべていた。

およそ対照的といっても、これほど対照的なふたりはあるまい。

島田警部補のずんぐりむっくりとした短軀にたいして、久米警部補は五尺七寸はあろうと思われる長身で、しかも痩軀《そうく》である。島田警部補の満月のような柔和な容貌《ようぼう》にくらべると、久米警部補の蒼白《そうはく》のおもては、どこか剃刀《かみそり》をおもわせるような鋭さをもっている。島田警部補が実践的な行動派とすると、久米警部補は内省的な思索型というところだろう。そして、えてしてこういう対照的なふたりが、よいコンビを形成するものである。

等々力警部もおどろいて、

「金田一先生、島田君はそんなことといってたんですか。服部徹也がこんや殺されるであろうと……」

「ああ、いや、いや、警部さん、そんなこと、ま、冗談みたいなもんですよ。それより、久米君、こんやここでどんなことが起こったんだい。君の縄張りを冒すようでなんだが、こりゃぼくのほうの事件とも関連してるようだから……」

「ああ、いや、そりゃぜひ聞いてもらわなければ……ことにあんたがこんやの事件を予言していたとあればなおさらのことだあね」

と、久米警部補はちょっぴり皮肉をきかせたのち、さっき道明寺修二からきいたてんまつを、要領よく語ってきかせた。

そのあいだも、島田警部補はせかせかと部屋のなかを歩きまわったり、小廊下のなかをのぞいたりしていたが、

「そうすると、服部徹也は……いや、服部徹也氏は、関口たまきと道明寺修二とが、この部屋で密会するであろうことをあらかじめしっていて、このドアのむこうに潜んでいた。そこを背後からやられたということになるんですか」

「まあ、そういうことになりそうだね」

と、等々力警部が相槌《あいづち》をうつ。

「そうすると、だれが服部徹也氏にふたりの逢《あ》い曳《び》きを教えたか、問題の焦点はそこへしぼられるわけですな」

「そうそう、それがわかれば問題はない。島田君、それについてなにか意見は……？　意見があったら遠慮なく聞かせてもらいたいな。管轄外だなんてケチなことはいわないで……」

「ああ、いや、それがさ」

と、ガニ股の警部補はあいかわらず、せかせかと居間のなかを歩きまわりながら、

「道明寺という男がいうように、被害者のほうがひと足さきに、あのドアのむこうへきていたとしたら、被害者はあらかじめふたりの逢い曳きをしってたことになりますな。では、服部氏はどうしてそれをしっていたか。……それについてはふたつの場合がかんがえられるんじゃないかと思うんだ……」

「ふたつの場合というと……？」

と、反問する等々力警部の口調には、いくらかからかいの気味もまじっている。島田警部補のそういう口のききかたが、金田一耕助に似ているからである。

「いやあ、その……つまり、どういったらいいかな」

と、島田警部補は山羊《やぎ》みたいなやさしい瞳《ひとみ》に、照れたような微笑をうかべながら、

「つまり、こういうことになりますな。この逢い曳きをしってたのは、当事者のふたりのほかに、このにせ手紙を書いた人物……かりにこれをにせ手紙ということに決めておいて……と、そういうことになりますね。で、ふたつの場合というのは、このにせ手紙の筆者が服部氏じしんであった場合、まず、これが第一の場合ですな」

「と、いうのは服部氏がふたりを試してみようとしたというんだね」

と、久米警部補がつっこんだ。

「そうそう、ふたりをここで逢わせてみて、どういう反応が起こるか、そいつをひそかにかいま見ようと思ってたところが、その計画をだれかにしられて、逆に乗じられたという

場合ですな」

「しかし、島田君」

と、そばからことばをはさんだのは等々力警部である。

「その可能性はうすいんじゃないかな」

「と、おっしゃるのは……？」

「だって、関口たまきにしろ道明寺修二にしろ、呼び出し状がにせものだとしったら、おたがいに大いに警戒するだろうからね。そういう濃厚な濡《ぬ》れ場を期待するのはむりだってことくらい、服部にもわかりそうなもんじゃないか」

「なるほど」

と、島田警部補は山羊みたいな眼をパチクリさせながら、

「金田一先生、警部さんはああおっしゃいますが、その点について先生のご意見はいかがです」

「そうですねえ」

と、金田一耕助はわらって、

「それじゃ、ぼくは嫉妬《しっと》に狂ったご亭主というやつは、なにをやらかすか、わかったもんじゃないということにしておきましょうか」

「いや、わたしも金田一先生のお説に賛成ですが……」

と、久米警部補は緊張したおももちで、

「ところで、島田君、あんたいまその計画がだれかにしれて、逆に乗じられたんじゃないかっていったが、じゃ、そのだれかというのは……？」

「関口たまきとしたらどうだい」

「えっ！」

と、久米警部補は瞳をすぼめて相棒を注視しながら、

「それじゃ、あんたは関口たまきを……」

「ああ、つまりこうなのさ。関口たまきはにせ手紙をうけとると、すぐにそれを亭主のトリックだと気がついた。と、同時に亭主がなにを計画してるかってことがわかったんだな。そこでこっそり脱衣場へ入っていって、むこうからこの小廊下をのぞいてみると、果たしてそこに服部が立っている。そこでぐさりとひと突きに殺しておいて、それから、ちょっとまをおいて、なに食わぬ顔つきでこの居間へやってきた……」

久米警部補はしばらく無言で、穴のあくほど島田警部補の顔を見ていたが、

「なるほど。それが第一の場合だというんだね。で、もうひとつの場合は……？」

「もうひとつの場合は、つまり、そのなんだ。にせ手紙のぬしは服部じゃなくて、関口たまきだったとしたらどうだね」

「ふむ、ふむ、それで……」

「たまきはわざと筆蹟《ひっせき》をかえて、道明寺修二とじぶんにあてて呼び出し状を書く。ただし、それは逢い曳きが目的ではなくて、亭主をあの小廊下へ、ひっぱり出すのがほんとの目的

だったとするんだね。だから、そのことをどういう方法でか亭主にしられるように仕向ける。嫉妬に狂ったご亭主がまんまとその手に乗ったところを、第一の場合と同様にぐさりとひと突き……」

「島田君。すると、君の考えじゃ、どちらにしても犯人は関口たまきだというんだね」

「いや、まあ、断定するわけじゃないんだがね。しかし、もしかりにぼくの考えが当たっていたとして、その場合、道明寺修二が共犯だってことは十分考えられるだろうなあ」

島田警部補の脳裡《のうり》には、あきらかに志賀葉子が切りぬいていた、あの新聞の写真がつよく焼きつけられているのである。

そこへ小廊下のほうから刑事がひとり顔を出した。坂上刑事である。

十三

「主任さん」

と、坂上刑事はちょっと興奮のおももちで、

「いま、そこの……」

と、うしろをちょっとふりかえって、

「脱衣場でこんなものを拾ったんですが……」

と、両手でささげるようにしてもっているのは、ハンケチのうえにのっけた小さい金属

製の装身具のようである。ハンケチのうえにのっけているのは、指紋を消さぬ用心だろう。

「なに、それ……？」

「女が胸にぶらさげてる飾りですね。これ、ロケットというんじゃないですか」

坂上刑事がハンケチごと、デスクのうえにおいたそのロケットのうえへ、四人の男がのぞきこんだ。

それは長いほうの直径が二センチくらいの、楕円《だえん》型をしたロケットで、黄金の台に小粒のダイヤがぶちとりとしてちりばめられており、かなりぜいたくな品である。胸にぶらさげられるように細い金鎖がついているが、その金鎖のホックが少しゆるんでいる。

「これ、どこにあったの？」

「脱衣場の洗濯物の籠《かご》のなかに……汚れもののなかに落ちていたんです」

「汚れもののなかに……？」

と、呟《つぶや》いて、四人は顔を見合わせた。

これだけ高価な品を洗濯物のなかにつっこんでおくはずはないから、ホックがゆるんで、だれかの首からしぜんにはずれて落ちたのを、落としぬしが気づかずにいるのではあるまいか。

「久米君」

等々力警部がハンケチのうえのロケットを指さして、

「このロケット、開くようになっているようだから、ちょっと開いてみたらどうかね。女はよくこういうロケットのなかへ、愛人の写真などしまっとくというじゃないか」

久米警部補はうなずいて、可愛いロケットをいじっていたが、やがてパチッと小さい音を立てて、楕円型のふたがひらいたところをみると、はたしてなかに写真がおさまっていた。

「だれの写真……？」

「道明寺修二じゃありませんか。ちょっと見てください」

みんなでかわるがわるのぞいてみたが、それはあきらかに道明寺修二の写真であった。ミニェチュアー写真で小さいことは小さいけれど、眼鼻立ちもはっきりしている。

島田警部補は満月のような顔をほころばせて、

「これ、きっとたまきのロケットにちがいありませんぜ。亭主の眼をぬすんで、愛人の写真をそっと胸に抱いていたってわけでさあ」

「と、すると、島田君のさっきの説が正しいというわけですね。とにかく、脱衣場というのをごらんになりますか」

「ああ、見せてもらおう」

半間四方の小廊下をぬけると、洗面所兼用の脱衣場になっており、そのさきに浴室がついている。脱衣場は三畳ほどの広さだが、本廊下へ出るドアのかたわらに脱衣籠と、洗濯物を放りこんでおく台付きの籠がふたつ並んでおり、洗濯物のなかには肌着類が二、三枚放りこんであって、そのうえをビニールの風呂敷《ふろしき》でおおうてあった。

「このビニールの風呂敷のすみっこのほうに落ちていたんです」

と、坂上刑事が少ししわになった風呂敷のすみをゆびさした。

なるほど、そこならロケットを落としても音がしないから、落としぬしも気がつかなかったのかもしれない。

「いずれにしても、そのロケットがたまき女史のものであるかないか、調べてみればすぐわかるでしょう」

金田一耕助が呟《つぶや》いたときである。サロンのほうからだしぬけに、どよめきのようなものがきこえてきて、

「キヨ子……キヨ子……」

と、そう呼んでいるのは伯母の梅子らしいが、その叫び声のなかにこもっている悲痛な訴えのようなものを耳にしたとき、一同はおもわず顔を見合わせた。

「ど、どうしたんだ」

「いってみましょう」

脱衣場から本廊下へ出て、サロンのほうへやってくると、客たちはみんなサロンのそとの階段の下にあつまって、上のほうを見上げている。

その客たちの先頭に立った伯母の梅子が、

「キヨ子……ああ、キヨ子ったら……」

と、両手をひしと握りあわせて、祈るように叫んでいる。

金田一耕助も一同の視線を追って、階段のうえへ眼をやったが、そのとたん、胸をえぐられるような劇的なものを目撃したのである。

階段のうえから、いま関口たまきがおりてくる。彼女はうす桃色のパジャマを着たきりで、髪はふさふさと肩のうえに垂らしている。

たまきは一歩一歩ゆるやかに階段をおりてくるのだけれど、うつろにひらかれた双の瞳《ひとみ》は、なんにも見ていないらしい。ただぼんやりと前方にむかってひらかれているきりなのだ。一歩一歩、階段をおりてくるその足どりは、まるで雲をふむように危なっかしくて頼りない。……

夢中遊行。……

金田一耕助はいままで扱った事件のなかで、夢中遊行の話をきいたことはあったけれど、その現行を目撃するのはいまはじめてである。

関口たまきはうちつづく、あまりにも強い刺激に圧倒されて、夢中遊行の発作をおこしたのであろうか。

「キヨ子……キヨ子……」

梅子老夫人がまた訴えるような悲痛な叫びをあげる。

ほかの連中はただ手に汗にぎって、このうつくしい夢中遊行のすがたを見つめているばかりである。うっかり下手なまねをして、たまきが階段から転落することを、みんな懼《おそ》れているのである。

そのとき、猫のように足音もなく、階段をかけのぼっていったのは道明寺修二である。かれは無言のままたまきの体を抱きあげると、そのままかるがると階段のうえへつれていった。梅子老夫人が裾《すそ》をからげて、すぐそのあとを追っていく。

ふたりのすがたが見えなくなったとき、一同はほっとしたように顔見合わせたが、そのとき金田一耕助は、島田警部補の顔にうかんだ皮肉な微笑を見落とさなかった。

その微笑はつぎのようなことばを語っている。

「うっふっふ、とんだお茶番だが、そんなお芝居をやったところでもう駄目ですよ」

金田一耕助はそれから順に、客たちの顔を眺めていったが、その視線がある人物の顔におちたとき、思わずおやというふうに瞳をすぼめた。

関口たまきの継娘、由紀子も客のなかに混っていて、心配そうにまだ階段のうえを眺めているが、その由紀子の左の耳からイヤリングがうしなわれている。

しかも、この娘は多少顔面神経痛の気味があるのか、ほんのちょっぴり顔がいびつにみえるのだが、そのせいかどうか、彼女は右の耳だけにイヤリングをぶらさげていて、左のそれがなくなっているのに気がついていないようである。

十四

関口たまきの降誕祭《クリスマス》パーティーの客は、道明寺修二や柚木夫人の繁子をもふくめて七人だった。それへ主人側から服部徹也に妻のたまき、たまきの継娘の由紀子の三人が出席して、全部で十人というパーティーだった。

伯母の梅子はパーティーへは出なかったのである。

さて、客のうちの三人までがたまきとおなじ女性流行歌手なので、金田一耕助のような変わり種でも、ラジオやテレビでおなじみの人気者ばかりだった。あとのふたりは男性で、たまきが昔から世話になっている作曲家と、レコード会社の重役だが、以上の五人はかくべつこの物語に関係のある人物ではないから、ここではいちいち紹介することはさしひかえよう。

さて、そのひとたちの一致した申し立てによると、居間のほうから道明寺修二のただならぬ叫び声がきこえてきたのは、十一時十分ごろのことであったという。

そこで一同が駆け着けてみると、道明寺修二が失神したたまきを両腕のなかに支えており、その足下に服部徹也が倒れていたが、その徹也の背中に刃物が突っ立っているのをみて、みんなびっくりしたというのである。

「そのとき、みなさんはあの部屋のなかへ入りましたか」

と、いう久米警部補の質問にたいして、これまた一致した申し立てによると、部屋のなかへ入ったのは作曲家と重役だけだったという。

作曲家と重役は死体をちょっとあらためてみて、服部がすでにことされているのをたしかめると、廊下に立っている女たちにたいして、だれも部屋のなかへ入ってきてはならぬと厳禁したそうである。それから、ひと足おくれて駆け着けてきた梅子にたいして、警察と医者へ電話をかけるようにと指図をしたのは、作曲家だったという。

「ところで、どうでしょう。あの居間へ入るドアの少しむこうに、浴室の脱衣場へ入るドアがありますが、だれかそこへお入りになったかたはありますか」

と、これは等々力警部の質問だったが、女たちはただ顔を見合わせるだけで、だれも返事をするものはなかった。

「このおふたかたが……」

と、等々力警部が作曲家と重役を指さして、

「居間のなかへ入って服部さんの死体をあらためていらっしゃるあいだに、ご婦人のなかでどなたか、そちらのドアのなかへ入ってごらんになったかたがおありじゃありませんか」

と、いうかさねての質問にたいして、

「とんでもございません。あたしどもはひとかたまりになって廊下に立っておりました。だれも脱衣場のなかなどへ入っていったものはございません」

と、女性歌手たちは口をそろえて強調する。

「しかし、居間のむこうのドアが脱衣場のドアだとはご存じだったんですね」

と、これは金田一耕助の質問である

「はあ、それは……十時ごろ一同がここへ到着しますと、たまきさんがまず家のなかを案

内してくれたもんですから」

「そのとき、みなさん、脱衣場のなかへ入りましたか」

「いいえ、脱衣場のドアだと教えてもらっただけで、なかまでは入りませんでした。ただ、居間から直接、脱衣場へぬけるみじかい廊下がこさえてあって、それがたまきさんのご自慢らしく、ちょっとその説明をきいただけでした」

「ああ、そう、いや、どうもありがとうございました」

金田一耕助がペコリとひとつ、もじゃもじゃ頭をさげたところへ、二階から梅子と道明寺修二がおりてきた。

梅子の訊《き》き取りは客たちとおなじわけにはいかないのである。

そこで、サロンのとなりにある応接室を、とりあえず捜査本部みたいなことにきめて、そこへ梅子にきてもらった。

この応接室というのは、たまきが事務的な折衝をおこなうためにしつらえたものらしく、広さも八畳くらいしかなく、ちょうどこういう訊き取りなどには、うってつけの部屋である。

「いや、お呼びたてして恐縮ですが、たまきさん、いかがですか」

この上品でやさしく、しかもどこか犯しがたいところのみえる老夫人にたいしては、久米警部補もいたって叮重《ていちょう》である。

「はあ、ありがとうございます。あれがあのひとの持病でございまして……」

　と、しらじらとそそけだった梅子の顔には、どこか虚脱したような空虚感がうかがわれる。がっかりしたような感じのなかに、彼女はなにかをおそれているらしく、それが彼女を一種の放心状態におとしいれているらしい。

「持病とおっしゃると、たまきさんはときどき、ああいう発作を起こすことがあるんですか」

「はあ、さいさいというわけではございますまいが、あれがあのひとの小さいときからの病気でございました。つまり、ひと一倍感受性が強いと申しますんでしょうか、なにかにひどく神経をかきみだされると、まま、ああいうことになるんでございますの」

「ああ、なるほど……」

　と、久米警部補はわかったようなわからぬような相槌《あいづち》をうつと、

「ときに、奥さん、今晩の事件でございますが、あなたはあれをどういうふうにお考えでしょうか」

「どういうふうに考えるって……」

　と、梅子はちらと臆病《おくびょう》そうな視線を捜査主任のほうに走らせると、

「ただ、もう恐ろしいことだって申し上げるよりほかはございませんわね」

「ひょっとするとあなたは、もしや、こういうことが起こるかもしれないと……つまり、そんなことをお考えになったことはございませんでしょうか」

「まあ、どうしてでございましょうか」

「いや、どうしてってわけでもございませんが、数日以前にたまきさんの秘書の志賀葉子という婦人が、毒殺されておりましょう」

「まあ、それじゃこんやの事件はやっぱりあれと、関連してるんでございましょうか」

「それはそうでしょうねえ。ああ、ちょっとご紹介いたしましょう。こちらにいらっしゃるのが金田一耕助先生、志賀葉子さんが毒殺死体となって発見された部屋のご主人です」

梅子の瞳《ひとみ》にさっと恐怖の色がほとばしったが、それでも金田一耕助の会釈にたいして、ていねいに頭をさげると、口のうちでなにやらぶつぶつ呟いていた。よく聞きとれなかったが、たぶんその節は……とかなんとかいったのであろう。

「ところで、金田一先生の説によると、たまきさんの身辺にそうなんにんも、殺人本能をもつ人物がいるはずはないから、これは当然おなじ人間の犯行だろうというんです。ところが葉子さんが毒殺されたとき、こちらにいる緑ケ丘署の島田警部補といっしょにこちらへあがって、葉子さんが金田一先生を訪問したのは、ちかく起こるべき殺人事件を未然に阻止するためであったらしいってこと、申し上げておきましたね」

「はい、それはうかがいましたけれど……しかし、そんなこととても信じられもしませんでしたし、かりにそれをまにうけたところで、まさか徹也さんが狙われていようとは……」

と、梅子はしらを切るつもりらしいが、その答弁はいかにも苦しそうだった。

「思わなかったとおっしゃるんですか」

「はい」

「しかし、こうして現実に服部氏が殺害されたとなると、立ち入ったこともお訊《たず》ねしなければなりません。われわれが耳にしてるところでは、服部氏とたまきさんとの夫婦関係は、かなり不自然な経過をたどっているようですが……」

梅子はしばらくだまっていたのちに、決然として顔をあげると、真正面から久米警部補の顔を直視して、

「久米さん、……たしか久米さんとおっしゃいましたね」

「はあ」

「男と女のあいだというものは、まことに複雑なものでございますのよ。なるほど、徹也さんとキヨ子の夫婦関係の成り立ちは、一般世間の眼からみれば不自然でもあり、不合理でもございました。そして、その原因はおもに徹也さんのほうにあり、わたしども親戚《しんせき》のものも、ながいあいだ徹也さんを憎み、怨《うら》み、呪うていたのでございますの。しかし、いままでながいあいだかかって徹也さんというひとを見てまいりまして、さいごにえた結論と申しますのは、あのひと、ほかにどのような欠点があるにしろ、キヨ子にたいする愛情だけはごまかしものじゃなかったということです。あのひとは全身全霊をあげてキヨ子を愛していたんですの。世間様の眼からみれば不自然、不合理を犯してまで、キヨ子をじぶんのものにしたい、いや、せずにいられないというところまで、深い愛情をもっていたんです」

「いや、奥さん、そのことはわれわれにもわかってるんです。しかし、いま奥さんもおっしゃったように、男と女のあいだというものは複雑なものですね。ですから、男の愛情が熱狂的になればなるほど、女のほうでうとましくなる。わずらわしくなるという場合だって考えられるんですけれど……」

梅子はあいかわらず久米警部補を直視したまま、

「久米さん、あなたのおっしゃりたいことは、わたしにもよくわかっておりますの。つまり男のほうでは熱愛してたけれど、女のほうでは嫌気がさしてきた。そこで今夜の破局がきたのではないかとおっしゃりたいのでしょうけれど、これはキヨ子の性格にないことですし、もしかりにキヨ子の性格に多少とも、金田一先生のおっしゃる殺人本能とやらがあったら、破局はきょうまで待たなかったでございましょうよ」

「いや、しかし、そこには情勢の変化というものも考慮に入れなければいけませんね。もし女のほうにほかに愛人ができたとしたら……」

金田一耕助がこいつは拙《まず》い切りだしかただなと思うやさきに、梅子がぴしりと機先を制した。

「あの、失礼ですが久米さん、あなたは討論するために、あたしをここへお呼びになったんでございましょうか」

「えっ！」

「そういう討論はあなたがたお仲間のあいだでなさることで、わたしにそういう議論を吹っかけていらっしゃるのは、お門ちがいかと存じます。あたしは事実の提供者として、あなたの面前にひかえているのでございますのよ。今夜どういうことがあったかというようなな……そういう意味のご質問ならいくらでもお答え申し上げますが、そういう討論はさしひかえとうございます」

　そのとき金田一耕助の眼には、このかぼそい、上品でやさしい老婦人のすがたが、とつじょ巨人のように大きくそそり立つかのごとくかんじられた。

「ああ、いや、こ、これはどうも……」

　と、もののみごとに鼻っ面に平手打ちをくらったみたいな久米警部補は、こんやのご馳《ち》走《そう》の七面鳥のように、赤くなったり青くなったりしながら、

「そ、そ、そうでした。これは奥さんのおっしゃるとおりでした。大きに失礼いたしました」

　と、あっさり兜《かぶと》をぬぐと、やっと落ち着きと威厳をとりもどして、

「それじゃ、まず第一にお訊ねいたしますが、事件が起こったとき、つまり服部氏が刺された十一時前後には、あなたはどこにいましたか」

「じぶんの部屋にいました」

「あなたのお部屋というのは……？」

「浴室のひとつむこうの部屋でございます。ちょっと離れみたいになっておりますが……」

「それで、服部氏の刺された時刻には、なにをしておいでになりました」

「部屋のなかで本を読んでおりました。『楢山節考《ならやまぶしこう》』なんですの」

と、梅子は口もとに皮肉な微笑をきざませた。

「それで、事件をしられたのは……？」

「それはどなたかが……あとになって道明寺さんだとわかりましたが、とにかく大声でお叫びになる声がきこえたんですの。しかし、その大声ではかくべつ驚きはしませんでした。みなさんここへいらしたとき、すでにもう相当酔っぱらっていらして、したがってお声もたかかったんです。ですからあたしべつに気にもとめずに本を読んでいたんですの。『楢山節考』がおもしろくもあったせいもございますけれど……ところが、しばらくして気がつきますと、家のなかがいやにしいんとしずまりかえっています。こういう晩にはしずかなほうが不自然なんです。そこでふしぎに思って部屋を出て廊下のかどをまがると、ご婦人が三、四人、凍りついたように立っていらしたというわけです」

「と、すると、つまり……」

と、久米警部補はためらいながら、

「事件が起こった当時、あなたがただひとり部屋にとじこもっていらしたことを、立証できる人物は……？」

「おそらくひとりもございますまいね。そちらでメモをとっていらっしゃる刑事さま。梅子のところへアリバイなしとしておいてくださいまし」

虚をつかれたようにその刑事はぎくっと顔をあげると、うさん臭そうな眼で梅子をにらんだ。

久米警部補もさぐるようにあいての顔を視《み》ながら、

「それで、お部屋にいらっしゃるあいだに、怪しい物音やなんかは……」

「あいにく聞きませんでした。音がしたのかもしれませんけれど、あいにく本に熱中してたものですから……」

「ところで、この凶器、見おぼえがございますか」

それは細身の鋭利な肉斬り庖丁《ぼうちょう》だったが、まだきっさきが血にぬれている。

さすがに梅子はちらとそれに眼をやっただけで、すぐに顔をそむけると、

「サロンにそなえつけてあったナイフのようでございますわね。七面鳥の肉斬り用に……」

「あなたはこんや、サロンへお入りになったんですか」

「あたしパーティーには加わりませんでした。このとおりのおばあさんですからね。しかし、こんやのパーティーのお支度はあたしが指図をしたんです。そして、みなさんがお着きになるのを待って、いちおうご挨拶《あいさつ》してからじぶんの部屋にひきさがったんです」

梅子の答えは流るるようで淀《よど》みがない。

久米警部補はいまいましそうに眉《まゆ》をひそめていたが、

「それじゃ、さいごにもうひとつお訊ねいたしますが、これ、たまきさんのアクセサリー

でしょうねえ」

と、テーブルのうえへ取りだしたのは、さっき坂上刑事が脱衣場で見つけたロケットである。

梅子はひとめみると、ゆっくり首を左右にふって、

「いいえ、それ、キヨ子のものではありません」

「どうして……？　どうして、そうはっきりおっしゃれるんですか」

久米警部補の眉間《みけん》にうかんだ猜疑《さいぎ》の色をみて、梅子はおだやかに微笑をふくんだ。

「久米さん、もちろんあたしはキヨ子の持ち物を、なにからなにまでしってるわけではございません。しかし、あたし女でございますよ。女というものはきれいなもの、ことに婦人用のアクセサリーなどをみると、強く心をひかれるものです。それは柚木さん……柚木繁子さんのロケットでございます」

その瞬間、久米警部補の皮肉な視線が島田警部補のほうへはしった。島田警部補の満月のような顔がおどろきに歪《ゆが》んで、顎《あご》がだらりと垂れている。……

十五

「奥さん、たしか柚木繁子さんとおっしゃいましたね」

久米警部補の質問に、柚木夫人はあどけなくにっこり笑って、

「はあ、あたし柚木繁子でございます。ただしあらかじめ訂正させていただきますけれど、奥さんではございませんのよ」

「と、おっしゃいますと……?」

「いえ、あの、もちろん以前は奥さんでございましたけれど、先年主人に先き立たれまして、したがって正確に申し上げますと、目下未亡人ということになっておりますの」

「ああ、なるほど」

　と、久米警部補は苦笑する。

　梅子といい、いままたこの柚木繁子といい、こんやの訊《き》き取りのあいてというのは、みんなひと筋縄でいく女ではない。

　柚木繁子は三十くらいの年恰好《かっこう》だろう。眉を細くひいて、きめの細かな面立ちは、ちょっとデリケートなガラス細工を思わせるような美しさである。顔も細ければからだも細く、それで華奢《きゃしゃ》な体全体が、猫のような柔軟さをもっている。そして、にこにことあどけなく、また悪戯《いたずら》っぽく笑っているところは、妖精《ようせい》のようなかんじである。

「ところで、奥さんじゃなかった、柚木さん」

「はあ」

「あなたにちょっとお訊《たず》ねしたいことがあるんですが……」

「はあ、どういうことか存じませんが、なんなりとご遠慮なく……」

　柚木夫人……じゃなかった、柚木未亡人は警部補の質問の内容をあらかじめしってるかのように、平然として眼もとで笑っている。

「いや、じつはねえ、わたしどもの部下がこのようなものを拾ったんですが、さっき梅子夫人にお訊ねしたら、これあなたのものだそうですねえ」

と、テーブルのうえにおいてあった、ハンケチ包みをひらいてみせると、

「ああら、うれしい。見つけておいてくださいましたのねえ。さっきから探しておりましたのよ」

と、えんぴをのばしてハンケチのうえからロケットを取ろうとするのを、そうはさせじと久米警部補がさえぎって、

「いや、これがあなたのものだとわかれば、もちろんお返ししなければなりませんが、そのまえに、これ、どちらでお落としになったか憶《おぼ》えていらっしゃいませんか」

「それ、ひょっとすると、脱衣場じゃございません？　それとも脱衣場とたまきさんの居間をつなぐ小廊下のなかか……」

「柚木さん！」

と、久米警部補はおもわずあつい息をはき、島田警部補と顔見合わせた。

金田一耕助と等々力警部も興味ありげに上半身を乗りだしている。

久米警部補はしばらく相手の顔を凝視していたが、やっと落ちつきをとりもどすと、

「すると、あなたはこんや脱衣場のほうへいったことを告白なさるんですか」

「告白……？」

と、繁子はわざと大袈裟《おおげさ》に眉をつりあげたが、すぐあどけない笑顔になって、

「ほっほっほ、告白とはたいへん大袈裟でございますけれど、まいりましたことはたしかにまいりましたの」

「どういうご用件です？」

「警部さん」

「いや、ぼくは警部補ですが……」

「あら、まあ、失礼。わたしまだ制服だけじゃ、日本の警察のかたの階級、よくわからないものですから。……それじゃ、あの警部補さん」

「はあ」

「ちょっとお訊ねいたしますけれど、あなたそのロケットのなか、ごらんになりましたでしょうねえ」

「ええ、あの、それは……」

「まあ、失礼なかたねえ」

と、繁子はちょっと睨《にら》むまねをして、

「でも、まあ、それもあなたがたの職業とあらばいたしかたございませんわね。大目にみてさしあげますけれど、それならそのロケットのなかに、道明寺さんの写真がおさまってるってこと、ご存じでございましょう」

「はあ、あの、それも存じております」

「そうしますと、あたしのあのかたにたいする気持ちも、わかっていただけると思いますけれど……」

「ええ、ああ、それで……」

「ですから、癪《しゃく》じゃございませんか」

「癪だとおっしゃいますと……？」

「いいえ、まず道明寺さんでしょう」

「なにが、まず道明寺さんなんです」

「あら、ま、ほっほっほ、あたしのお話、すこし飛躍しすぎるようでございますわねえ。それではもっと順序よくお話し申し上げますけれど、あたし、このあいだ……と、いうよりはアメリカを立つじぶんから、相当やきもきしておりましたのよ」

「なにをやきもきしてらしたんですか」

「いいえ、道明寺さんとたまきさんとのことでございますわね」

「ああ、なるほど、それで……」

「それで、今夜なんかもうの目たかの目で、ふたりの顔色、一顰《いっぴん》一笑を偵察しておりましたの。ほっほっほ、とんだ岡っ引き根性を出したものでございますけれど……」

「ああ、なるほど」

と、かたわらから満月のような顔をつきだしたのは島田警部補である。

「そうすると、あなたはこんや、あのふたりを監視していらしたとおっしゃるんですね」

「ええ、そうなんでございますの。ところで、失礼ですけれど、あなた、警部さんでいらっしゃいましょうか」

「いや、いや、わたしもおなじく警部補で……警部さんはこちらにいらっしゃるこのかたで……」

「あら、まあ、そう。やっぱり警部さんともなればおたかくとまっていらして、軽々にお口はおききにならないんでございましょうねえ」

「あっはっは、いや、これは恐れいりました」

と、等々力警部は苦笑いをしながら、

「それではひとつ、わたしからお訊ねいたしましょう。それで、あなたがふたりを監視していらっしゃると……？」

「あら、うれしい。警部さんからじきじきにお言葉を賜わりますのね。それではつつしんで申し上げますけれど、あたしがふたりのようすに気をつけておりますと、まず、道明寺さんがこっそりサロンを抜けだしていったんです。そうですねえ、十一時ごろのことだったでしょうねえ。ところが、それから二、三分たってたまきさんでしょう。ですから、こいつ怪しいとばかりに、こんどはあたしがこっそりあとをつけたんですの。たまきさんの……」

「ああ、ちょっと」

繁子の話をさえぎったのは島田警部補である。

「警部補ずれが嘴《くちばし》をはさんでまことに失礼ですけれど、たまきさんはそれまで……つまり、道明寺さんから二、三分おくれてサロンを出るまで、ずうっとあそこにいましたか」

「そうですわねえ」

と、繁子はちょっと小首をかしげて、

「少なくとも半時間ぐらいはサロンにいたでしょうねえ、あたしどももといっしょに」

「ああ、なるほど、それで、あなたがたまきさんのあとをつけていらっしゃると……?」

と、またもや御意に逆らわないように、これは等々力警部じきじきのご下問である。

「はあ、そうしますと、たまきさんはあの居間へ入っていきましたの。しかも、ドアの外でちょっと立ちぎきしてますと、居間のなかにはたしかに道明寺さんもいるようすでございましょう。そこであたし、となりの脱衣場へ入っていったんですの。脱衣場と居間とのあいだに、秘密の……でもございませんけれど、小廊下があることをしってましたから」

「どうして、それをしってらしたんですか」

「あら、だって、そのことはさっきサロンで、みなさんといっしょに申し上げましたでしょう。このおうちへつくとすぐ、たまきさんが自慢たらだら家中案内してくれたってこと……」

「ああ、なるほど。それであなたはあの小廊下で、ようすを立ちぎきしようとなすったんですね」

「ええ、そうなんですの。哀れ、恋のやっこよと、おわらいくだすってもかまいません。

また、あの小廊下というのが、絶好の立ちぎき場所にできておりますものね。ほっほっほ！」

と、繁子はさすがにヒステリックな、ひきつったような笑い声をあげる。

「それで……？」

と、等々力警部は緊張したおももちで、

「あなた、あそこで立ちぎきをしていたんですか」

「いいえ、立ちぎきしようと思った……と、申し上げたほうが正しいでしょうねえ」

「それは……それは、どういう意味ですか」

「だって、立ちぎきしようと思って、あたしが脱衣場のほうのドアをひらいたら、そこに先客さまがいらしたんですの。しかも、その背中に短刀のようなものがつっ立っていて……」

柚木繁子はこともなげにいってのけたが、さすがにその顔にはじっとり汗がにじんでいる。ハンケチをまさぐっている手が神経的にふるえていた。

この思いがけない告白に、一同はおもわずシーンと黙りこんでしまった。この妖精のような女は、いったいなにごとをいいだすのかといわぬばかりの顔色で、繁子の顔を凝視している。

このきびしい凝視の集中攻撃にあって、繁子はさすがにこわばったような微笑をうかべ、

「いいえ、それはみなさんのおっしゃりたいことはよくわかっております。それでは、な

ぜそのとき、ひとを呼ばなかったのかとおっしゃりたいんでしょう。しかし、あたしの身になってみれば……」

「いや、いや、それはわかります。それは奥さん……じゃなかった、あなたの立場としちゃ……」

と、等々力警部はようやく落ちつきをとりもどしてくる。

繁子はかるくそのほうへ頭をさげて、

「わかっていただいて有難うございます。でも、念のためにそのときのあたしの気持ち、聞いていただきとうございます。あたしにはすぐそれが……そこに刺されて立っていらっしゃるのが、この家のご主人だとわかりましたの。ですから、そのときあたしが騒ぎ立てたからって、あたしに疑いがかかってくる気づかいはないってことくらい、わかっておりましたのよ。あたしとこちらのご主人と、ほとんどなんの関係もございませんわね。あたしが服部さんを殺さねばならぬ、理由も動機もぜんぜんないってことくらい、すぐわかっていただけると思ったんです。その点に関するかぎり自信がございましたけれど、さて、それではなぜあたしが、あそこにいたかということ……これ、申しにくうございますわねえ。あたしにもプライドってものがございますから……」

「いや、いや、それはよくわかります。柚木さん」

と、そばから口をはさんだのは金田一耕助である。金田一耕助が柚木繁子にたいして口をきいたのはそれがはじめてだった。

「ただ、ちょっとお訊《たず》ねしたいんですが、そのとき、あなたは脱衣場の電気をおつけになったんですか」

「とんでもございません」

と、繁子は一言のもとに否定してから、

「あの……失礼でございますけれど、あなた金田一耕助先生ではございません？」

「はあ、ぼく、金田一耕助です」

金田一耕助がペコリとひとつ頭をさげると、

「あら、まあ、素敵、あなた有名な私立探偵でいらっしゃるんですってね。いま、むこうで聞いてまいりましたのよ。はじめはあたし、あのもじゃもじゃ頭の変てこなひと……あら、ごめんなさい。……でも、どういうかただか見当もつかなかったもんですから。……いいえ、あのたいへん失礼申し上げましたけれど、ねえ、金田一先生」

「はあ」

「そのときのあたしの立場としては、おおっぴらに脱衣場の電気をつけるなど、もってのほかだってことくらいおわかりくださいますでしょう」

「はあ、はあ、そうすると、居間のほうから明かりでもさしていたんですか」

「いいえ、それはそうではございません。あたしが脱衣場のほうのドアをひらいたときには、居間のほうのドアのむこうにカーテンがかかっていたらしくて、小廊下のなかはまっ暗でした。ところが、あたしがドアを開いたせつな、服部さんのからだが少しずれて音を立てたんですのね。それに気がついてむこうからカーテンをひらくようすに、あたしあわててドアをしめ、こっそり脱衣場から逃げだしてきたんですの」

「しかし、それじゃあなたはどうして、それが服部氏であったの、また、服部氏の背中に短刀がささってたのなんてことがおわかりになったんですか」

「あら、ごめんなさい。それをもっと早く申し上げるべきでしたのね。あたしこんなものをもっておりますのよ」

と、柚木繁子が取りだしてみせたのは、小型の万年筆みたいなものである。ボタンをおすと尖端《せんたん》に、かなり強烈な光がついた。

「ああ、なるほど！」

と、金田一耕助はうなずいて思わず唇をかむ。ほかの連中も顔見合わせてふうむと唸《うな》った。この女はあきらかにこの訊《き》き取りをエンジョイしているのである。係官を愚弄《ぐろう》することによって、一種のスリルをたのしんでいるにちがいない。

しかし、繁子はべつに得意そうでもなく、

「これがあったればこそ、脱衣場のスイッチをひねりもせず、しかももものに躓《つまず》いたりする醜態も演じずに、小廊下のドアをひらくこともできたんですの」

「なかなか用意周到なんですね」

「ええ、もう恋のやっことというものは……と、いうことにしておいてくだすって結構です」

「そうすると、柚木さん」

と、久米警部補が体を乗りだし、

「あなたが脱衣場のほうのドアをひらいた。ところが、そのときすでに服部氏は刺されて死んで、あの狭っくるしいところでは体を横にすることもできず、どちらかへもたれて辛うじて体の平衡をたもっていた。それがあなたがドアをひらいた衝撃でからだがずれて音を立てた。それで、居間のほうでカーテンをひらき、ドアにだれかがもたれているようなので、そのドアをひらいたところが、服部氏のからだが居間のほうへ倒れこんできたと、そういう順序になるんですね」

と、要領よく要約してみせると、繁子はあどけない顔でこっくりうなずきながら、

「たぶん、おっしゃるとおりでございましょう。あたしがサロンへかえりつくかつかぬうちに、道明寺さんの叫び声がきこえてきましたから。……」

「と、すると……」

と、こんど体をのりだしたのは島田警部補である。

「服部氏があの小廊下へ忍びこんだのは、道明寺君やたまきさんが居間へいくよりまえだったということになりそうですが……」

「ええ、それはもちろんまえでございますのよ」

「しかし、あなたはどうしてそうはっきりとおっしゃれるんですか」

と、これは等々力警部の質問である。

「ええ、それはこうですの。あたし、相当服部さんの挙動にも眼をくばっておりましたのよ。あのかたにもふたりを……つまり道明寺さんとたまきさんをですわね、そのおふたりを少しは監視していただきたかったんですの。ですから、あのかたがサロンを出られたのもはっきりおぼえておりますの。それから五分ほどたって道明寺さんがサロンを出られ、ひと足おくれてたまきさんが出ていったんです。そのたまきさんのあとをあたしが追っていったわけですわね」

「しかし……」

と、島田警部補はいささかやっきとなった顔色で、

「服部氏が部屋を出ていったとき、たまき……さんはサロンにいなかったんじゃないですか。いたとしても、道明寺氏よりさきにサロンを出ていき、それからまたさりげなくかえってきて、もういちど道明寺氏のあとから……」

「いいえ、そんなこと絶対にございませんわ」

と、そういってから柚木繁子は、はっと一同の顔色に気がついたように、

「あら、まあ、それじゃみなさんは、たまきさんを疑ってらしたんですのねえ。まあ、癪《しゃく》だ！　金田一先生、どうしましょう」

「はあ、どうかしましたか」

「だって、まあ、それじゃ今夜のあたしの行動は、じぶんの恋敵の潔白を証明してあげるために、やったもおんなじことになってきましたわ。いいえ、あの、そちらにいらっしゃ

る警部補さま」

「はあ」

すっかりこの女に翻弄《ほんろう》されつくした恰好《かっこう》の島田警部補は、柄にもなくかたくなっている。

「とても深刻な話になってきましたから、それでは記憶をたどって間違いのないところを申し上げましょう。今夜このおうちへ到着してから、あたしかたときも、たまきさんから眼をはなしたことございませんの。理由はさっき申し上げたとおりでございます。そして、そのかたわら、道明寺さんと服部さんの挙動に注意を怠りませんでした。ですから、いま警部補さんがおっしゃったようなことがあったら、少なくともあたしだけは気がついてたはずでございます。いいえ、十時半ごろから、たまきさんは一歩もサロンを出ませんでした。十一時前後に服部さんが出ていかれたときには、たまきさんはわれわれといっしょにサロンにいました。それから道明寺さんが出ていかれて、それからたまきさんという順序になるんですの。これはもう間違いはございません」

「それじゃ……」

と、島田警部補はまだあきらめきれぬ顔色で、

「道明寺さんが出ていかれてから、たまきさんがサロンを出るまでには何分くらいありました？」

「そうですわねえ」

と、繁子はちょっと考えるような眼つきをして、

「やっぱり二、三分というところじゃございませんかしら。ああ、あなたは道明寺さんがやったんじゃないかと思ってらっしゃるのね。なるほど、時間的にいってそれも可能かもしれませんけれど、でも……やっぱり不合理のようですわねえ」

「不合理というのは……？」

「だって、脱衣場はまっくらだったんですのよ。もっともこれは、犯人が服部さんを刺してから消したといえないこともございませんけれど、まあ、常識からいって服部さんが消したんでしょうねえ。そのまっ暗ななかで、あのドアをさぐりあてるんだってひと苦労ですわ。それをあんなに手際よく……もっとも、道明寺さんもあたし同様、こういうものを……」

と、懐中電灯をまさぐりながら、

「用意してらっしゃるのかもしれませんけれど、それにしてもむりですわねえ」

「それじゃ、柚木さん、服部氏が出ていってから、サロンを出ていったか、あるいは服部氏が出ていったとき、サロンにいなかったというひとに気がついてはいらっしゃいませんか」

「それをあたしも考えてるんですけれど、ほかのかたにはあまり注意してなかったもんですから。……でも、その前後にあとから思えばおかしかったというような挙動をお示しになったかた、ひとりもいらっしゃらなかったようですわねえ」

「ところで、こういう手紙に見おぼえはございませんか」

と、久米警部補が出してみせたのは、あのにせの呼び出し状である。繁子はそれに眼を走らせると、

「まあ！」

と、眉《まゆ》をひそめて、

「いいえ、あの、存じません」

と、キッパリ答えた。

けっきょく柚木繁子はじぶんでもいうように、偶然にも恋敵のアリバイを証明するために、その一夜を行動していたようなものである。

十六

「いや、どうもわからなくなりましたね。あの女のいうことが真実とすれば、たまきはシロということになるが……」

と、島田警部補はがっかりしたように、椅子のなかに埋まってしまった。せっかく苦心惨憺《さんたん》して追いこんできた獲物に、いざというまぎわになって、態よく体をかわされたという顔色である。

「いや、島田君、まだそう悲観したものではないぜ」

と、そばから久米警部補がなぐさめがおで、

「ああいう発作を起こすところをみると、たまきにもなにか疚《やま》しいところがあるにちがいない、これからいって臨床訊問《じんもん》といこうじゃないか」

「ああ、いや、ちょっと……」

と、金田一耕助がさえぎって、

「そのまえに由紀子という娘にきいてみようじゃありませんか。子供ながらもなにかをしっているかもしれませんよ」

「ああ、そう」

等々力警部がうなずいて、

「君、君、坂上君といったね。ひとつ由紀子をここへ呼んできてくれないか」

「承知しました」

ことし十六歳になる由紀子は、ほんとうは相当可愛い少女なのである。しかし、まえにもいったとおり、かるい顔面神経痛があるとみえて、ほんの少しばっかりだけれど頬っぺたがねじれたかんじがするうえに、ときおり瞼《まぶた》や眼の下の筋肉のひくひくするのが、この十六の娘から若さと闊達《かったつ》さをうばっている。派手なイブニングによそおえど、どことなく日蔭《ひかげ》に咲いた花のように、いんきな感じがするのは、やはりいままでの環境が環境であったせいかもしれない。

「ああ、由紀子さんだね。さあ、そこへ掛けなさい」

等々力警部がやさしく椅子を指さすと、由紀子はうわめづかいに一同の顔をみながら、それでもこっくりうなずいて、椅子のうえにスカートをひろげた。映画などで教育されているとみえて、そういうジェスチャーは相当板についている。

さすがに由紀子も左のイヤリングがなくなっているのに気がついたらしく、いまは右のイヤリングも外していた。

「あのね、由紀子さん。むこうにもじゃもじゃ頭のおじさんがいるだろう」

と、等々力警部は金田一耕助のほうへ顎《あご》をしゃくって、

「あのおじさんが由紀子さんになにか訊《き》きたいことがあるといってるんだ。なにも怖いことはないからね、なんでもあのおじさんの質問にたいして、正直に答えるんだよ」

由紀子はまた無言のままこっくりうなずくと、不思議そうな眼つきをして、金田一耕助のもじゃもじゃ頭を視《み》つめている。

金田一耕助は苦笑しながら、

「由紀子さんはこんやここで、どんなことがあったかしってるでしょうね」

「ええ」

と、由紀子は蒼《あお》ざめた顔をひきつらせ、眼をパチパチさせながら、ことば少なにこっくりうなずく。

「由紀子さんのお父うさんが脱衣場の小廊下で、だれかに刺し殺されたってことしってるね」

「はい、しってます」

と、こんどは由紀子もキッパリ答えた。

「それで、由紀子さんがこんやさいごにお父うさんを見たのは、何時ごろのことだった？　つまり殺されてるお父うさんではなくて、生きてるお父うさんのすがたをいちばんさいごに見たのは……？」

「さあ……」

と、由紀子はちょっと小首をかしげたが、すぐキッパリと、

「十一時、ちょっとまえだったと思います」

「どこで……？　サロンから出ていくとこを見たの？」

「いいえ、そうじゃなくて、脱衣場のとこで……」

「なんだって！」

と、弾かれたように叫んだのは金田一耕助ではなくて、久米、島田の両警部補である。

等々力警部もギクッとしたように、椅子のなかから身を乗りだした。

金田一耕助はみんながてんでにしゃべり出しそうにするのを、片手をあげておさえると、

「それじゃ、由紀子さんは十一時ちょっとまえに、脱衣場のほうへいったんだね」

と、鋭く少女の表情を視つめている。

「ええ……」

「なにしにいったの？　脱衣場のほうへ？」

「手を洗いにいったんです。なんだか手がねばねばして気持ちが悪かったもんですから」

「そしたら、そこにお父うさんがいたの？　それともあとからお父うさんが入ってきたの？」

「あとからきたんです。由紀子が手を洗って出ようとしたら……」

「そのときお父うさん、なにかいった？」

「ええ」

「どんなことといったの？」

「もうおそいから、じぶんの部屋へかえって寝なさいって」

「それで、由紀子さん、なんていったの？」

「もうちょっとしてからって」

「それで、お父うさんをそこへ残して、由紀子さんはサロンへかえってきたの？」

「ええ、浜田さんといっしょに」

「浜田さんというのは？」

「浜田とよ子さんです。お弟子さん兼女中みたいなひとですの」

「浜田さんもそこにいたの？」

「いいえ、あたし廊下に立ってお父うさんとお話していたんです。そこへ浜田とよ子さんがとおりかかったので、お父うさんがあたしをむこうへつれてくようにといったんです。いいえ、手をふって合図をしたんです。それで浜田さんといっしょにサロンのほうへかえってきたんです」

と、そのときそばから声をかけたのは久米警部補である。少女の気持ちを刺戟《しげき》しないようにと、できるだけじぶんを制御しているつもりだろうが、それでも久米警部補は声のふるえをおさえることができなかった。

「そのとき、脱衣場のそばでだれかほかのひとを見かけなかったかね、浜田とよ子さんというひとのほかに……」

「いいえ、だれも……」

「それで、君はサロンへかえってきてからどうしたの？」

「ママに挨拶《あいさつ》をして寝にいこうと思ったんです。でも、そのときママお客さまにとりかこまれてお話してたでしょう。それで……」

「ああ、ちょっと！」

と、すばやくわって入ったのは島田警部補である。由紀子の顔を注視しながら、

「それじゃ、君がお父うさんと脱衣場のまえでわかれて、サロンへかえってきたとき、ママはそこにいたんだね」

「ええ」

と、由紀子は不思議そうにまじまじと、島田警部補の顔を視まもっている。

「ああ、いや、いいんだよ、由紀子さん」

と、金田一耕助はおだやかに、話題をじぶんの手もとに取りもどすと、

「由紀子さん」

「それで、どうしたの？　由紀子さんはママがお客さまに取りかこまれていたので……」

「はい、それですから隅っこのほうでテレビみてたんです。音を小さくして……それで、ついそれに夢中になっているうちにママがいなくなったんです。それできっとトイレにでもいったんだろうと思って待ってるうちに、道明寺のおじさまの声がきこえてきたんです」

「そのとき……道明寺のおじさまの声がきこえてきたとき、お客さまみんなサロンにいましたか」

と、いう金田一耕助の質問にたいして、由紀子はちょっと小首をかしげてかんがえていたが、

「ええ、みんないたわ。そうそう、柚木のおばさまがサロンの入り口のところに立っていらして、いちばんさきに走りだしたんです」

由紀子の話はこれで完全に、柚木繁子の申し立てと一致するようである。島田警部補はがっかりしたように、たるんだ顎《あご》をなでている。動機はともかくとして、たまきには絶対に良人《おっと》を刺すチャンスがなかったことを、偶然にもその恋敵と継娘が証明しているのである。

「ときに、由紀子さん、あんた、こういう手紙に見おぼえありませんか」

金田一耕助が眼くばせすると、久米警部補がうなずきながら、道明寺修二からあずかったあのにせ手紙をとりだした。

由紀子は不審そうに眉をよせてその手紙をみていたが、

「あら!」

と、叫ぶと、急にその双頰に火がついたように血の気がはしった。

「ああ、由紀子さんはこの手紙に見おぼえがあるんだね。これ、だれの字?」

「しらない、あたし、しらない! だれがこんなものを……」

と、由紀子は両手に顔をうずめて、駄々っ児のようにいやいやをしていたが、やがて指のあいだから、そっと手紙を見なおすと、

「いやだわ、たまきだなんて……だれがこんな字書きくわえたんでしょう。おじさま、こんなものどこにあったんですの」

「どこでもいいが、それじゃ由紀子さんはこういう手紙見たことがあるんだね」

「これ、手紙じゃないわ」

「手紙じゃないって?」

「あたし……あたし……おじさま、笑っちゃいやよ。あたし、シナリオ書いてみたのよ。学校の寄宿舎を舞台にして……これ、その原稿の書きつぶしよ。あら、十一時だなんて……あたしの原稿では十時ジャストとなっていたのよ。それも手紙じゃなくて会話の一部分なのよ。だれかがあとから一の字を書き加えたのね。それにたまきだなんて、ママの名まえをつかったりして、……おじさま、これ、どうしたんですの」

好奇心に眼をギラギラかがやかせて、ベラベラしゃべる由紀子の頰は、よく熟れたすも

ものように真っ赤に紅潮している。

聞いている一同も、由紀子のかたる話の内容のあまりの意外さに、あっけにとられて顔見合わせた。

金田一耕助があらためて、問題の紙片に眼をおとすと、なるほど十一時ジャストとなっている、一という字はむりやりに、あとから十時という二字のあいだにわりこませた形跡が濃厚で、この一という字と、たまきという差出人の名前の三字が、ほかの文字と多少筆《ひっ》蹟《せき》がかわっていることに気がついた。

「すると、これは由紀子さんが書いているシナリオの原稿の書きつぶしだというんだね」

「ええ……」

「それで、由紀子さん、そのシナリオ書き上げたの？」

「ええ、でも、うまくいかなかったのよ。きまりが悪いからだれにも見せなかったんですけれど……」

「でも、由紀子さんはその原稿もってるの？」

「ええ……」

「それじゃ、あとでその原稿、このおじさんに見せてください」

「あら、だめよ、だめよ。とってもだめよ」

「だめでも、なんでも、このおじさんに見せなきゃいけないよ。それに、きっとだめなことないと思うな。由紀子さんはきっと文学的才能にめぐまれてるんだと思う。見せてくれるでしょう、そのシナリオ……」

「ええ、おじさまがどうしてもみたいとおっしゃるなら……」

「ときに、由紀子さん」

と、そばから体を乗りだしたのは久米警部補である。

「あんたがシナリオ書いてるってこと、パパやママはしってた？」

「ママはしってたわ。筋だけ話したら書いてごらんなさいってはげましてくれたんですもの。でも、パパはどうかしら。ママから聞いてしってたかもしれないけれど……」

「ああ、そう、みなさん、ほかになにかこのひとに質問することはございませんか」

久米警部補はふたことみこと質問を重ねたが、島田警部補は椅子のなかにからだを沈めたきり、口をきくのも億劫《おっくう》そうであった。たまきのアリバイの裏付けが、ますます強固になっていくので、島田警部補はすっかり戦意を喪失しているのだ。

「それじゃ、由紀子さん、あとでシナリオの原稿ここへとどけてください。それから、これ、お返ししましょう」

金田一耕助がたもとのなかから探りだした紙包みを、由紀子はふしぎそうな顔をしてひらいたが、ひとめなかを見ると、

「あら！」

と、叫んで顔面に朱を走らせた。

「おじさま、これ、どこにあって？」

「脱衣場のまえの廊下に」

「あら、そうお、由紀子、どこで落としたのかと心配してたんですの、おじさま、ありがとう」

「なに？　それ……」

と、そばから不思議そうに口をはさんだのは等々力警部である。

「なあに、由紀子さんのイヤリングですよ。それじゃ、由紀子さん、浜田さんてひと、ここへくるようにいってくれませんか」

由紀子はちょっとうわめづかいに金田一耕助の顔を見たが、すぐていねいに一礼すると、イヤリングの包みをにぎったまま応接室から出ていった。

由紀子といれちがいに入ってきた浜田とよ子というのは、たまきのような人気稼業のものにありがちな、押しかけ弟子のひとりだそうだが、弟子としては才能にかけているので、主として女中がわりにはたらいている女である。年齢は二十前後であろう。

しかし、浜田の供述からはあまり多くうるところはなかった。十一時ちょっとまえ彼女が脱衣場のまえをとおりかかると、服部徹也と娘の由紀子が立ち話をしていた。いや、立ち話をしていたところへとよ子がきたので、会話が中断されたのかもしれない。ふたりはちょっとにらみあったようなかっこうで立っていたが、とよ子のすがたをみると徹也が手をふって、由紀子をサロンのほうへつれていくようにと合図をしたというのである。

「そのとき、ご主人はなにか口をききましたか」

と、いう金田一耕助の質問にたいして、

「いえ、べつに……なにか口喧嘩《くちげんか》でもしたあとらしくて、おたがいに気まずそうな顔色でしたので、あたしが由紀子さんの手をとってあるきかけると、ご主人は脱衣場のドアをなかからお締めになりました」

「ああ、そう、それじゃ、そのときご主人は脱衣場のなかにいられたんですね」

「ええ」

「それで、由紀子さんは……?」

「由紀子さんは廊下に立っていました」

「それで、君は由紀子さんといっしょにサロンのほうへやってきたんだね」

と、ことばをはさんだのは等々力警部である。

「はあ。……由紀子さんはパパに叱られたから、ママに挨拶《あいさつ》して寝にいくといってましたけれど、ちょうどそのとき、先生はお客さまに取りかこまれていらしたので、テレビを見ていたようです」

浜田とよ子の供述もまたほかのふたりの申し立てに一致するようである。

「ときに、浜田君、君はいまご主人と由紀子君が口喧嘩をしてたようだといったが、ふたりはときどき口喧嘩をしたのかね」

と、これは等々力警部の質問である。

「はあ、ときどき……ご主人にはなんだか由紀子さんというひとの存在が、けむたいようでした」

浜田とよ子はさすがに悧巧《りこう》でそれ以上のことはいわなかったが、しかし、服部徹也が脱衣場のドアをなかから締めた前後に、そのへんに由紀子以外の人物は見受けなかったと、これだけはキッパリ断言した。

十七

やっと医者の許可がおりて……と、いうよりは関口たまきのほうから、お話したいことがあるという積極的な申し出であって、彼女の臨床訊問《じんもん》にとりかかったのは、もう深夜の二時をすぎていた。

一同が寝室へはいっていくと、たまきはゆるやかなローブをきて、ベッドのうえに坐《すわ》っていたが、その顔にはほとんどなんの表情もうかがわれなかった。

両手を膝《ひざ》のうえで握りしめて、ぼんやりとあらぬかたを視《み》つめているたまきの瞳《ひとみ》は、なにかしら虚《むな》しいかげにおおわれていて、舞台やテレビでみせるあの潑剌《はつらつ》たるかがやきを完全にうしなっている。

そういえば、数日以前、金田一耕助のフラットで会ったときからくらべても、憔悴《しょうすい》の色がふかかった。

「あの……ちょっと、みなさん……」

付き添っていた伯母の梅子が、気づかわしそうになにかいいかけるのを、

「あら、伯母さま、なにもおっしゃらないで」

と、たまきは素速くさえぎると、

「そして、ここはご心配いりませんから、伯母さまはどうぞお引き取りになって……」

「だって、そんなこといったって、おまえ……」

「いいえ、いいのよ。あたしのことならもう大丈夫。あたしみなさんに聞いていただきたいお話がございますの。伯母さまはむこうにいらして……」

「だって、キヨ子……」

「ああ、いや、ちょっと、奥さん」

と、このふたりの押し問答のあいだにわってはいったのは等々力警部である。

「こちらはご心配なく。……われわれはたまきさんの健康状態は十分考慮にいれておりますから……けっして無理強いなどするつもりはありませんから、どうぞ」

梅子はそれでもまだなんとなく気がかりらしく、ベッドのそばを立ち去りかねているようすだったが、じろじろと一同の視線を浴せかけられて仕方なく、

「それじゃ、キヨ子、あたしは廊下で待っておりますから、ご用があったらいつなんどきでも呼んでくださいよ」

「………」

たまきは無言のままこっくりうなずく。あいかわらず虚脱の影がふかかった。

「それではみなさんにおまかせいたしますけれど、そのまえにちょっと申し上げておきたいことがございます」

「はあ、どういうことでしょうか」

「キヨ子はいまふつうの状態ではないということを、よく念頭においてくださいましよ。このひとの神経はいまひどくかきまわされ、乱されております。だから、このひとがなにをいいだすのかしりませんが、よくそのことを考慮にいれておいていただきたいのですけれど……」

「いや、そのことなら、奥さん、いまも申し上げたとおり、十分留意しているつもりですから、けっしてご心配なく……」

「そう、それでは……」

梅子が不安そうな一瞥《いちべつ》をたまきにのこして部屋を出ていくと、久米警部補が注意ぶかくあとからドアをしめた。

これで部屋のなかにのこったのはたまきを中心として、等々力警部と金田一耕助、久米、島田の両警部補に坂上刑事。坂上刑事が部屋の隅でメモをとる支度をはじめるのをみると、たまきの顔がきゅっと固く収縮した。

「さて……」

と、等々力警部はベッドの枕もとに椅子をひきよせて腰をおろすと、少し身を乗りだすようにして、

「なにかわれわれに、お話しくださることがあるようなおことづけでしたが、どういうことでしょうか。もし、メモをとるのがいけないようでしたら、控えさせてもよろしいのですが……」

「いいえ」

と、たまきは口のうちでこたえると、うつろの眼を視《み》はって、等々力警部から金田一耕助、久米、島田警部補の顔を順繰りに見ていったが、さいごに万年筆をかまえた坂上刑事に眼をおとすと、

「どうぞそこへおひかえになって。……こんや服部徹也を刺し殺したのは、かくいうあたし、芸名関口たまき、本名服部キョ子であるということを……」

「な、なんですって!」

と、島田警部補はおもわず熱い息をはき、両のこぶしを握りしめ、ほかの連中もいちように、愕然《がくぜん》たる眼でベッドのうえのたまきを視つめる。

「奥さん」

と、さすがに等々力警部は興奮をおさえると、

「あなた、犯行を自供しようとなさるんですか」

「はあ」

と、たまきは機械的な声で、

「お騒がせして申し訳ございませんでした。良人を殺したのはあたくしでございます」

と、早口にいってから、

「動機は申し上げるまでもございますまい。みなさんはもうあたしたち夫婦の、不自然なりたちをよくご存じのようですから」

「なるほど」

と、等々力警部は眉《まゆ》をひそめて、ちらと金田一耕助のほうへ眼を走らせる。金田一耕助は椅子の背に頭をもたらせたまま、興味ふかげな眼でたまきの横顔を視つめている。

「ええ……と」

事態があまり思いがけない方向へ進展していったので、等々力警部はかえって当惑したように、小指で小鬢《こびん》をかきながら、

「あなたがご主人を刺されたとして、それは何時ごろのこと……？」

「十一時ちょっとまえのことでした」

と、たまきはまるで暗誦《あんしょう》でもするような調子で、

「そのまえにあたしこういう手紙を受け取ったのです」

と、たまきが枕の下をさぐって取りだしたのは、しわくちゃになった一枚の紙片である。等々力警部が手にとってしわをのばすと、そこにはつぎのようなみじかい文句が走っていた。


今晩十一時ジャスト。あなたの居間へ。聞いてもらいたい話があります。　修　二

等々力警部はその手紙を一同にまわすと、

「なるほど、それで……？」

「主人はそれで筆蹟《ひっせき》をごまかしたつもりらしいんですけれど、あたしにはそれがあのひとの筆だとすぐにわかりました。ですから主人がまえから道明寺さんとあたしの仲を疑い、嫉妬《しっと》していることはしっていました。主人がこの手紙をみるとあたしはすぐに、主人があたしたちをためそうとしているのだと気がついたのです。そのとたん、あたしは怒りにふるえて……」

「なるほど」

と、等々力警部は淡々と語るたまきの顔色を、うわめづかいに読みながら、

「それじゃ、そこのところをもう少しくわしく話していただけませんか。あなたはどこでご主人をお刺しになったんですか」

「はあ、失礼しました。それじゃ今夜のことをもういちど、思い出すままにお話しいたしましょう」

と、たまきはちょっと記憶を整理しようとするかのように眼をつむっていたが、やがて瞼《まぶた》をひらいても、その語調はあいかわらず淡々として、暗誦するようであった。

「あたしども今夜十時ごろここへ引き揚げてきたのですが、それからすぐに賑《にぎ》やかな大騒ぎがはじまりました。ところが十時半ちょっとすぎだったでしょうか、スカートのポケッ

トのなかがなにかごわごわいたしますので、不思議に思ってさぐってみると、なかから出てきたのが、いまお眼にかけたその手紙でございます。さきほども申し上げましたとおり、ひとめそれをみると、あたしはすぐにそれが主人の奸計《かんけい》だと覚《さと》りました。あたしは思わずかっとなりました。よっぽど主人を難詰しようかと思ったくらいでございます。しかし、そのときはやっと胸をさすって様子をうかがっておりますと、道明寺さんがサロンの隅で、なにやら不思議そうに紙ぎれをみていらっしゃいます。それをみたとき、あたしの怒りは決定的になったのでした」

たまきはそこまで語ると、息をととのえようとするかのように言葉をつぐんだ。

金田一耕助がそばから救《たす》け舟を出すように、

「なるほど、つまりご主人が道明寺さんのポケットへも、にせ手紙をつっこまれたのではないかと覚られたのですね」

「ええ、そうです、そうです」

と、たまきは早口に肯定すると、

「そういう主人の卑劣さが、あたしにはたまらなくいやなのでした。じぶんの疑惑と嫉妬を満足させるために、ひとを俎上《そじょう》にのっけて試してみる。……それは卑劣であると同時にあいてにたいして非礼で、かつ残酷なことです。こういうことのできる服部徹也というひとにたいして、あたしの怒りがもえあがったのです。いいえ、以前からあたしの胸中にくすぶっていた怒りが、爆発したと申し上げたほうがよろしいかもしれません」

たまきの頰はいつか紅潮し、ことばの調子もいくらか強くなっていたが、しかし、その底に秘められたふかい哀愁のおもいは、だれの眼にもかくしきれなかった。

「なるほど、なるほど、それで……？」

等々力警部はさりげなくあとをうながす。

久米、島田の両警部補もいきをのんでたまきの顔を注視している。金田一耕助だけはなにかしら、この雰囲気をたのしんでいるかのようにもみえるのである。

「はあ……」

と、さすがにたまきも話が事件の核心にふれてきたので、ちょっと呼吸をのんだのち、

「そこで、あたしは良人のようすに注意をはらっていました。すると、案の定十一時ちょっとまえにサロンを出ていくじゃございませんか。てっきり先まわりをして、われわれの密会の模様をかいま見しようとしているのだと思うと、あたしはいよいよ、怒りと軽蔑《けいべつ》にもえくるうような気持ちになったのでした。十一時ちょっとすぎに道明寺さんがサロンを出ました。それから二、三分おいてあたしがサロンを出たのですけれど、そのとき、あたしは肉斬りナイフをスカートの下に用意していったのです」

「なるほど、なるほど、それで……」

と、等々力警部は島田、久米両警部補がなにかいおうとするのを眼でおさえて、

「あなたはまっすぐに脱衣場へいかれたのですか」

「はあ、主人があたしどもの密会を、ひそかに偵察しようと思えば、あそこはかっこうの

場所でございますものね」

「それでは、そのときのようすをもっと詳しくお話しねがいましょうか」

「はあ」

たまきはちらと等々力警部の顔に眼をはしらせたが、すぐ低い、あきらめたような声で、

「スカートの下にナイフをかくしてあたしはサロンを出ました。それから居間のまえをとおりすぎて、脱衣場のなかへはいっていったのです。それから小廊下をのぞいてみると、はたして主人がむこうむきに立って、居間のほうをうかがっています。その背後からひとつきに……」

と、さすがにたまきは呼吸をのみ、

「あたしがナイフで突き刺したのです」

「なるほど」

と、等々力警部はあいての顔をのぞきこむようにしながら、

「すると、そのとき脱衣場にはあかりがついていたんですか」

「はあ、ついておりました」

と、たまきは躊躇《ちゅうちょ》なく言下にこたえた。

「脱衣場を出るとき、あたしが消して出たんです」

「すると、あなたがご主人を刺されたときには、となりの部屋に道明寺君がいられたはずだが、道明寺君はなんの気配もきかなかったといってるんですがね」

「はあ、主人はほとんど、いいえ、あの、ぜんぜん声も立てませんでした。それにああいう狭い場所ですから、倒れるわけにもいかず、したがって、なんの物音も立てなかったのだと思います」

「なるほど、それから……？　ご主人を刺されてからどうしました」

「はあ、あたし、ナイフを抜くと血がとぶということを、なにかで読んだことがございますので、そのままにして、いそいで小廊下のドアをしめました。それから脱衣場を出て……そのまえにあかりを消したことはいうまでもございませんけれど……それからじぶんの居間のほうへはいっていって、道明寺さんにお会いしたんです。それからあとのことはたぶんみなさまも、よくご存じだろうと思いますけれど……」

たまきの告白はさっき島田警部補が推理したと、おなじラインに沿うているようだけれど、それでいて、柚木繁子や継娘の由紀子の供述をきいたあとでは、はなはだ迫真性がうすかった。

たまきはだれかをかばおうとしている。では、たまきがおのれの生命の危険をおかしてまで、かばわねばならぬのはいったいだれか。それはとりもなおさず道明寺修二ではあるまいか。と、するとたまきは道明寺修二をうたがっているのであろうか。

なるほど、道明寺修二にはたしかにそのチャンスがあった。かれはたまきより二、三分さきにサロンを出ているのだから、まっすぐに脱衣場へいき、小廊下のなかにひそんでいる徹也を刺して、なにくわぬ顔でたまきの居間で待っている。……

時間的にいってそれはたしかに可能である。しかし修二がたとえ徹也にたいして殺意をいだいていたとしても、なにもこんやのような、きわどい瞬間をえらばなくともよさそうに思われる。徹也を殺すにはもっとほかに、適当なチャンスがいくらでもありそうなものではないか。

しかし、こうしてたまきが身をもって、修二をかばおうとしているところをみると、彼女は修二にたいする、決定的ななにものかを握っているのかもしれぬ。いずれにしてもたまきは修二をかばうことによって、かえって修二にたいする疑惑をつよめたということがいいうるだろう。……

と、いうのがそのとき等々力警部のえた印象だった。

「いや、奥さん」

と、警部はしぶい微笑をうかべて、

「たいへんおもしろいお話をきかせていただいてありがとうございました。しかしねえ、奥さん、あなたはまだご存じないようですが、柚木さん、柚木未亡人がサロンから、あなたを尾行しているんですよ。そして、あなたがまっすぐに居間へ入るのをみて、未亡人はとなりの脱衣場へはいっていった。そして、あなたと道明寺さんの密会を立ちぎきしようとしてドアをひらいたところが、そこにご主人が背中にナイフを突っ立てたまま、死んでいらした……と、こう柚木夫人は供述していらっしゃるんですが、あなたはこの話をどうお思いになりますか」

たまきはいっしゅんポカンとして、等々力警部の顔をみていた。はじめのうち、警部のいっていることばの意味が、よくのみこめないのではないかとおもわれるような顔色だったが、それがようやく、彼女の頭脳で咀嚼《そしやく》されたと思われたそのしゅんかん、たまきの頬にさっと血が走ってもえあがった。

「そんな、そんな……」

と、たまきはつよく唇をかんで、

「奥さま、あのかた、なにか夢でもごらんになったのでは……」

「いや、夢をみているという言葉をつかうならば、わたしはむしろあなたのほうが、夢を見ていらっしゃるんじゃないかといいたいですね。いや、いいです、いいです」

と、等々力警部はいたわりをこめた声で、

「あなたはこんや興奮していらっしゃる。やっぱりこういう話は、もっと気分が落ち着いたときに、お伺いするのがほんとのようです。だれか……」

と、警部は椅子から立ちあがると、

「このひとになにか訊《き》くことある……？」

「ああ、それではわたしがちょっと……」

と、言下にことばを出したのは金田一耕助である。

「たまきさんにちょっとお訊《たず》ねしたいんですが、由紀子さんですね。あのお嬢さんがシナリオを書いてるって話、あなたはご存じでしたろうか」

「はあ、あの……それは存じておりました。あのひと、なかなか文学的な才能のあるひとでして……」

「ああ、そうですか。いや、わたしのお訊ねというのはそれだけです」

金田一耕助はペコリとひとつお辞儀をすると、みずからさきに立ってドアの外へ出ていった。一同が廊下へ出るのといれちがいに、伯母の梅子が部屋のなかへ入っていったが、するととつぜん、涙の堰《せき》を切っておとしたように、たまきの嗚咽《おえつ》する声が、つよく金田一耕助の耳をうったのである。

十八

まったくむつかしい事件になってしまった。

あらゆる可能性を検討した結果、服部徹也を刺しうるチャンスをもっていたのは、道明寺修二ただひとりというところまで絞られながら、それがまた最後のしゅんかんになってひっくりかえってしまったのである。

それをひっくりかえしたのは、内弟子兼女中の浜田とよ子であった。

十一時ちょっとまえ、由紀子とともにサロンへやってきた浜田とよ子は、用事をすますとふたたびサロンを出たが、ちょうどそれよりひと足さきに道明寺修二がサロンを出ているのである。したがって浜田とよ子はじぶんではそのつもりではなかったといっているが、しぜん道明寺修二のあとを尾行するような結果になってしまった。

しかも、その修二がひとめを避けるようにして、たまきの居間へはいっていくのをみて、浜田とよ子の好奇心は大いにもえあがった。二十前後といえばもっとも好奇心の旺盛《おうせい》な年頃だし、スキャンダルにも敏感である。それに、それより少しまえに浜田とよ子は、服部徹也がとなりの脱衣場へはいっていくところを目撃している。

ところが、とよ子がたまきの居間のまえをとおりすぎて脱衣場のまえまでくると、そこは灯が消えてまっくらだった。とよ子はちょっと不審におもった。つい、いましがた徹也がそこへはいるところをみているだけに、灯が消えているのを妙におもった。

そこで彼女はそっと脱衣場のドアをひらいてなかをのぞいてみたが、まさかそのときあの小廊下に、徹也が忍んでいようなどとは気がつかなかった。よっぽど脱衣場のスイッチをひねってみようかと思ったが、それではとなりの部屋にいる修二に気づかれてはいけないと、彼女はそのまま脱衣場のドアをしめた。

と、そのときサロンのほうからだれかくるけはいに、とよ子はいそいで廊下をまがり、暗がりからようすをうかがっていると、やってきたのはたまきであった。たまきはまっすぐにじぶんの居間へはいっていって、まもなくドアのすきまからあかりがもれてきた。

浜田とよ子がそのドアのほうへ、いってみようかどうしようかとためらっているところへ、またサロンのほうからだれかやってきた。やってきたのは柚木繁子で、彼女はたまきの居間のまえに立ちどまり、ちょっとなかのけはいをうかがっているようすだったが、やがてそこを通りすぎると、となりの脱衣場へはいっていった。

まだわかい浜田とよ子の好奇心はいよいよ猛烈にもえあがった。彼女はのどがからからにかわくような期待をもって事態を視《み》まもっていたが、すると、いま脱衣場へはいっていったばかりの柚木繁子が、なにかひどく狼狽《ろうばい》したようすで脱衣場からとび出してきた。そして、まるで逃げるようにサロンのほうへかえっていくので、いったいなにごとが起こったのかと、浜田とよ子が廊下のまがり角から、おもわず一歩踏みだしたところへ、道明寺修二の叫び声がきこえてきたというのである。……

と、以上のような供述がとよ子からもちだされたのは、事件ののち三日目のことである。とよ子は新聞記事の筆法や係官の口ぶりから、道明寺修二にたいする疑いがしだいに濃厚になりつつあるらしいということをしってのうえの供述で、むろん、このハンサムなピアニストを救ってやりたいという気持ちがはたらいていたにちがいないが、といって、その申し立てが柚木繁子の陳述とぴったり一致するところをみると、そこに虚構があろうとは思われぬ。

この浜田とよ子の供述によって救われたのは、道明寺修二のみならず関口たまきもこれで完全にシロになったようである。と、すると、また柚木繁子にいくらか疑惑が逆戻りしたが、彼女には服部徹也を殺害すべき動機がゼロであった。むしろ、道明寺修二におぼしめしのある彼女としては、徹也に生きていてもらったほうが好都合だったはずである。

と、すればもうひとりの容疑者、伯母の梅子はどうであろうか。彼女には服部を刺すべき動機もチャンスもあったはずである。

しかし、十時ごろ客をむかえて挨拶《あいさつ》をしたのち、すぐじぶんの部屋へひきさがって、「楢山節考」に読みふけっていたという梅子に、にせ手紙のいきさつはわかりっこないはずだし、ましてや徹也があんなところにもぐりこむであろうことを、いったいどうして知っていただろうか。

いや、いや、それよりまえに不思議なのは、あの小廊下で刺された徹也のことである。服部徹也は妻と道明寺修二のなかをうたがっていた。そしてトリックをもってふたりをたまきの居間に招きよせ、その言動をあの小廊下から観察しようと企てた。そこでかれはたまきや修二よりひと足さきに脱衣場へおもむいて、あの小廊下へもぐりこんだ。……と、そこまではいいとして、それではどうして服部徹也は、ああもやすやすと犯人に刺されたのであろうか。徹也の死体を調べてみると、どこにも抵抗したらしいふうはないのである。では、犯人はどうして徹也にうたがわれもせず、まんまとその背後に忍びよることができたのであろうか。

あの小廊下へしのびこむまえ、徹也はおそらく脱衣場のあかりを消したことと思われる。これは常識からかんがえてもそうあるべきだし、げんに浜田とよ子の証言によっても、脱衣場のあかりは消えていたといっている。

服部徹也の背後にしのびよった犯人は、柚木繁子とおなじように懐中電灯の用意をしていたのであろうか。いや、いや、たとえ懐中電灯の用意をしていたところで、だれかが脱衣場へはいってきたとしたら、徹也は気がついたはずである。おそらく、そのときの徹也の神経は、針のようにとがっていたことであろうから。

それにもかかわらず、まんまと徹也の背後にしのびより、ほとんどなんの抵抗もうけずに刺し殺した犯人は、いったいどのような巧妙なトリックをつかったのであろうか。……

こうして非常にかんたんそうにみえたこの事件は、意外にもまったくむつかしいことになってしまったのである。

動機とチャンスをふたつながら兼ねそなえている梅子にしてからが、彼女をクロと断ずるには、以上にあげたような弱点があるうえに、決定的な証拠にも欠けていた。彼女があらかじめ肉斬りナイフを、かくしていたであろうというような証拠はどこからもえられなかったし、また落ちつきはらった彼女のその後の言動からしても、つけいるすきは発見されなかった。

関口たまきもはじめのうちこそ、じぶんの犯行であることを主張してゆずらなかったが、あいつぐ反証にかぶとをぬいで、彼女もとうとう自供をとり消した。そしてああいう供述をしたというのも、当時の心理的な錯乱から、つい身におぼえのないことを申し立てたのであると、係官のまえであやまったというのである。

こうして、世間のふかい疑惑に見まもられながらも、この事件もまた志賀葉子殺しについで迷宮入りかと思われた。むろん捜査当局はやっきとなって、なんらかの確証をつかもうと狂奔していたが、事件発生当時においてさえつかめなかった証拠が、時日が経過したこうして捜査当局の焦慮のうちに、荏苒《じんぜん》として月日がたっていったが、さて、この事件が関係者一同に、いったいどのような影響をもたらせたであろうか。

まず、関口たまきと道明寺修二のふたりだが、この事件を契機としてふたりが急速に接近していくのが、だれの眼にもはっきりわかった。それまでのふたりはうちに愛情をつつみながらも、徹也や世間態をはばかって、わざとよそよそしく、ふるまっているというかんがなきにしもあらずであった。

しかし、こういう事件があったのち、いつまでもじぶんの心をいつわっているということは、かえって世間の疑惑をふかめるもとだと、ふたりとも気がついていた。じっさいに、じぶんにやましいところがないならば、もっと勇敢であっていいと、はたから忠告するものもあった。

その忠告者というのが柚木繁子だったといったら、諸君は不自然だと思うだろうか。いや、いや、それこそもっとも自然ななりゆきだったかもしれないのである。

あの降誕祭の夜、かならずしも善意からとはいえないおのれの行動が、はからずも恋敵の窮地をすくったという皮肉なめぐりあわせが、繁子のサンチマンをくすぐったらしいのである。それに彼女はどちらかというと姐《あね》ご肌なところをもつ女である。だから、あの事件の一夜を契機として、彼女はライヴァルの位置から、たまきと修二の恋の同情者と転向したようである。

けっきょく多少の紆余《うよ》曲折をへたのち、ふたりの婚約披露の宴が張られたのは、年もあけた一月下旬のことであった。

そして、さしも難航をきわめたこの事件が、一挙にして解決したのもじつにその晩のことであった。

十九

道明寺修二と関口たまきの婚約披露の宴は、あの思い出のふかいたまきの新居でひらかれたが、主客あわせて二十数名という、ごく内輪の会であったにもかかわらず、人の出入りがかなりはげしかったのは、報道関係の連中がどっと押し寄せてきたからである。

さすがにかれらはあからさまに、降誕祭の夜の事件を切りだすようなことはしなかったが、結婚の予定日やそれからのちの計画などについて、遠慮のない質問が持ち出された。それらにたいして、主として応対にあたったのは道明寺修二や関口たまきではなくて、柚木繁子で、その夜の繁子はさしずめふたりのスポークスマンというかっこうであった。

繁子はつぎのように宣言する。

道明寺修二氏と関口たまきさんは、四月下旬（と、いうことは故服部徹也の百か日がすんでからという意味らしい）の黄道吉日をえらんで結婚するであろう。そして、結婚式がすんだら、昨年来不義理をかさねているラジオやテレビに出演したのち、これまた契約不履行におちいっていた地方の演奏旅行に出るであろうが、この旅行には道明寺修二氏も同伴する予定になっている。

こうして日本内地の約束をはたしたのち、秋にはふたたびアメリカのテレビ会社の招聘《しようへい》で渡米する予定になっているが、もちろんこのさいも夫君道明寺修二氏がピアノ伴奏者として同行するはずである。そして十一月ごろ帰朝して、渡米みやげのリサイタルをひらいたのち、関口たまきさんはジャズ歌手から引退するつもりである。云々《うんぬん》。……

と、いうのがその夜、柚木繁子から発表された、関口たまきと道明寺修二の将来の計画であった。

この夜の披露宴はいともなごやかに進行した。さすがに降誕祭の夜のような馬鹿さわぎはなく、アルコールは出ても、みないちおうひかえめだった。むろん、降誕祭の夜の客もみんな出席していたが、かれらもくちぐちにこの婚約をたたえ、ふたりの将来を祝福することばを惜しまなかった。

じっさいたまきと徹也の不幸な結合は、芸能界にあまねくしれわたっており、しかもそれをしっているほどのひとびとは、だれしもたまきの同情者だったのである。

この夜の客のなかには、徹也の死の責任が多少なりともたまきや修二にあるのではないかという、疑惑をもっている人物もあったかもしれない。しかし、それならばそれでよいではないかという雰囲気が、一座のなかに流れていた。

むろん法律や道徳をふみにじってよいというのではないが、あまりにも不幸だった過去のたまきの境遇をしっているだけに、たまには法律や道徳をのりこえた結合が、あってもよいではないかというような雰囲気だった。と、いうことは修二とたまきという組み合わせが、だれの眼にも好一対とうつったということになるのであろう。

伯母の梅子もひかえめながらも、うれしさと安堵《あんど》の色をかくさなかった。客たちのあいだから、祝福や激励のことばが送られるたびに、彼女は涙ぐんだりしていた。

由紀子も興奮していつになくはしゃいでいるようにみえた。彼女はこんごもたまきの養女として、いっしょに暮らしていくことになっている。

金田一耕助は由紀子の書いたシナリオなるものを読んだが、いちおう感心せずにはいられなかった。それは彼女がいちじあずけられていた学校の寄宿舎におけるやさしい舎監と、いささかひねくれた少女との感傷的な交渉をえがいた、むろんほんの習作ていどのドラマだが、わりにうまくまとまっていた。ことにやさしい舎監というのが関口たまきであり、いささかひねくれた少女というのがじぶんじしんであるらしいのに、金田一耕助は微笑を禁ずることができなかった。題は「新雪」となっていた。問題になったあのにせ手紙の、

「今夜十時ジャスト、わたしの居間へ、きていただきたい。話があります」

と、いうのは雪子というささかひねくれた少女が、舎監にむかっていう台詞《せりふ》になっていた。徹也はじぶんの娘の書いたシナリオの書きつぶしを利用して、道明寺修二をたまきの居間へおびきよせたことになるらしい。

それはともかく由紀子はこのまままたまきと暮らして、将来は女流文学者というのが、彼

女の夢でもあり、たまきの希望でもあった。それだけにその夜の由紀子の瞳《ひとみ》のかがやきに、ただならぬものがあったとしても当然だったであろう。

　こうして婚約披露の宴はいともなごやかに進行していたが、八時半ごろになってちょっと座を白けさせるようなことが起こった。思いがけなく金田一耕助と等々力警部がひょっこりやってきたからである。金田一耕助は例によってよれよれの羽織はかま、等々力警部も平服だったが、それでも一座のひとびとをぎょっとさせるに十分だった。

「いやあ、どうも。こんやは仕事のことできたんじゃなく、金田一先生とふたりでお祝いにあがったんですよ。道明寺さんもたまきさんもおめでとうございます」

「はあ、いや、どうも……おそろいでありがとうございます」

「金田一先生、ありがとうございます」

「はあ、いや、なにしろおめでとうございます」

　仕事のことできたのではないというものの、ふたりの職業がらちょっとぎこちない空気がながれたのもむりはなく、等々力警部と金田一耕助から祝福のことばをうけて、礼をのべる道明寺修二やたまきの態度に、どこかしこりのあるのはやむをえなかったであろう。

「金田一先生」

　と、しばらくして柚木繁子がそばへやってきた。繁子は挑戦するような眼を金田一耕助にむけて、

「こんやはあの話タブーみたいになってたんですのよ。それくらいのこと、先生だっておｈ

わかりになってくださるでしょう」

「はあ、それはごもっともで」

「あたしども、なにも臭いものにふたというわけじゃございませんのよ。しかし、それがデリカシーというものでございますわねえ」

「はあ、それはそうでございましょうねえ」

「そのデリカシー、道明寺さんとたまきさんにたいするわたしども一同のやさしい心使い、そういうものを先生はむざんに打ち砕いておしまいになりましたわね」

「わたしが……？　どうしてそんないやなことをおっしゃるんですか」

「だって、そうじゃございません？　先生と警部さんの存在そのものがあたしどもに、あのいやな記憶を呼びおこさせますのよ。少なくともこんやだけは忘れていたいあの事件を……」

「いやあ、どうもそうおっしゃられると恐縮ですな」

「先生」

繁子はいよいよ挑むような眼つきを強くして、

「それくらいのことがおわかりにならない先生じゃございませんわね。じぶんたちが顔を出せば、気拙《きまず》い空気をかもし出しゃあしないかってこと……」

「はあ、それはさっき警部さんともここへくるみちみち、話しあったことなんですがね」

「と、いうことは先生や警部さんはお祝いにいらっしゃらないほうが、かえって道明寺さんやたまきさんにとって、親切だってことご存じなわけですわねえ」

「はっはっは、まあ、そういうことになりますかね」

「それにもかかわらず、先生が警部さんとごいっしょにいらしたってこと、やっぱりなにかあると思わなければならないのでしょうねえ。警部さんはお仕事のことじゃないとおっしゃいましたけれど……」

さすがに金田一耕助も返事に窮した。

気がつくとサロンのなかはシーンとしずまりかえって、ふたりを遠巻きにしたまま、一問一答に耳をすましている。

たまきはさすがに蒼《あお》ざめて神経質らしく唇をかんでいる。修二はかるくその肩に手をかけたまま、金田一耕助を視《み》まもっている。その顔にはむりにつくられた微笑がこわばったようにひっつっていた。

等々力警部はのんきらしく、むこうのほうで梅子をあいてにウイスキーをご馳走《ちそう》になっている。その梅子もはらはらした顔色だが、警部のほうはいっこう平気で、おもしろそうに金田一耕助と繁子の応対を視まもっている。

「いや、奥さん……じゃなかった。柚木さん」

と、金田一耕助はてれたようにもじゃもじゃ頭をかきまわしながら、

「あなたは聡明《そうめい》なかたです。しかも、なかなか論理的なあたまをもっていらっしゃる。なるほどあなたにそのように、三段論法的に煎《せん》じつめられると、やっぱりあなたのおっしゃ

るとおり、なにかあるんでしょうなあ。あっはっは」

「なにかとおっしゃいましたが、そのなにかをはっきりいっていただけません？」

「いや、ところがぼくにもはっきりそれがつかめないんです」

「あら、ご謙遜《けんそん》ですのね。あなたほどのかたが……」

「いや、ほんとうなんです。はっきりそれがつかめているくらいなら、事件はとっくの昔に解決してますよ。で、まあ、こんやわれわれが参上したのはこういうことになりましょう。われわれは善意をひっさげてこちらへあがったんです。警部さんもわたしも……おふたかたに祝意と敬意を表明しようとね。これはほんとうですから信じてください。しかし、われわれの心のすみのどこかに、あわよくば……と、いう気もちがひそんでいることは、あえて否定いたしませんがね」

「あわよくば……なんでございますの」

「あわよくばなにかつかめやあしないかということですね。まあ、いってみれば神風を待望するような気もちですね。たよりない話といえばいえますが……」

　繁子はしばらくまじまじと、金田一耕助の瞳のなかをのぞきこんでいたが、やがてにっこりわらうと、

「わかりました。それじゃあなたがたはこんやここでまた、なにごとかが起こるだろうというみこみがあって、いらしたわけじゃないんですのね」

「とんでもない。そんなみこみがあったらいかになんでも、こんなに落ちついてられやし

ませんよ」

「ほっほっほ、それをうかがって安心いたしました。あたしはまたあなたがたのお顔を拝見したとたん、なにかまた不吉なことが起こるんじゃないか、そして、それを嗅《か》ぎつけていらしたんじゃないかと、早がてんしてしまったんですの。ごめんなさい。それじゃ、こんやはできるだけあのことは忘れて、あちらにいらっしゃるおふたかたのためにお祝いしてあげてちょうだい」

「それはもちろんですけれど……いやはや、まったく、やれやれというところですな」

「やれやれとおっしゃいますのは……?」

「いや、これでやっと資格審査にパスしたわけですからな。こんやのお客さまのお仲間入りの……あっはっは」

こういう小ぜりあいがあってのち、金田一耕助と等々力警部は婚約披露宴の客にとけこんだ。いや、ほんとにとけこめたかどうか疑問だが、表面は和気あいあいと会は進行していたのである。

その金田一耕助がとつぜん奇妙な声を立てて一座をおどろかせたのは、それから半時間あまりのちのこと、即ち、九時ちょっとすぎのことだった。

そのとき金田一耕助は未来の新郎新婦を中心として、伯母の梅子や柚木繁子、たまきの継娘の由紀子もくわえて、ほか二、三人の客たちと、紅茶をのんでいたのだが、とつぜん紅茶茶碗をそこへおくと、

「あっ、ありゃなんだ！　あの声は……？」

と、すっくとその場に立ちあがったので、一同はびっくりしたようにその顔をふりかえった。

「金田一先生、どうかなさいまして……」

と、繁子もあきれたような顔ながら、それでもぎょっと中腰になっている。

「いや、いま変な声がきこえましたよ。むこうのほうで……たしか脱衣場のほうだったと思いますが……」

「金田一先生、どうかしましたか」

と、ほかのグループにまじっていた等々力警部も、緊張のおももちでこちらのほうへ歩いてくる。一座はシーンとしずまりかえった。

「あっ、警部さん、恐れいりますが、あなたちょっと脱衣場を調べてきてくださいませんか。なんだか妙な声がきこえたような気がするんですが……」

「ああ、そう」

等々力警部はすばやく金田一耕助の瞳《ひとみ》から、なにかを汲《く》みとったとみえて、おもっくるしくうなずくと、

「それじゃ、どなたか二、三人、わたしといっしょにきてくださいませんか」

「ああ、そう、じゃわたしがいこう」

と、言下に三人の男が立ちあがって、警部のあとにしたがった。

そのうしろ姿がサロンから出ていくのを見送って、金田一耕助はがっかりしたようにアーム・チェヤーに腰をおとした。

「金田一先生、変な声とおっしゃいますと……？」

伯母の梅子はおびえたように眼をとがらせている。

「いや、いや、奥さん、ひょっとするとわたしの気のせいだったかもしれないんです。いずれ警部さんたちがかえってくればわかりましょう」

柚木繁子はさぐるように金田一耕助の顔を視つめている。道明寺修二と関口たまきは顔見合わせて、なんとなく気味悪そうである。ほかの客たちも眼を見かわせながら、不安そうに金田一耕助とサロンの入り口をながめていた。

五分ほどたって等々力警部の一行がかえってきた。

「金田一先生」

と、警部がサロンの入り口からおもっくるしい声をかけたとき、そこにいるひとびとの視線は、当然、そのほうへ吸いよせられた。

「なにか先生のかんちがいではありませんか。脱衣場のほうにはべつにかわったこともないようですが……」

「ああ、そう、いや、そうですか。そうですか」

一同のとがめるような、なじるような視線がいっせいに、おのれに集中されるのをかんじたとき、金田一耕助の顔は火がついたように真っ赧《か》になった。

「ああ、いや、どうも、……すみませんでした。どうもみなさん、失礼いたしました。ぼく、いささか神経質になりすぎていたようです。ごめんよ、由紀子ちゃん、あんたまでおどろかせてしまって……」

と、金田一耕助はまるで小娘のようにはにかみながら、しどろもどろのていたらくで、四方八方にペコペコ頭をさげると、てれかくしに紅茶のカップをとりあげた。

それにつりこまれたように、由紀子もにんまりわらうと、

「あら、いいえ、そんなこと……」

と、紅茶茶碗をとりあげて口のほうへもっていきかけたが、そのとたん、

「あっ、ちょっと、由紀子ちゃん！」

と、金田一耕助がまたもやするどい声で呼びとめたので、

「えっ！」

と、由紀子はいうにおよばず、あたりにいあわせた一同はまたぎょっとしたように、金田一耕助の顔をふりかえる。

「いえね、由紀子ちゃん、あんたその紅茶のむ勇気がある……？　その紅茶茶碗、いま由紀子ちゃんが警部さんのほうに気をとられているあいだに、このおじさんがこっそりと、ママさんの紅茶茶碗と由紀子ちゃんの紅茶茶碗と、おきかえておいたんだけど……」

とつぜん、由紀子は紅茶茶碗をもったまま、すっくと椅子から立ちあがった。その権幕と形相《ぎょうそう》のすさまじさに、柚木繁子のような女でも、おもわずするどい悲鳴をあげて、椅子

をうしろへずらせたくらいである。

いや、いや、おどろいたのは柚木繁子ばかりではない。その晩、その席にいあわせたひとびとは、おそらく終生そのときの、由紀子の形相を忘れることができないであろう。

立ったままうえからきっと金田一耕助の顔を視すえた由紀子の瞳は、憎悪と嫌悪の火を吹いていた。顔がいびつにひんまがっているばかりではなく、体までが大きくねじれて、はっきりそこに畸型《きけい》があらわれている。なんだか人間の皮をかぶっていた化け物の、その皮がべろっとひと皮むけて、世にも醜怪な正体がむきだしになったかんじであった。

やがて、由紀子の全身にすさまじい痙攣《けいれん》があらわれはじめた。それは癲癇《てんかん》ではなかったけれど、癲癇の発作にも似た、世にも醜怪で、おぞましく、見るひとをしてゾーッと鳥肌の立つ思いをさせるような無気味で、猛烈な痙攣だった。

「由紀子!」

等々力警部がそばへきて由紀子の肩に手をかけようとした。が、そのとたん、肉体的な畸型を示していた由紀子ではあったけれど、それはそれなりの敏捷《びんしょう》さで、警部の手をはらいのけたかと思うと、手にした紅茶茶碗を口のほうへもっていった。

「ああ、由紀子さん!」

たまきがするどい悲鳴をあげたとき、すでにつめたくなっていた紅茶は、由紀子ののどへのこらず注ぎこまれていて、

「こら、止さないか!」

と、等々力警部がそばからカップをたたきおとしたのだけれど、そのときはもうおそかったのである。

由紀子はねじれた顔をいよいよひきつらせ、口からあぶくを吐きながら、

「だれが……だれが……おまえなんかにつかまるもんか。……おまえなんかに……おまえなんかに……」

それから由紀子はまるで、害虫に食いあらされつくしていた木が倒れるように、音もなく、ふわりと床のうえに倒れていった。

これが悪魔の申し子のようなこの娘の最期だったのである。

二十

「あの娘がねえ」

と、慨嘆するように呟《つぶや》いたのは、緑ヶ丘署の島田警部補である。

さすが精力絶倫のこの警部補も、こんやはなんだかひどくしょげきったようすで、全身の筋肉もだらりと弛緩《しかん》している。ぐったりとアーム・チェヤーにからだを埋めて、ごうごうともえるガス・ストーヴを視《み》つめる眼つきにも力がなかった。

「島田君、君はまたひどく意気沮喪《そそう》してしまったものじゃないか。そうすると、君はあくまで関口たまきを疑っていたのかね」

「はあ、それはやっぱり……まさか十六や十七の小娘が犯人とはねえ」

「いや、まったく恐るべき少女でしたね」

と、久米警部補がなにげなくつぶやくのを聞きとがめて、

「久米君、まったく恐るべき少女でしたねなんて納まっているが、それじゃ君はあの娘に目星をつけていたのかい？」

「と、とんでもない。ぼくもやっぱり君とチョボチョボさ。ただ、ぼくはたまきより伯母の梅子がくさいとにらんでいたんだがね」

と、久米警部補も慨嘆するように肩をゆすったが、やがてその眼を金田一耕助にむけると、

「それじゃ、先生、ひとつ説明してください。先生ははじめっからあの娘に眼をつけていたんですか」

「いやあ、まあ、それはだいたい警部さんにお話しておきましたから、ひとつ警部さんからお聞きになってください」

「金田一先生、それはいけませんよ。わたしゃまあ、あんまり責任をおいたかあありませんからな」

「責任とはなんの責任です」

と、島田警部補がききとがめた。

「なあに、あの悪魔の申し子みたいな娘に自殺のチャンスをあたえた責任だあね」

「あっ！」

と、口のうちで叫んだ島田、久米警部補は、改めて金田一耕助の顔をみなおした。

「あっはっは、いやね、久米君、君はこのひとと仕事をするのははじめてだろうが、これが金田一耕助流のヒューマニズムとでもいうのかね。おかげで事件は解決できるが、ホシは逃がしてしまうということがちょくちょくあるよ。つまり、そのためにこのひとは、最後の瞬間までわれわれに手のうちをみせないんだからね。げんにこんどの事件だって、由紀子が紅茶をのみほしても、まだわたしには事件の真相はわからなかったんだ。由紀子がのんだ紅茶のなかに、青酸加里がしこんであったということがわかって、はじめて真相がわかってきたくらいだからね。あっはっは。まあ、ひとつ、金田一先生、あなたの口から説明してやってください」

それはもう、あの恐るべき婚約披露宴の夜からかぞえて一週間以上ものちのことで、壁にかけたカレンダーはもう二月を示している。

緑ケ丘荘の金田一耕助のフラットにあつまったのは、等々力警部に島田、久米の両警部補、いずれも平服のくつろいだ姿だったが、久米警部補だけは内心にファイトをみなぎらせていたのである。急転直下も急転直下、事件があまりにも意外な方向へ進展していったからである。

「いや、金田一先生」

と、島田警部補が椅子のなかでいずまいをなおすと、

「それじゃ、わたしから質問させてください。質問にはこたえてくださるでしょう」

「はあ、どういうことでしょうか」

と、金田一耕助はいつもこういう場合にみせるてれくささを、できるだけおさえようとしていささか切り口上である。

「まず、第一に志賀葉子がここへもってきたこの写真ですね。これはいったいなにを意味するんですか」

と、島田警部補がデスクのうえへとりだしたのは、毎夕日日から切り抜かれた写真版で、いうまでもなく関口たまきが羽田へついたときの情景である。まえにもいったように志賀葉子が切り抜いたこの写真は、うえのほうがちょん切れていて、したがって柚木夫人の上半身は切断されている。

「ああ、これですね。これはいつか島田さんにお眼にかけましたけれど……」

と、金田一耕助がみずからデスクのひきだしを開いてとりだしたのは、おなじ写真の完全な切り抜きで、このほうは柚木繁子の上半身も入っている。

久米警部補は二枚の写真を見くらべて、おもわず眉《まゆ》をひそめた。

「この切り抜きを島田さんのお眼にかけたとき、もう少し詳しくご説明申し上げればよかったんですがね。志賀葉子が切り抜いたのは表の写真のためではなく、裏面の記事だったろうと思うんです」

島田警部補がぎょっとしてあわてて裏をかえしてみると、そこは都内版になっているらしく、掲載されているのは、ちかごろ世田谷《せたがや》松原方面一帯に、犬の奇病が流行していて、愛犬家をなやましているという記事である。その奇病というのは一種の集団中毒的な症状で、嘔吐《おうと》と痙攣をともなうが、いまのところ生命に別条はないようだという、ごくなにげない記事なのである。

しかし、金田一耕助の説がただしいらしいことは、この記事を必要として切り抜くためには、その裏面の写真を完全に切り抜く必要がないことである。すなわち柚木繁子の上半身は、裏面に印刷されたこの記事の枠からはみだしているのである。

「金田一先生、それじゃこの犬の集団中毒というのが……」

と、息をはずませたのは久米警部補である。

島田警部補はシーンとした顔色で、また椅子のなかにめりこんでしまった。いまになってみればこれほどはっきりした証拠を、見落としていたということにたいする慙愧《ざんき》の情が、この正直な警部補の意気を沮喪させるのである。

「はあ、ごくごく微量の、犬にとっても致死量に足りぬ青酸加里中毒じゃないかという疑いがあるということを、ぼくはある方面できいたんです。しかし、なにしろあいてが犬のことだし、それに一時的現象としておさまったので、この新聞記事以上に問題にならなかったんですがね」

「これを由紀子のしわざだと……？」

「志賀葉子は気がついたんじゃないでしょうかねえ。ご存じのとおり関口たまきはこのじぶん、まだ松原に住んでいたんですからねえ。したがって、由紀子もあのへんにいたわけです。さて、この犬の集団中毒が由紀子のしわざだとすると、由紀子の母可奈子の服毒一件も怪しくなってくる。と、すると、将来たまきの身にもなにか間違いが起こりはしないかと……なにかしらそういう気配に気がついて、そこでぼくのところへ相談にくる気になったんでしょうねえ」

「なるほど、ところがこの記事の裏面に、たまたま関口たまきの帰朝の写真がのっていたので……」

「それなんだよ。久米君、しかもごていねいに、柚木繁子の顔がなにか意味ありげに切断してあるだろう。そこで服部徹也と関口たまき、道明寺修二と柚木繁子、この四角関係についてなにか話をもちこんできたのであろうと、われわれの関心はそっちのほうへそれてしまったのさ。あっはっは」

と、等々力警部は眼尻《めじり》に皺《しわ》をたたえてわらっている。島田警部補はいよいよ椅子のなかへめりこんだ。

「いやあ、むりもありませんね。犬の集団中毒じゃあねえ」

と、久米警部補はなぐさめ顔に、

「それじゃ、金田一先生、由紀子は以前に母親を殺しているんですね」

「いや、そうはっきり断定できませんが、少なくとも志賀葉子はそう考えたんでしょうねえ。しかし、由紀子が母を殺したとしてもむりはないともいえますな。げんざいの父はほかに女をこさえて、じぶんたち母娘のもとへはよりつかない。しかも、母は母でじぶんの亭主の情婦にみつがれて、恬然《てんぜん》として恥ずる色もない。それのみならず、ほかに情夫をこさえて逃げてしまった。そろそろ思春期へはいっている由紀子にとっては、父も母も憎悪の対象以外のなにものでもなかったでしょう。しかも母が情夫と温泉行きとしゃれこんでいるあいだ、由紀子は関口たまきのもとに引きとられていた。当時たまきはまだ松原のアパート暮らしだったけれど、その生活の豊かさは実母とくらべものにならなかった。そこで実母さえいなかったら……と」

「しかし、由紀子は薬をどうして手にいれたんでしょうねえ」

「それは母の可奈子が用意していたんじゃないでしょうか。可奈子は疎開するまえ、いちじ軍需工場に徴用されてたって話ですから」

「なるほど、まあ、いずれにしても、志賀葉子はそれやこれやで不安をかんじた。そこで先生におすがりしようとして電話をかけたところを、由紀子に嗅《か》ぎつけられたというわけですか」

「おそらくそうでしょうねえ。志賀葉子が電話をかけてきたあとで、またひとり女の声で電話をかけてきて、山崎さんの奥さんに、この部屋の番号をきいたのがいるそうですから」

「なるほどそれで、由紀子がこの部屋まで葉子のあとをつけてきたというわけですか」

「おそらくそうだと思います。ただ、ここでわからないのは、葉子は由紀子がくるまえに、すでにあの強心剤をのんでいたのか、由紀子がきてからのんだのか……しかし、いずれにしても、葉子が強心剤をのまなかったら、由紀子はほかの方法で、葉子を殺すつもりだったんでしょう。葉子の口をふさぐつもりで、ここまで追っかけてきたんでしょうからね。ところがうまいタイミングで、葉子が強心剤をのんで、苦しみだしたということでしょうねえ」

「ああ、そうそう、金田一先生」

と、ここで急にシャッキリと、椅子のなかで身を起こしたのは島田警部補である。

「どちらにしても、由紀子のやつ、そのときはっきり仮面をぬいで、悪魔の申し子の正体をみせつけたんですぜ。葉子の顔に凍りついていたあの恐怖……」

「ふむ、ことがあんまりうまくいったので、由紀子のやつ、瀕死《ひんし》の葉子の眼のまえで悪魔の凱歌《がいか》を奏してみせたのかもしれんな」

と、等々力警部もうなずいた。

「しかし、あのカレンダーをめくっていったのは？　あれもやっぱり由紀子なんでしょうな」

「いや、これは警部さんもおっしゃったように、ことがあんまりうまくいったので、由紀子もいささか有頂天になったんじゃないでしょうか。人間というやつ、有頂天になってるときがいちばん危険ですからね。ついやりすぎて足踏みはずす……」

それからちょっとした沈黙の時間がながれたのち、久米警部補は島田警部補をふりかえった。

「島田君、こんなことをいって君を責めるわけじゃないが、あんたその晩の由紀子のアリバイを調べてみなかったの」

「いや、それなんだが、いまからかんがえるとこのおれは、あの小娘の巧妙なトリックにひっかかってたんだ。と、いうのはあの娘、みずから進んで継母のアリバイを申し立てたんだね。ママはNHKへ出かけるまでは、ずっとうちにいて本を読んでたって。つまり、じぶんのアリバイとして申し立てずに、継母のアリバイとして申し立てたそのことじたいが、間接的におのれのアリバイの主張であったとはぼくもつい気がつかなかったんだ。だから、ついうっかり由紀子もあの晩、うちにいたものときめてしまったんだ」

「なるほど」

と、久米警部補もするどく舌打ちをして、

「それが計算されたうえでの申し立てだとすると、じつに巧妙ですね」

そこでまたしばらく、沈黙の時間が四人をめぐってながれた。みなそれぞれの視線のさきを意味もなく視《み》つめていたが、やがて久米警部補がやおら身を起こして、

「いや、それでだいたい第一の事件、島田君担当の事件はわかりましたが、それではこんどは第二の事件、わたしの担当の事件の説明をしてください。由紀子が父を刺したとすると、それはいったいいつのことなんです。あいつは浜田とよ子といっしょにサロンへかえってきて、道明寺修二の叫び声がきこえるまでテレビをみてたといっていたが、あれは嘘

だったんですか」

「いや、いや、それはほんとうでしょう。あの娘、いつ露見するかわからぬような嘘はつかなかったでしょうねえ」

「と、するといつ……？」

と、島田警部補もおどろいてアーム・チェヤーから体をのりだす。久米警部補はまじまじと金田一耕助を視つめていた。

「いや、これはあのときあなたがたも問題になさいましたね。服部徹也はどうしてああもやすやすと犯人に刺されたか、どうして犯人が背後に忍びよるのに気がつかなかったかと……」

「はあ」

「だから、それを説明するためにこう解釈したらどうでしょう。服部徹也はあの穴のなかへもぐりこんでから刺されたのではなく、刺されたのちにあの小廊下へもぐりこみ、そこで息を引きとったのではないかと……」

あっ！　と、いうような叫びをもらして、ふたりの警部補はおもわずこぶしをにぎりしめた。

「そ、それじゃ……」

と、久米警部補は呼吸をはずませ、

「浜田とよ子が出会ったとき、徹也はすでに刺されていたと……？」

「それ以外には考えようがありませんね。このことはもういちどとよ子にたしかめてごらんになったら……？　とにかく、とよ子の供述によると徹也は脱衣場のなかに立っており、廊下にいた由紀子とにらみあっていたということでしたね。そして、とよ子のすがたをみると無言のまま手をふって、由紀子をサロンのほうへつれていくように合図をしたということでしたね。だから、当然、とよ子は徹也の背中をみていない。……」

「それじゃ、そのとき徹也の背中にあの肉斬りナイフが突っ立っていたと……？」

と、ふたりの警部補はいよいよつよく両のこぶしを握りしめた。こぶしのなかは汗でぐっしょり濡《ぬ》れている。

「ええ、ですからもういちど浜田とよ子にきいてみてください。そのときの服部徹也の顔つきや息使いなど……あるいは思いあたるふしが出てくるんじゃないでしょうか」

「つまりね、島田君も久米君も」

と、等々力警部も安楽椅子から体を起こして、

「ここに致命的な一撃をくらいながら、あと数秒なり数分なり生きていて、なんらかの行動を果たしてのちに息を引きとったというような実例を、われわれは相当しってるはずなんだ。こんどの場合がそれに当てはまるんじゃないかと、金田一先生はおっしゃるんだね」

「わかりました！」

と、久米警部補は大きなおどろきとふかい感動に、息のつまったような声をあげると、

「服部徹也はじぶんの娘に刺されたのち、娘をかばおうとして行動したとおっしゃるんですね」

「ああ、そう、それを金田一先生はこう説明していらっしゃる。服部徹也はじぶんの娘にたいしてつねに罪業感をもっていたにちがいない。浜田とよ子も徹也が娘をけむたがっていたといってたが、それすなわち罪業感のあらわれであったろう。その娘に刺されたしゅんかん、徹也はおのれの罪業のふかさをいまさらのごとくつよく意識したであろう。娘をしてことここにいたらしめたおのれの罪業のふかさを反省したことであろう。そこへさいわい浜田とよ子がやってきたので、彼女をある意味での証人として由紀子とともに去らしめ、しかるのちに脱衣場のドアをしめ、電気を消し、あの小廊下へもぐりこみ、あとのドアをしめておいて、さて、そののちに息をひきとったのではないか……と、こうおっしゃるんだ。いや、それればかりではなく、たまきが罪をかって出たのも、やはり彼女の由紀子にたいしてもっている、罪業感からであったろうといわれるんだが、これもうなずけるところだと思う」

「ああ、それじゃ、たまきが罪をひきうけて出たのは、道明寺をかばうためじゃなく、由紀子をかばうためだったとおっしゃるんですか」

と、久米警部補はまたあらためてこぶしを握りしめた。

「そう、金田一先生はそうおっしゃるんだが、そう解釈したほうがより自然でもあり、合理的でもあるようだね。たまきは女性の本能から、由紀子がいつ刺したとはしらなくとも、良人《おっと》を刺したのは由紀子にちがいないとしっていたのだろう。尊属殺し……由紀子をこの恐ろしい罪に駆りたてたのも、すべてはじぶんに原因しているというつよい罪業感が、彼女をしてあのような告白をさせたのだろうというんだが、そうかんがえたほうがより自然だと思わないかね」

　等々力警部の解明にたいして、ふたりの警部補もうなずかずにはいられなかった。

　十六歳という年齢が、彼女の存在をひとびとの盲点のなかに押しこんでいたのだ。その盲点のなかからひきずりだして、由紀子という少女に強い照明をあててみせると、はじめて関口たまきの言動などにも、いちいち合点のいくところがあるのが発見されるのだ。

「金田一先生、由紀子はひょっとするとじぶんの原稿の書きつぶしが、おやじのにせ手紙に利用されることをしってたんじゃないでしょうかねえ」

　久米警部補の質問にたいして、金田一耕助はしばらく無言でいたのちに、やがて暗い顔をしてこう答えた。

「いや、それはしっていたのみならず、ひょっとするとじぶんの原稿の書きつぶしを、徹也に利用させるように、由紀子のほうからしむけたんじゃないかと思うんです。もちろん言葉でそれとすすめなくとも、わざと徹也の眼につきそうなところへ、ああいう書きつぶしを落としておくかなんかして……」

「金田一先生！」

　と、等々力警部もこれは初耳だったとみえて、大きく眼を視張って乗り出した。

「それじゃ、服部徹也が妻と男を、あの居間であわせようという考えをもつにいたったのも、由紀子の謀略であったと……」

「警部さん」

と、金田一耕助はふかい溜《た》め息を吐くと、まるでにがいものでも味わうような口調で語りだした。

「ぼくがなぜ、そこまで由紀子を悪辣《あくらつ》な少女とかんがえるにいたったかというと、あの娘の書いたドラマなんです。あれはみなさんもお読みになったように、境遇的にめぐまれなかった少女が寄宿舎へ入り、やさしい舎監によってはじめて人間の愛情というものにふれた結果、その舎監につよい憧《あこが》れをもつにいたるというプロットでしたね。しかも、ヒロインの雪子はあきらかに由紀子じしんであり、舎監はたまきがモデルになっていることは一目瞭然《りょうぜん》ですね。あのドラマをよんだとき、ぼくは由紀子という少女にふかい同情をもったのです。だから、徹也を殺したのが由紀子であったとしても、その動機はつよい独占欲《よく》、関口たまきというすぐれた女性を、じぶんひとりのものにしておきたいという、少女らしい独占慾からきているのじゃないかと、そんなふうに解釈していたのです」

「ふむふむ、それで……？」

「はあ、それですから……」

と、金田一耕助は蒼《あお》くもえるガス・ストーヴのほのおを見つめながら、かすかに身ぶるいをすると、

「道明寺君とたまきさんの婚約披露の席で、だれかの身にまちがいが起こるとしたら、それは道明寺君だろうと思っていたんです。ところがじっさいはそうではなかった。由紀子が手品使いみたいな巧妙な手つきで、なにやら怪しげなものを放りこんだのは、道明寺君のカップではなく、たまきさんの紅茶茶碗だったでしょう。由紀子はおそらく、たまきが良心の呵責《かしやく》にたえかねて、みずから生命を断ったのだろうと、世間はそう見てくれると計算したんでしょうが、そのとたん、ぼくは由紀子という少女の、どの点からみても一点も同情する余地のない鬼畜性をはっきりしったんです。由紀子はたまきの財産をねらっていたのではないかと……。これがわずか十六歳の少女ですからねえ」

それからまたしばらく、おもっくるしい沈黙が四人のあいだを流れた。しかもこんどの沈黙はかなりながく、ガス・ストーヴのもえる音と、時計の針のすすむ音だけが、わがもの顔に部屋のなかの空気を支配している。よほどしばらくして口を開いたのは島田警部補だった。

「それじゃ、あのドラマに書かれている雪子という少女の気持ちはぜんぶ嘘であった。あのドラマはたまきを殺害したばあいの予防線として、書かれたと解釈してもよろしいですかね」

「いや、そう邪推したくなるくらい、奸智《かんち》にたけた少女だったようですね」

「それで金田一先生は、由紀子がたまきのカップに毒をほうりこんだのに気がついたとき、とっさにひと芝居うって一同の注意をほかへそらせ、そのすきにふたつのカップをすりかえられたというわけですか」

と、そういう質問は久米警部補であったが、べつにそこには金田一耕助を非難するようなひびきもなかった。ただ淡々たる語気だった。

「はあ、由紀子の放りこんだものが毒とはっきりわからなかったし、それにまさかぼくは、由紀子があれをのもうとは思わなかったもんですからね」

「金田一先生」

と、とつぜん等々力警部がむっくりと安楽椅子から身を起こして、目玉をぐりぐり廻転《かいてん》させながら、

「あなた、それはほんとうですか。由紀子はあれをのまんだろうと思ってたのですか」

と、突っこむように訊《たず》ねたが、金田一耕助はそれにたいして答えなかった。

女怪

一

この物語には発端がある。

昭和二十×年の夏のこと、私はひとりの連れとともに、伊豆《いず》の鄙《ひな》びた温泉場Nに、一週間ほど滞在していたことがある。

連れというのは、金田一耕助である。

私がこの男の記録係りをつとめるようになって以後、金田一耕助という名も、いくらか世間に知れ出したようだから、この一篇《ぺん》を読まれる諸君のうちにも、あるいはすでに、その名を御存じのかたがあるかも知れないと思うが、なお、念のために、一応簡単な説明を加えておこう。

金田一耕助というのは、なんといったらいいのか……つまり、ちかごろちょっと売り出した、風変わりな、一種の犯罪研究家なのである。

かれのやりかたについては、私は他の金田一耕助の物語のなかで、おりにふれて述べておいたから、ここであえて触れないが、とにかく素晴らしい直感と、洞察力とを持った男である。いままでに一度でも、この男の冒険譚《たん》を読んだひとなら御存じだが、かれはまるで、子供が積み木を組み立てるように、あらゆるデータを積み重ねて、論理の塔をきずいていく。そして最後にそこから、のっぴきならぬ結論をひきだしていく。そこには微塵《みじん》もケレンやハッタリはなく、徹頭徹尾論理的で、それから見ても、いかにかれが、素晴らしい頭脳を持っているかがわかるのだが、それにもかかわらず、興味のあるのは、かれの生活能力である。

自分の生活をきずいていく——と、いうことにかけては、この男はまるで無関心というより、無能者ではないかと思われるくらいである。

終戦後、南方より復員して来た金田一耕助は、一時、銀座裏の怪しげなビルディングの最上階の一室に、事務所みたいなものを持っていたことがあるが、そうして事務所みたいなものをひらいて、つぎからつぎへと、依頼者の持ち込む事件を、片っ端から能率的に、片付けていくというような才腕はかれにはなかった。それにはあまりにも、事件の撰択《せんたく》に好みがありすぎたし、また、かれのあの素晴らしい才能の燃焼には、ときに、あまりにも冷熱の差がありすぎた。

こういう人物は、到底、事務的に物事を支えていくことは出来ない。結局かれは三か月ばかりで事務所を閉じてしまった。事務所を閉じてどうしたかというと、かれの中学時代の同窓で、いまは土建屋になっている、風間という男の、二号とかが経営している、大森の割烹《かっぽう》旅館の離れ座敷へころげこんでしまった。そして、そこで悠々として居候の権八を極《き》めこんでいるのである。

しかし、よくしたもので、こういうタイプの人物は、しばしばひとに、非常に好意を持たれるものである。かれはパトロンに恵まれていた。かれを居候においている風間などもそのひとりだが、岡山には久保銀造といって、「本陣殺人事件」以来のパトロンがあった。

私自身はとてもパトロンという柄ではないが、しかし、かれの冒険譚の記述者として、いくらかでも利益を得ている以上、無関心でいるわけにはいかなかった。むろんかれは、分け前を請求するような男ではなかったが、私としては、まあ、出来るだけのことには気を使っているつもりである。

しかし、この記録の冒頭に述べたように、昭和二十×年夏、伊豆のN温泉に私たちが滞在していたのは、決して私の招待ではなく、逆に金田一耕助のおごりであった。そのときかれは珍しく、多額の金をふところにしていたのである。

よくしたもので、友人の二号のところへころげこんでいるような男でも、才能があれば現われずにはいないと見えて、つぎからつぎへと聞きつたえて、事件の依頼者はかなりあるらしい。しかし、根が無精で且《か》つ、いたって非事務的な男だから、なかなかおいそれと、腰をあげないらしいが、それでもときには、これならと食指の動く事件にぶつかることもあり、そんなときには、全身全霊をあげて事件に体あたりした。

つまり、彼を動かすのは、報酬の多寡《たか》ではなく、事件に対する興味であった。どんなに多額の報酬を持ち出されても、事件に興味を感じなければ、テコでも動かないが、その代わり、いったん事件が気に入ったとなると、手弁当で働いた。

だからかれは終戦後、かなりの事件を手がけているが、それらから、いったいどれくらい収入があったか、疑問である。いつもピイピイしているところを見ると、タダ働きというような場合が多かったのではないかと思う。

ところがそのときはちがっていた。昭和二十×年の夏の終わりごろ、私のところへとびこんで来たかれは、珍しく景気がよかった。

その年の初夏から夏へかけて、かれは岡山県の山奥で、やつぎばやに「夜歩く」と「八つ墓村」の二つの事件を解決している。前者はともかく後者では、かなりたんまり報酬にありついたらしい。

だからかれは、東京へかえって来て、私のところへ踏み込んで来ると、のっけからこう浴せかけたものである。

「先生」

因《ちな》みにかれは私を先生と呼ぶ。ワトソンにも及ばない、単なる記録係りであるところの私が、ホームズ格のかれから先生と呼ばれるのは、少なからず冷や汗ものだが、しかし、考えてみると、ちょうどひとまわり年下のかれが、私を呼ぶには、先生というよりほかはなかったろう。だから私はちかごろハイハイと、先生になりすましているのである。

「先生、何をぼんやりしているんです。え？　仕事が出来なくて弱っているって？　そうあなた、机に向かってたばこを吹かしていちゃ、仕事もなにも出来るはずはありませんや。たまにゃ環境をかえなきゃ……先生、旅行しましょうよ。どこか静かな、人気のない温泉場へでも旅行しましょう。費用……？　は、は、は、キナキナしなさんな。金は小判というものを、たんと持っておりまするだ」

金田一耕助としては珍しく、景気のいいことをいいながら、私の前に並べてみせたのは、数個の百円札の束だった。

「ほほう、これや景気がいいんだね、すると『八つ墓村』の事件も、うまく解決がついたんだね」

「ええ、片付きました。それについて、先生にはまた、ひととおり聞いていただかねばなりませんので、どこか静かなところへいきたいと思いましてね。それにぼくとしても、一時にあんまりたくさんの死体を見てきたので、気持ちが悪くなっているんです。しばらく俗塵《ぞくじん》を避けて静養したいんですよ」

金田一耕助の冒険譚をきけるということは、私にとって大きな誘惑だった。それにかれのいうとおり、こんなに仕事の出来ないときは、少し環境をかえてみたほうがよいかも知れぬと思った。そこでしばらく押し問答をしたのちに、とうとう、かれの奨《すす》めに応ずることになったのだが、しかし、人間の背負っている宿命というものは、どうにも仕方のないものだ。あとから思えば、この短い小旅行こそ、これからお話しようという、金田一耕助の奇妙な経験の発端になっているのだった。

二

私たちがそのNへ着いたのは、もう夏も終わりの九月のはじめのことである。

そこまでに二か所ほど所をかえてみたのだけれど、どこも都会くさくて気に入らず、最後にこのNへ辿《たど》りついて、金田一耕助も私も、やっとくつろぎをおぼえたのである。

そこは四方を山にかこまれた、猫の額ほどの小盆地で、その盆地のなかを、ひとすじの谿流《けいりゅう》が走っている。その谿流の片側に、小さな部落がひらけているのだが、私たちが辿りついた柏木《かしわぎ》という宿屋は、その部落のはずれにあった。宿といってはその一軒よりなく、温泉宿というよりは、昔風に湯治場といったほうが、似つかわしそうな構えであった。むろん、都会臭など微塵もなく、電気の来ているのが不思議なくらいであった。

この鄙びた湯治場へついて、私たちははじめて、なにものにもわずらわされぬくつろぎをおぼえた。さすがにこんな山奥の、湯治場までやってくる物好きはないと見えて、そのとき宿にいたのは、私たちふたりきりだった。私たちはその静かさをよろこんで、猫のように退屈を楽しんだ。残暑はまだそこにもあったが、朝夕はうっかりすると、風邪をひきそうな涼しさであった。日中でも、じかに畳に寝ころぶと、畳の冷たさがひえびえと肌にしみた。

私たちは時折り、谿流に沿うて散歩する以外は、終日、畳のうえに寝ころんで、あきもせずに語りあかした。むろん、主として語るのは金田一耕助で、私はかれが、最近経験して来た冒険譚を、むさぼるように聞きながら、抜け目なくメモをとった。

こうして三日ほどそこにいるあいだに、金田一耕助の物語を、あますところなく聞いてしまったが、そうなると、まえにもまして色濃い退屈が、私たちのうえに襲いかかって来た。むろん、それは気のあったもの同士にしかわからぬ、なんともいえぬ楽しい退屈であったけれど。……

ところが、そのころになって、やっと運命の神が、金田一耕助に働きかけて来たのである。むろん、そのときには、ふたりとも夢にもそんなこととは気がつかなかったが……。

「さぞお退屈でございましょう。こんな山の中のことですから、なんのおもてなしも出来ませず……」

この宿の主婦代理ともいうべきおすわさんが、そういって、茶を持って来たのは、私たちがこの宿へ来てから、四日目の昼過ぎのことだった。私は元来、人見知りをするほうで、だから、旅行なども、ひとりではなかなかできないのだが、その点、金田一耕助は如才がなかった。かれはここへ来ると、すぐに宿の連中と、いんぎんを通じてしまったが、とりわけ、このおすわさんとはよい言葉敵であった。おすわさんは中年の、さばけた、物わかりのいい女で、退屈な夜のひとときなど、よく私たちの部屋へ話しにやって来た。そして、耕助を相手に、罪のない冗談などをとばしていた。

そのおすわさんが茶をいれながら、つくづく感に耐えたといわぬばかりに、首をふりながらいうところを聞くと、

「ほんとうにわたし、驚いてしまいました。いいえね、いずれはただの鼠ではあるまいと噂していたんですよ。でもね、まさか、天下にかくれもないほど有名なかたとはねえ。こ

とに、こちら……」

　と、金田一耕助を顎《あご》でさして、

「このとおり、ちっともとりつくろわぬかたでしょう。それがあなた……」

　私たちはびっくりして顔を見合わせた。金田一耕助はあきれたように眼をまるくして、

「おいおい、おすわさん、何をいってるんだい。天下にかくれもないというのは、いったい誰のことだい」

「あなたのことですよ。いいえ、もうおかくしになっても駄目ですよ。さっき、あなたのお名前を御存じのかたがいらしって、宿帳をごらんになってびっくりしていらしたわ。なに、金田一耕助が来てるって？　それじゃこのへんに、何か変わった事件があったのかいって。……」

　私たちはまた顔を見合わせた、おすわさんの最後の一句からみると、どうやら耕助の職業が暴露したらしい。耕助はいくらか照れたように、もじゃもじゃ頭をかきまわしながら、

「いったい、どういうひとなんだい、その客というのは……？」

「東京からいらしたかたなんです。ときおり、ふた月に一度か、み月に一度いらっしゃるかたなんですよ。でも、わたしほんとうに驚いてしまいました。あなたがそんなに偉い探偵さんだなんてねえ」

　おすわさんはまた、感に耐えたように、まじまじと耕助の顔を見ながら、

「それで、なんですの。こちらへいらしたの、やっぱり何か調査のために……」

「いやだよ、おすわさん、止しとくれよ」

金田一耕助は子供のように照れながら、

「いかにぼくが、おすわさんのいうようなしょうばいをしてるからって、そういつもかもガツガツと、事件を追っかけて歩いてるわけじゃないよ。たまには気保養だってしたいだろうじゃないか。せっかく何もかも忘れて、退屈してるんだから、つまらないこといわないでくれよ」

「そうでしょうねえ」

おすわさんは失望したように、

「たとえお仕事のためだとしても、わたしどもにほんとうのこと、おっしゃる筈《はず》はありませんわねえ」

「ときにおすわさん」

そのとき私が横から口を出した。

「今日来た客ね、東京のひとだといったねえ。その人二月に一度か三月に一度ここへ来るって？　いったい、どんな用事があって、こんな山奥へやって来るの」

「お籠《こ》もりのためですよ」

「お籠もり？」

私たちはまた顔を見合わせた。

「このへんに何か、そんなあらたかなお宮かなんかがあるのかい」

「あら、それじゃあなたがた、御存じじゃなかったんですの」

「何を……？」

「狸穴《まみあな》の行者とか、狸穴の神様とか……東京でもずいぶん有名なんでしょう。そのかたの修行場がここにあるんじゃありませんか」

金田一耕助と私とは、びっくりしてまた顔を見合わせた。

狸穴の行者。――世間のことにはずいぶんうとい私だけれど、そのひとのことなら何かの雑誌で読んだことがある。戦後はいろんな怪物がとびだして、まるで百鬼夜行の世の中だが、狸穴の行者などもそのひとりだった。かれは一種の予言者である。そして、不思議にその予言が的中するというので、政界財界、ことに新興財閥などの間には不思議な勢力を持っているらしい。その昔、穏田《おんでん》の神様というのがあったが、つまりかれは、その第二世なのだろう。名前はたしか、跡部通泰といった。但《ただ》し、これが本名かどうかは疑問である。

「へへえ、それは初耳だ。狸穴の行者は、こんなところに修行場を持っているのかい。それじゃさぞ、参詣人《さんけい》が多いだろ」

「いいえ、そんなことはありません。こちらのは、熱海《あたみ》のお光さまとはまたちがいますから。ただ行者様が修行のために、ときおりお籠もりなさるだけですから。……よくよくの、奇特なかたでない限り、こちらへお呼びするようなことはありません」

「すると、今日来た客というのは、奇特なかたのひとりなんだね。いったい、何商売をするひとなの」

「株屋さんだとか聞きましたが……」

おすわさんはもう少し、詳しくそのひとの話をしてくれたが、それはこの物語には関係のないことだから省略しよう。

「いったい、狸穴の行者はいつからここに修行場を持っているの」

金田一耕助が訊《たず》ねた。

「さあ、昨年でしたか、いいえ一昨年でしたわね。このへんの環境が気にいったとかおっしゃって、ここに修行場をおひらきになったんです」

「新しく建てたの？　それともまえからあった建物を買ったの？」

「まえからあった建物をお買いになって、それに手を入れて、修行場になさったんです。御存じかどうか知りませんが、持田さんといって、戦争中、たいそう景気のいいかたがいらしたわね。なんでも、電波兵器とかを作っているんだとか聞きましたが、そのかたの別荘を買ったんです」

「持田……？」

金田一耕助が急に大きく眼をみはったので、私は驚いてその顔を見直した。

「持田って、持田恭平というのじゃない？　持田電機の……」

「ええ、そうそう、そのかたですわ。御存じでしたの」

「ううん、名前だけ。持田ってひとは亡くなったんだね」

「ええ、こちらで……終戦後間もなくのことでしたわ。やはり戦に敗けたってことが打撃だったんでしょうね。こちらへ疎開して来て、酒ばかり飲んでいらしたのが、急に脳溢血《のういっけつ》でお亡くなりになったんです」

「ああ、そう、こちらの別荘で亡くなったのかい」

金田一耕助は、何か考えているらしく、ぼんやりとした声でいった。私はその顔を見守りながら、

「耕さん、君、その男を知ってるの？」

と、訊ねた。すると、金田一耕助は、なぜだかひどくどもりながら、

「ううん、ぼ、ぼくの知ってるのは、そ、その男じゃないんです。そ、その男の、お、奥さんだったひと、い、いまじゃ未亡人ですがね。ほら、せ、先生も御存じでしょう、銀座裏の『虹子《にじこ》の店』……あ、あそこのマダムなんですよ」

そういってから、やけにガリガリ、もじゃもじゃ頭をかきまわしはじめたものである。これが昂奮《こうふん》したとき、あるいは照れたときのこの男のくせなのだ。

私は急に、あるあたたかい感情が、胸にこみあげて来るのを感じて、微笑を禁じえなかった。

金田一耕助が私を「虹子の店」へひっぱっていったのは、こちらへ来るまえ、汽車の出る直前だった。約束の日に、私を誘いに来た耕助は、まだ汽車の時間にはずいぶん間があるというのもきかずに、無理矢理に私をひっぱり出した。そして、汽車の時間が来るまで、

休んでいきましょうと、私をひっぱっていったのが、銀座裏の「虹子の店」である。

戦後殺風景な巷《ちまた》の様子を見るのがいやで、かたつむりのように家へ閉じこもっていた私は、酒場などへ足を踏み入れたのはそのときがはじめてだったが、「虹子の店」は思ったよりも小ザッパリとシャレていた。建築はともかくとして、調度や装飾なども凝っており、趣味も悪くはなかった。酒も筋のとおったのが揃っており、二人いる女もそれぞれ綺麗《きれい》だった。

しかし、それよりも私が意外に思ったのは、金田一耕助がこの店の常連らしく、しかもなかなか人気があるらしいことだった。

「耕さんはときどき、こんなところへ来るのかい」

私が訊ねると、

「ええ、まあ……」

と、ひどくおさまっていたが、そこへ奥からマダムの虹子が現われたのである。

金田一耕助のようなわけにはいかないが、私だって、ひととおりの観察眼や、洞察力はもっているつもりである。だからマダムが現われた瞬間、そしてまた、そのとたん、金田一耕助が、柄にもなく固くなって、何やらバカなことをいったり、したりするのを見た瞬間、私ははじめて、かれが何故私を、この店へひっぱって来たかわかるような気がした。

私は俄然《がぜん》、興味をおぼえて、二人の様子を観察することに肚《はら》をきめた。

その昔、——私がまだ中学生だったころのことだが、私は一時奇術師の天勝に惚《ほ》れていたことがある。その時分私は、世にもこんな美しい女があろうかと思っていた。「虹子の店」のマダムはちょっとその天勝に似ていた。天勝をもう少し細く、きゃしゃにして、天勝の持っていた精力的な俗っぽさのかわりに、近代的な知性をつけ加えたら、「虹子の店」のマダムが出来あがるだろう。

彼女はほっそりと華奢《きゃしゃ》でなよなよとして、どこかに頼りなげな、うったえるような眼付きをしていた。しかし、それかといって、決して弱々しいというかんじではない。どうしてどうして、白い、透きとおるような肌の下に、強靭《きょうじん》な意志と、沈潜した情熱をつつんでいるような女なのである。年齢はたぶん二十七、八であろう。

私はそのとき、金田一耕助と虹子が、どんな話をしたかよく憶《おぼ》えていない。ただ耕助が可哀そうなほど固くなって、マダムに話しかけられるたびに、バカげたことばかりいっていたのを憶えている。

金田一耕助は明らかにその女に惚れているのである。しかし、マダムのほうは……？マダムも耕助に好意を持っているらしいことはたしかだった。しかし、その好意というのが、耕助の期待している種類のものであるかどうかは疑問だった。

だから、それから間もなくその店を出て、汽車に乗ったとき、

「どうですか、先生、あの女は……」

と、金田一耕助にきかれても、私にはかれに気に入りそうな返事が見当たらなかった。

「そうね。きれいなひとだね。いったい、どういうひとなの」

「未亡人なんですよ。亡くなった亭主というのが、戦時中軍需成金でしてね。かなりのものを彼女に遺《のこ》したらしいんですが、その後のインフレでやっていけなくなったものだから、ああいう商売をはじめたそうです。それまでは全然、ズブの素人だったという話ですよ」

「ああ、そう」

私は思いのほか、耕助が女の身のうえに通暁しているのに驚いたが、それ以上は返事のしようもなかったので黙っていた。金田一耕助はもっとなにかいって貰《もら》いたかったらしく、多少不満そうな面持ちだったが、それでも諦《あきら》めたのか、それきりその問題には触れなかった。

それがここで、突然、その女の亭主のことが話題にのぼったのだから、金田一耕助が驚いたのも無理はなかったであろう。

「ああ、そう、それじゃあなたは、あの奥さんを御存じでしたの。なんでもどこかで、酒場かなんか、やってらっしゃるってことでしたが……」

おすわさんが訊ねた。

「うん、そう」

「ほんとうにお気の毒ですわね。綺麗なかたで、それにやさしいひとでしたが」

「あのひとも、こちらに来ていたんだね」

「そうでございますよ。東京のほうがだんだん危なくなって来たので、旦那《だんな》様より一足さきに疎開していらしたんです。元来、あの別荘というのが、そのつもりで手に入れておかれたものですからね。それが、戦争があんなふうになったものですから、旦那様もこっちへ来られて……何んでも御本宅も工場もみんな焼けたということでしたよ。それでも、旦那様が生きていられたら、また、なんとかなったんでしょうが、それが急に脳溢血でお亡くなりなすったものですから……」

「どんなひとだったの？　持田というひとは……？」

「そうですね。ゴツイ体をした、怖ろしいようなかたでしたね。なんでも職工あがりとか……奥さまがお気の毒のようでしたが、でも、たいそう奥さまを大事にはしていらっしゃいました」

「子供はなかったんだね」

「ええ、お子さんも身寄りもなんにも。それですから、旦那様がお亡くなりになると、財産は全部奥さまのものになりましたが、それもいまになっちゃあねえ」

「それで、いつごろまであのひとはこちらにいたの」

「そうですね。旦那様がお亡くなりになったのが、終戦の年の九月でしたから、十月ごろまではおいでになったでしょうか。お葬いやそのほかの後始末をおすましになると、すぐ東京へかえっていかれたんです。あたしども、もう少しこちらで御様子を見られたらと、おひきとめしたんですけれど、ひとりぽっちになって心細いからとおっしゃって……」

「それきり？　その後、一度もこちらへ来ないの？」

「いいえ、二度ほどいらっしゃいました。一度は旦那様のお墓参りに、一度はあの家を売るとき……ああ、そのときでしたわ。家を売ってその金で、酒場でもはじめようかと思うというお話がありましたのは」

「ああ、そう、御主人のお墓がこちらにあるんだね」

「ええ、ほんの印だけみたいなものですけれどね。ああ、そうそう、そのお墓で思い出したんですけれど、ほんとにわたしは馬鹿だね。その話をするつもりでここへ来たのに、すっかり話が横道へそれてしまって」

おすわさんは急に坐《すわ》り直すと、

「実はね、ちかごろこのへんで、ちょくちょく妙なことがあるんですよ。さっきこちらの御商売をうかがったとき、てっきり、そのことで来られたのかと思ったんですけど……」

おすわさんの語るところによると、ちかごろこのへんで墓場あらしがはやるというのである。それもお墓のお供物を盗むとかいうような、生易しいものではない。墓をあばいて、地下に眠っている、死人の夢をあらしまわるものがあるというのである。

金田一耕助は眉《まゆ》をひそめて、

「しかし、墓をあばいて何があるだろう。このへんにはなにか、貴重なものを、お墓に埋めたという伝説でもあるのかい」

「さあ、そんな話、聞いたことはありませんね。だからわからないんですよ。それも新墓ばかりあらすのなら、わからないこともありませんけれど。……このへんでは土葬でしょう。だから新墓なら、仏様の着物を剝ぐとかなんとか、目的もわからないことはありませんが、そうじゃないんですものね。古い、昔の墓をあばいたところで、いったい、何が出るでしょう。しゃれこうべばかりじゃありませんか」

おすわさんは気味悪そうに眉をひそめた。

「にもかかわらず、古い墓もあばくというんだね」

「ええ、そうなんですよ。だって、こんなせまい村ですもの。新墓なんて幾つもありませんよ。たいてい古いお墓ばかりなんです。それを片っ端から、あばいてまわるやつがあるんだから気味が悪くて……ほんとに世の中が悪くなると、仏様までおちおちと、安心しておやすみになれませんわね」

おすわさんは溜《た》め息をついた。

「ところで、その墓地というのはどのへんにあるの」

「この谿《たに》の、ずっと上手のほう……そうそう、さっきいった行者様の修行場、そこからまた二、三丁のぼったところに、お墓がひとかたまりになっているんですよ」

三

おすわさんから、以上のような話をきかされたとき、私たちはしかし、それほど強く興味をひかれたわけではなかった。

墓場あばき……それはずいぶん気味悪い話だけれど、そこにはそれほど怪奇な謎があるうとは思えなかった。私はずっと昔、ディッケンスの小説かなにかで、墓をあばいて、そこから得た死人の骨格を、標本用として医学校へ売りつけるのを、職業としている人物のことを読んだことがある。今度の事件もそういうたぐいではあるまいか。いや、あるいはもっと単純な、迷信的犯罪であるかも知れぬ。いずれにしても、金田一耕助のような男の、食慾《しょくよく》をそそる事件とは思えなかった。

だから、それにもかかわらず、金田一耕助がその日の夕方、墓場へいってみようじゃないかといい出したときには、少なからず私は驚いたのである。しかし、すぐに私には、かれの真意がわかるような気がした。

おすわさんはいったではないか。墓場というのは、狸穴《まみあな》の行者の修行場の二、三丁上手にあると。耕助のいってみたいのは、墓場ではなく、修行場、即《すなわ》ち、かつての日、「虹子の店」のマダムが住んでいたところなのだ。――そう思ったものだから、私もあえて反対しなかった。いや、行者の修行場ならば、私自身もいってみたくないこともなかったのだ。サムマー・タイムというやつは、こういうときには便利である。夕飯を食ってしまっても、陽はまだ空の高いところにあった。私たちは教えられたとおり、宿の裏を流れている谿流《けいりゅう》に沿うて歩いていった。谿流の向こう側からは、夏の終わりをつげるひぐらしの声が、かしましいほど降って来る。

谿流をのぼること数丁、そこに向こう河岸から、急に大きな崖《がけ》がせり出して来て、流れは鋭く急にカーブしている。私たちはいままで、このへんまでしか散歩に来たことはないのだが、そこから更に二、三丁ほどのぼっていくと、果たして谿流の向こう岸に、土塀をめぐらした大きな建物が見えた。

「あれが修行場ですね」

「そうらしいね。しかし、どこから渡るのだろう」

その渡り場はすぐにわかった。私たちの足下に、谿流へおりていく坂がついていて、その麓《ふもと》に小さな土橋がかかっている。

「いってみましょうか」

「しかし……変じゃないかな。修行場をさぐりに来たみたいで」

「そんなことはありませんよ。あの土塀沿いに路がついて、うえの山へつづいてるじゃありませんか。それにこっちの路はここで切れてるんですぜ」

なるほどそういわれてみればそのとおりで、路はそこから谿流の向こう側へうつっているのであった。そうわかれば遠慮することはないので、私たちは谿流をおり、土橋をわたって、向こう岸へあがっていった。

「虹子の店」のマダムがかつて住んでいた別荘――そして、いまでは狸穴の行者、跡部通泰の修行場になっている家は、おそらく地方の豪家かなにかが、栄耀《えいよう》にあかし、おのれの権勢を示すために建てたものにちがいない。表構えのいやに堂々としているのが、どこか下卑て野暮ったく、その代わり、重量感にはとんでいた。虹子のような女が住むには不釣り合いだが、狸穴の行者のような山師が住むには、まことに恰好《かっこう》の建物だった。門のわきには「跡部通泰修行場」と書いた、大きな看板がかかっている。門はしまって中は見えなかった。

私たちはこの門のまえを通りすぎると、土塀に沿うて、路を左へ曲がった。路はそこから、急に嶮《けわ》しい登り坂になっている。

「墓場はこのうえなんだろうね」

「そうでしょう。ほかに路はないのですから。……どっちにしても、もう少しいってみようじゃありませんか。どうせ、何もすることはないのだから」

坂を登るにしたがって、修行場をとりまく土塀は、私たちの足下へ沈んでいく。そして、それと反対に、土塀のなかの建物が、しだいに眼前にせりあがって来た。そして、間もなく私たちは、邸内をひとめに見渡すことが出来たのである。

屋敷はそれほど広いほうではなく、たぶん三百坪とはなかったであろう。背後と、いま私たちの立っている側面を崖に区切られて、平行四辺形のような形をしているが、そこに御殿造りのような、大きな、どっしりとした建物が立っていた。跡部通泰がこの家に眼をつけたのは、おそらく、この建て方が気に入ったのであろう。それはいかにも、愚かな信者たちをおどかすためには、持って来いの建物のように思われた。

さて、この建物の背後が崖になっていることはまえにもいったが、その崖からひとすじの滝がおちている。そして、私たちがのぞいたとき、その滝に、女がひとり、白衣に身をつつみ、髪ふり乱して打たれているのが見えたのである。

あたりは静かである。崖からしたたり落ちる清水のような冷気が、しいんと屋敷のなかを支配している。その静けさのなかから、滝の音と、瀬の音にまじって、女のとなえるのりとのようなものが、かぼそく、哀れに、そしてまた悲痛にひびいて来る。私は何かしら、ゾーッと鳥肌の立つようなかんじだった。

「行こう、耕さん」

「ええ、いきましょう」

私たちは女に気付かれぬように、そっと足音をしのばせて、急坂をのぼっていった。女の姿はすぐ、崖からせり出している樹の茂みにかくれて見えなくなった。

私は何かしら腹の底に不快なしこりが、出来たようなかんじであった。あの女にどういう事情があるか知らないけれど、かよわい女に、あのような荒行を強いる、狸穴の行者という人物に対して、一種の憤りめいたものを感じずにはいられなかった。私たちは黙って坂をのぼっていった。

蝉《せみ》しぐれが降るようである。

私たちは間もなく墓地に辿《たど》りついた。そこはちょうどこの丘の峠になっていて、小さな切り通しを通って、向こうへおりられるようになっている。そして、その切り通しの左右に、点々として、白い墓石がちらばっていた。

私たちがこの切り通しまで来たときである。突然、黒木の柵《さく》でかこったかたわらの墓地から、男がひとりとび出して来た。

場所が場所だけに、私たちは思わずドキッと立ちどまったが、改めて見直すまでもなく、相手が何者であるかすぐわかった。

狸穴の行者、跡部通泰なのである。私はいつか、雑誌にのっているこの男の写真を見たことがある。芝居に出て来る由比《ゆい》正雪みたいに、頭髪を肩まで垂らし、頬から顎《あご》へかけてアイヌのようにひげをはやしている。そのひげは白い行衣の胸まで垂れていた。その写真を見たとき、こういう職業をしている男には、一種の型みたいなものがあるのだと、私は苦笑せずにいられなかった。

ただ、この男がほかの行者たちとちがっているのは、そして、それ故にこそいっそう怪奇な印象を受けるのは、眼鏡をふたつもかけていることである。黒眼鏡をかけ、さらにそのうえに、ふつうの眼鏡をかけているのだ。

それについてかれはこういっている。

「眼が悪いわけではありません。ただ、ひとに眼の色を読まれたくないからです。私のような職業をしているものは、他人の眼の色によって心を読みますが、相手に自分の心を読まれたくないのです」

一瞬、私たちは切り通しのそばに立ちすくんで、睨《にら》みあっていた。狸穴の行者は黒眼鏡の下から、さぐるように私たちの姿を見ていたが、果たしてその眼に、どのような感情がうかんでいるのかわからなかった。

狸穴の行者は何かいおうとするように、口を動かしかけたが、すぐ思いなおしたように、きっと唇をへの字に結び、小脇にかかえていたものを、われわれの眼からかくすようにしながら、すたすたと坂をおりていった。かれが小脇にかかえていたのは蜜柑《みかん》箱くらいの木の箱だった。

狸穴の行者は坂をおりきって、曲がり角に消えてしまうまで、一度もあとをふりかえらなかった。しかし、その後ろ姿の、なんとはなしのギコチなさが、うしろを振り返りたくてたまらないのを、一生懸命におさえていることを物語っていた。

その姿が見えなくなってから、私たちはほっとしたように顔を見合わせた。

「あいつですね。狸穴の行者というのは……」

「うん、そう、しかし、あいつ、こんなところで、いったい何をしていたんだろう」

「入ってみましょう。いったい、誰の墓地かな」

私たちは一歩柵の中に踏みこんで、あっと立ちすくんだのである。

ここもまた、ちかごろ墓場あらしの手にかかったにちがいない。唯《ただ》一基、墓地の中央にある墓石が、無残に押しころがされて、そのあとに大きな穴が掘られている。私たちはその穴を覗《のぞ》いてみた。そして、思わずいきをのんだのである。

穴の底には、半ば以上腐朽した棺《ひつぎ》が横たわっている。その棺は蓋《ふた》がとられて、そこに醜い白骨の横たわっているのが、物《もの》の怪《け》のような気味悪さで眺められた。

しかも、その白骨には頭がなかったのである！

私は喘《あえ》ぐようにいきをはずませた。

「誰が……誰が頭蓋骨《ずがいこつ》を持っていったのだ」

「ひょっとすると、狸穴《まみあな》の行者が……」

「まさか」

私は一言のもとに打ち消した。

「かりそめにもあいつは、狸穴の行者として、信者を集めている男だよ、墓場あらしのような賤《いや》しい所業はやるまい」

「そう、墓場あらしはあいつではないかも知れません。しかし、あいつたしかに、ここから何かを持っていったんですよ。先生はあいつの袴《はかま》に、土がついていたのに気がつきませんでしたか」

それでは、さっきの蜜柑箱のような箱のなかに、頭蓋骨が入っていたのだろうか。

「それにしても、これはいったい誰の墓なのかしら」

「調べてみましょう」

押し倒された墓を起こして、その背面をハンケチでこすると、そこにありありと現われたのは、
俗名　持田恭平
と、いう文字。

私たちはそこでまた、ギョッとばかりに顔を見合わせたのであった。

四

私がこの事件に直接、接触したのは、以上述べた小さなエピソードだけだった。それからあとの、これから記述していこうという部分は、すべてそのつど金田一耕助から聞いた話や、それからこの事件の関係者が、書きしるした記録からなるものである。いや、それから後にただ一度だけ、この事件の主要人物を、ちらと瞥見《べっけん》したことがあるが、そのことについては、いずれそのうちにお話することにしよう。

Nからかえった私は、しなければならぬ仕事が山積していたので、当分それに追われなければならなかった。私はいつか忘れるともなく、あの墓における小エピソードを忘れていた。

しかし、金田一耕助にとっては、それは決して些細《ささい》なエピソードではなかったらしい。事、愛人の亡夫に関する一件だけに、何んとはなしに、心乱れる想いだったにちがいない。そうだ、金田一耕助はたしかに虹子を愛していた。およそ世界の探偵小説を読むに、探偵が恋をするなんてことはめったにないが、探偵が恋をしたとてなぜ悪かろう。かれらだって血の通った人間なのである。まして金田一耕助はまだ若いのだ。身を焼くような恋をしたとて、なんの不思議もない筈《はず》だ。

私は虹子の風貌《ふうぼう》と境遇を思い出してみた。そして、いかにも金田一耕助の好みにかないそうな女だと、思わずにはいられなかった。しかし、それにもかかわらず、私ははじめからこの恋が、何かしら、悲劇的な終末をもって、終わりそうな予感がしてならなかった。

その後一か月ばかり、私は金田一耕助にあわなかった。こんなことは、しかし、別に珍しいことではなく、会うとなると毎日でも会うが、会わぬとなると、三月も半年も、会わぬようなことも珍しくなかった。それはかれらの仕事の性質上、仕方のないことなのである。

ところが、十月のはじめになって、私はかれから絵ハガキをもらった。それは思いがけなくもNから出したものであった。私はなにかしら、ハッといきをのむ思いであった。ハガキの文句は簡単で、またここへ来て、かつての日のことを思い出している。帰京したらお伺いすると、ただ、それだけのことだったが、私はその簡単な文字の背後から、何かしら、恐ろしいものがとび出しそうな気がして、しばらくハガキのおもてから、眼をはなすことが出来なかった。

金田一耕助がNへいったのは、きっとこの間目撃した、あの一挿話に関連したことにちがいない。いやいや、それからひいて愛人の、虹子のうえに何か間違いがあったのではあるまいか。しかし、いったい、どういう間違いが起こったというのか。……その点になると、私にはてんで想像もできなかった。

しかし、私の考えはやっぱり当たっていたのだ。金田一耕助はやっぱり愛人のうえにふりかかった、何かしら忌わしい災難の根源をつきとめるために、Nへ出張したのだった。

ハガキが来てから一週間ほどして、耕助は飄然《ひょうぜん》として私のところへやって来たが、その顔を見るなり私は、

「どうしたの、耕さん、ひどく憔悴《しょうすい》しているじゃないか」

と、叫ばずにはいられなかった。

いったい、金田一耕助という男は、ふだんから血色のいいほうではない。いつも多少、憔悴したような顔色をしている男だが、持ち前の身についた愛嬌《あいきょう》がそれを救っていた。いつもかれは人懐っこくにこにこしているので、血色の悪さも見逃されるくらいである。

ところがその日は、その愛嬌をどこかへ置き忘れて来たように、ひどく暗い顔をしていた。それのみならず、多少、動顛《どうてん》しているらしくさえ見えた。私は何かしら、ハッと胸をつかれる思いであった。

「ハガキ、有難う。Nへいってたんだって？　いつ帰って来たの？」

「一昨日……すぐお伺いするつもりだったんですが、ちょっとほかに用があったものですから……」

「いったい、Nへは何しにいったの？　まさか気晴らしにいったんじゃあるまいね」

「先生」

金田一耕助は、そこで急にギラギラとした眼付きになって、

「先生はこのあいだ、Nへいったときのことを憶《おぼ》えているでしょう。あのとき、われわれは持田家の墓地のまえで、狸穴の行者にあいましたね」

私は黙ってうなずいた。

「あのとき、狸穴の行者は、蜜柑《みかん》箱みたいなものを持っていた。あの中には、持田家の墓地から、持ち出したものが入っていたにちがいないのですが、いったい、それがなんであったか、そして、また、そこにどのような意味があるのか、私はそれが知りたかったのです。それを調べるために、Nへ出掛けていったのです」

耕助はいら立つ気持ちをおさえるように、わざと一句一句、力をこめて話した。いつも綺麗《きれい》にすんだ聡明《そうめい》な眼が、何かしら、不安と危懼《きく》のために動揺しているようであった。

私はしいて落ち着いて、

「耕さん、しかし、なんの必要があって、そんな調査をしなければならなかったんだい。何か変わったことでもあったの、『虹子の店』のマダムに……？」

耕助はくらい眼をしてうなずくと、

「そうなんです。マダムはすっかり変わりました。何かしら、大きな不安と恐怖におしひしゃがれて、生きているのも耐えがたい様子なんです。むろん、マダムはできるだけ、ひとに覚られぬようにしています。しかし、ぼくの眼にはちゃんとわかるのです。そして、原因というのが、たしかにあの狸穴の行者にあるんです」

狸穴の行者——の名を口に出すとき、金田一耕助はギリギリと、奥歯をかみ鳴らすような音をさせた。

「どうして、それがわかるの。狸穴の行者が、マダムを脅迫してるところでも見たの」

「はっきりそうとは言いきれません。しかし、ぼくは偶然、あいつがマダムを抱きすくめて、無理矢理に、キスしているところを見たのです。マダムはとてもいやがっていました。しかし、どういうわけか、あいつのするなりに、なっていなければならなかったようです。そのほか、ぼくはもっといろんなことを知っています。ここで言えないようなことも知っています。要するにマダムは何か、あいつに弱点――それも致命的な弱点を握られて、脅迫されているにちがいないんです。しかも、……しかもですよ。マダムがそういう窮地におちいったのは、この九月以来のことらしく、したがって、われわれがあの墓地のまえで、あいつに会ってから、間もなくのことらしいのです」

「なるほど、するとあのとき、狸穴の行者が、なにかマダムの弱点になるような、証拠を手に入れた……と、いう想像がなり立つんだね」

「そうです。しかし、それはいったい何んでしょう。先生もあのときのことを憶えているでしょう。持田恭平の墓地があばかれ、頭蓋骨がなくなっていましたね。しかも、ぼくたちが会ったとき、狸穴の行者は、ちょうどそれくらいの大きさの、箱をかかえていましたね。あのとき、狸穴の行者が持ちかえったものが、持田恭平の頭蓋骨であり、それが脅喝のタネになっているとしたら、いったい、そこにどのような想像が成り立つでしょう」

そのとたん、何かしら恐ろしい戦慄《せんりつ》が、背筋をつらぬいて走り去るのを、私はおさえることが出来なかった。

持田恭平は終戦のショックと大酒のために、脳溢血《のういっけつ》で死亡したということになっている。

しかし世におよそ、脳溢血ほどあやふやなものはあるまい。老人のあらゆる死因をせんじつめれば、最後は脳溢血ということになるのではないか。ひょっとすると持田恭平の死には、何か人為的な操作がほどこされたのではないか。即《すなわ》ち他殺ではあるまいか。そして、その痕跡《こんせき》が頭蓋骨《ずがいこつ》に残っているのではあるまいか。……

金田一耕助も、私の心を読んだらしく、物凄《ものすご》い微笑をうかべると、

「そうです。私もそれを考えました。しかし、頭蓋骨に痕跡が残るとしたら、それはどういう傷でしょう。むろん、毒薬の痕跡が頭蓋骨に残るとは思えない。とすれば弾痕か、打撲傷か……しかし、そうなると医者がそれを見落とす筈《はず》がない。医者が共犯者でない限り……私はそれをたしかめるために、Nへいってみたのです」

「そして、その結果は……?」

「結果は陰性でしたよ。医者は絶対に、外傷なんかどこにもなかったと断言してます。それにあの地方では、死体を納棺するまえに、頭を丸く剃《そ》りこぼつ習慣があるそうです。持田恭平もその習慣によって、村の坊主の手によって、きれいに頭を剃られたそうですが、その坊主にきいてみても、頭のどこにも、鵜《う》の毛でついたほどの、傷もなかったといっています」

それにも拘《かかわ》らず、金田一耕助のいら立ちは、少しもおさまるようには見えない。私は不思議そうにその顔を見ながら、

「それならいいじゃないか。それで一応、マダムの疑いは晴れたのだから」

「そうです。理窟《りくつ》のうえではそうなんです。しかし、ぼくにはどうしても割り切れないところがあるんです。ぼくにはやっぱりマダムが、亭主を殺したとしか思えないんです。しかも、その確信は、Nへいって少しでも薄らぐどころか、いよいよ強められましたよ。ついでながらいっておきますが、持田恭平は閨房《けいぼう》のなかで、マダムを腕に抱いたまま、突然、脳溢血で死んだということになっているんですよ。ほとんど、一糸まとわぬ素っ裸で……」

金田一耕助は、咽喉《のど》をひらいて、ひくい声でわらった。どこかひっつったような笑いかただった。しかし、すぐまた暗い顔になると、

「だが、こういったからといって、ぼくはマダムを憎んでるんじゃありませんよ。たとえマダムが、人殺しであろうがなんであろうが構わんのです。マダムが恭平を殺したとしても、ぼくはマダムに同情こそすれ、決して憎む気にはなれません。持田恭平という男は人間の豚でした。いや、野猪《やちょ》といったほうが当たっているかも知れません。あいつ閨房のテクニックにおいて、奇妙な趣味を持っていたようです。つまりサディストなんですね。そこへ持って来て、敗戦のショックで、やけくそになっていたんですから、マダムに対して、どのような所業に出たか想像出来るというもんです。マダムが亭主を殺したとしても、それをやむを得ぬ手段として、ぼくは許すことが出来ると思うんです」

私はなんだか怖ろしくなった。金田一耕助の唇から、こんなデスペレートな言葉をきこうとは……私はなんだか、心が寒くなるようだった。かれのために、私の心は不安におの

のいた。

「で、マダムはちかごろどうしているんだ」

「ああ、マダムですか」

金田一耕助はぼんやりいったが、急にいきいきとした眼付きになって、

「マダムにはね、ちかごろ、新しい恋人が出来ましたよ。こんな場合に、女に恋が出来るかとおっしゃるのですか。いいえ、こんな際ですから、かえって恋が出来たんですね。一方では、狸穴《まみあな》の行者から脅迫されて、心細くてたまらない場合です。誰か相談相手になるような、しっかりとした男が欲しくて仕方がない場合でしょう。そこへまあ、理想のタイプの男が現われたのだから。……マダムはだから、いまじゃ恐怖と、不安と、それから幸福との、不思議な混合酒に、酔い痴《し》れているところなんですよ」

金田一耕助はそこでまた、妙にひっつったような笑い声をあげた。

私はあきれたようにその顔を見詰めたが、

「しかし、耕さん、そうなると、君はいったいどうなるんだい？」

「ぼくですか」

耕助はにやりと笑うと、

「ぼくはどうせ道化師ですよ。どうもわれながら変ですよ。マダムに恋人が出来たとわかると、急に安心したような気になったんですからね。それでいて、マダムが好きなことに変わりはない。いや、好きで、好きで、たまらないんです。しかし、今度出来たマダムの

恋人というのと、自分を比較してみると……いや、比較するまでもなく、マダムの配偶者として、ぼくほど不適格者はないだろうということを、ぼくはちかごろ反省しはじめたんです。それで潔く引きさがることにしたんですが、しかし、それかといって、マダムの幸福に、指一本でも触れようとするやつがあったら、やっぱりただではおきません」

金田一耕助の最後の一句は、かなり激烈なものだったが、それでも私はよほど気が軽くなった。

「それで、マダムの恋人というのは、どういう男なの」

「元子爵の息子で、海軍中佐だった男ですがね、名前は賀川春樹というんです。子爵のほうも海軍中佐のほうも、戦後はすっかり没落ですが、なかなか生活力のある男と見えて、戦後、ヤミかなんかで儲《もう》けたらしく、相当持っているようです。その後、ヤミも駄目だとさとると、いちはやく貿易商へ転向しましてね。まあ、一種のアドヴェンチュラーですが、マダムにはそういう男のほうがいいでしょう。何よりもマダムに惚《ほ》れているからいいですよ」

「しかし、そうすると、狸穴の行者のほうはどうなるんだね。耕さんの話によると、行者のやつもマダムに惚れているらしいじゃないか。マダムがもし、その男と結婚するようなことがあると、行者もただではおかないのじゃないか」

「そこなんですよ」

金田一耕助はまた暗い眼になって、

「だから、ぼくはあいつがいったい、何を握っているのか、それを知りたいんです。それがわからないと作戦の樹《た》てようがない。畜生！　あいつ何を知っているのか……とにかく、先生、あいつは食わせものですよ。ぼくは手を廻《まわ》して、相当詳しくあいつの過去を調べてみたんですが、戦争以前の経歴が全然わからないんです。それから見ても、何か過去に、暗いかげを背負ってるやつにはちがいないのです。それさえわかれば……あいつがひた隠しにかくしている、過去の秘密さえわかりゃ……」

金田一耕助はくやしそうにいった。

その日、私は金田一耕助に誘い出されて、久しぶりに銀座へ出た。金田一耕助が私をひっぱり出したのが、計画的な仕事だったのか、それともそれは、偶然だったのか知らないが、私はそこで思いがけなく、マダムの恋人というのを見たのである。

それは銀座の某百貨店の七階であった。そこで金田一耕助の知っている画家が、個展をひらいているから見てくれというので、私たちはあがったのである。

その絵については別にいうことはない。金田一耕助には悪いが、それは極く平凡なもので、わざわざ、個展を開いて見せるほどの絵とは思えなかった。

ところが、その絵を見ながら、会場の中央に来たときである。突然、金田一耕助が棒のように立ちすくんでしまったのである。

「耕さん、どうしたの」

「しっ」

金田一耕助は低声で私をおさえると、顎《あご》で向こうを指した。

その視線を辿《たど》って、私はそこに、「虹子の店」のマダムが立っているのを発見したのである。

マダムはひとりではなかった。背の高い男といっしょだった。

金田一耕助の表情から、私はすぐに、それがマダムの恋人、賀川春樹という男であろうと察した。

なるほど金田一耕助のいったとおり、立派な男である。背も高く、胸も厚かった。浅黒い顔は彫りがふかくて、男らしい精気にあふれていた。洋服も地味過ぎず、派手過ぎず着こなしも上品だった。

なるほど、金田一耕助には気の毒だが、これでは月とすっぽんである。金田一耕助が失恋するのも無理ではなかった。

私はしかし、自分の愛する友人に、失恋の苦汁をなめさせたその男を、憎む気にはなれなかった。むしろ、感謝したいくらいであった。

マダムは絵を見ながら、何か男に囁《ささや》いた。その眼にしたたるような媚《こ》びが溢《あふ》れている。男は身をかがめるようにして、マダムの話を聞いていたが、やがて、にっこり笑いながら、マダムの耳に何か囁いた。マダムは声をあげて笑った。

「先生、いきましょう」

金田一耕助は、突然、くるりと踵《きびす》を返した。そして、わき眼もふらずにスタスタ歩き出した。よれよれの袴《はかま》の裾《すそ》を、じょうごのようにひろげながら。……

五

その後、またしばらく、金田一耕助に会わなかった。忘れるともなく、この事件のことを忘れていたが、するとある朝の新聞で、おやと眼を欹《そばだ》たせるような記事を、しかも二つも発見したのである。

第一は伊豆のNで、墓場あらしの犯人が、つかまったという記事である。その男は一種の狂人であった。かれはこの夏死んだ自分の恋人が、墓場のなかで生きているといった妄想にとらえられ、片っ端から墓をあばいたというのである。

なあんだ、そんなことだったのか——私はかるい失望と同時に、一種の安堵《あんど》をおぼえた。金田一耕助もこの記事を読んだろうか。もし気がつかないとすると、切り抜きを送ってやったほうがよくはないか。……そんなことを考えながら、なおも新聞を見ているうちに、今度は突然、脳天から、楔《くさび》を打ちこまれるような驚きに打たれたのである。

狸穴の行者、跡部通泰が脳溢血《のういっけつ》で急死した——それは五行か六行の、ともすれば、見落とされがちな小さな記事だったが、私にはその活字が、いまにも紙面から躍り出すかと思われるほどだった。

跡部通泰はその前日、麻布《あざぶ》狸穴の祈禱所《きとうしょ》で、死体となって発見されたのである。医者の診断の結果、脳溢血と決定した云々《うんぬん》。……そこには別に何んの疑点もなさそうであった。そして、もしこれが事実ならば、いや、事実にはちがいないが、「虹子の店」のマダムにとって、こんな仕合わせなことはあるまい。虹子の秘密は、それがどのようなものであるとしても、通泰の死とともに、葬り去られてしまうのであろうから。……

しかし、私には何かしら、腹の底が固くなるような不安があった。それは脳溢血という三字である。虹子の亭主も脳溢血で死んだ。しかも、耕助の話によると、そこに何かしら疑惑がありそうなのである。と、すれば、通泰の脳溢血にも、何かの綾《あや》があるのではないか。

更にその疑惑をふかく掘り下げていくと、狸穴の行者は虹子にとってあまりにもうまい時期に死んでくれたわけである。そこに何か、虹子の意志が働いているのではないか。……

私はすぐに、金田一耕助の居候をしている、大森の旅館へ電話をかけた。しかし、あいにく耕助は留守だった。私はその日もそのつぎの日も、更に何日も、何日も、耕助のやって来るのを待っていた。しかし、耕助はどうしたのか、全然、おとずれもなく、ひと月あまりの月日が経った。

そしてある朝、思いがけなく、北海道から耕助の部厚な手紙がとどいたのである。

六

――先生、こんなところから手紙を差し上げて、さぞ、お驚きになったでしょう。私がなぜ急に、旅に出たか、それは同封してある手紙を読んで下されればわかると思います。しかし、先生御心配なさらないで下さい。ぼくは決して、自殺などしないから。……もう、ひと月ほど放浪したうえで帰京することにします。では、いずれその節。

自殺――と、いう一句が、火箭《かせん》のように私の瞳《ひとみ》をつらぬいた。私はわななく指で、同封してあった、もう一通の封筒をひき出した。それは「虹子の店」のマダムから、金田一耕助に宛てたものであった。私はその手紙をここに掲げて、この恐しい物語を閉じることにしよう。

――金田一耕助様

御依頼申し上げました調査に関する報告書、たしかに拝受いたしました。ああ、あれを読んだときの驚き！　何卒《なにとぞ》、お察し下さいませ。はじめのほどは、もちろん、信じかね、幾度も幾度も、自分の眼を疑い、お手紙を読みかえしました。しかし、読めば読むほど、あなたのお示しなる事実の、真実であろうことに思いいたり、ほとんど、気も狂わんばかりでございました。ああ、何という暗い絶望、何という胸をかむ悔恨、私はもう……生きている空もございません。しかも、これは誰を怨《うら》む筋合いでもなく、みんな、みんな、この虹子の恐しい所業の、招いた結果でございます。

――金田一耕助様

あなたは非常に控え目に、亡くなったまえの主人、持田恭平の死因に関する疑いを、おほのめかしになりました。以前の私ならば、むろん、むきになって打ち消したでしょう。しかし、いまとなっては……生きるにかいなきいまの私には、それを打ち消したところでなにになるでしょう。いえいえ、たとえ私が打ち消したところで、あなたはきっと、真実をお突きとめになるでしょう。

――金田一耕助様

それでは私がどうして持田を殺したのか……動機については、あなたもすでに、御存じのように見受けられます。持田という男はけだものでした。あの男と結婚した最初の夜から、私はどのように悩まされ、苦しめられたか……それはとても、あからさまに書けないようなひどい、浅間しい、ぞっとするような所業でした。しかも、それは酒が入ると、いっそうひどくなるのです。私は何度、死ぬような目にあわされたか知れません。何度、このまま、殺されてしまうのではないかと思ったか知れません。お恥ずかしい話ですが、持田といっしょに暮しているあいだじゅう、私の肌には生傷が絶えませんでした。その傷のあるものは、いまも私の体の一部に残っています。持田は、そうしなければ、官能の満足を得られない男でした。

──金田一耕助様

こういう男が、敗戦で、あらゆる生活の根拠を失って、絶望的になったとき、どんなに、兇暴《きょうぼう》になっていたか、何卒お察し下さいませ。持田はまるで血に狂った野獣でした。夜毎夜毎、やけ酒をあおった持田は、官能の満足を求めて、あくことを知りませんでした。そのころのことを思うと、私はいまでも、ゾッと鳥肌が立つ思いです。夜明けごろ、やっと持田の抱擁をのがれたとき、私はいつもこのまま、死んでいくのではないかと思われるほどの、苦痛と疲労をおぼえました。

──持田を殺そう。それでなかったら、遠からず自分が殺される。……私は考えに考えた末、ある夜、とうとうそれを決行したのでした。持田が私を愛撫《あいぶ》しようとして、夢中になっている隙に。……私のやりかたはしごく簡単でした。持田の愛撫に身をまかせつつ、逆手に持った太いピンを、いきなり相手の耳の穴に突き刺したのです。

──結果は私の予想したより、もっと簡単にいきました。持田は声も立てずに死んでしまいました。あとはピンを抜きとって、もし、血が出れば、それを拭《ふ》きとっておけばよかったのです。ところが……ところが、そこに私の誤算があったのです。いえいえ、誤算というより、失敗といったほうが正しいかも知れません。せっかくうまくやりながら、それでもやっぱりあわてていたのでしょう。ピンを抜きとるとき、それを途中で折ってしまったのです。だから、鋭い、銀製のピンの三寸ばかりの尖端《せんたん》が、持田の頭のなかに残ったのでした。

――金田一耕助様

この事はその後私にとって、夜毎の悪夢でした。幸い医者は簡単に、脳溢血と断定してくれましたが、もし、あのピンが発見されたら……持田の死体は土葬にされましたが、もし、誰かあの墓をあばいて、白骨となった持田の耳の中から、銀のピンの尖端を発見したら。……それは私にとって、何んとも名状することの出来ない恐怖でした。しかも、その恐怖がいよいよ、現実となって現われたときの私の驚き。絶望。……お察し下さいませ。

――それは九月のなかばごろのことでした。狸穴《まみあな》の行者、跡部通泰というものから、持田恭平の死因について、お話したいことがあるから、人眼をさけて狸穴の道場まで、来てくれという手紙を貰《もら》ったとき、私はどのように恐れ、おののいたことでしょう。しかし、いかぬわけには参りませんでした。私はある夜、人眼をしのんでこっそりと、狸穴の道場を訪れました。そこで通泰が私に何を見せたか、たぶん、もうお察しのことと存じます。

――通泰はだまって、蜜柑《みかん》箱くらいの白木の箱を、私の眼のまえに差し出しました。そして、開けてみよと眼で合図をしました。私はわななく指で、箱の蓋《ふた》をとりました。なかから出て来たのは、耳の穴から、銀のピンのつきささった頭蓋骨《ずがいこつ》でした。ここまでお話しすれば、それからあとは、詳しく申し上げるまでもございますまい。

――通泰もはじめは、それをタネに私から、金をゆするつもりだったらしいのです。しかし、私にあってから、急に気がかわったらしく、金のかわりに私の体を求めました。ああ、それに対して、私はどうしてこばみ通せましょう。むろん、はじめのうち、私は夢中になって抵抗しました。通泰のあのいやらしいひげをつかんで、出来るだけ自分の身を守ろうといたしました。しかし、結局、かれの暴力に打ち克《か》つことは出来ませんでした。何しろ、通泰は、私の死命を制する、恐ろしい秘密の鍵《かぎ》を握っているのですもの。私は間もなく、通泰に征服されてしまったのです。

——一度私を征服した通泰は、私を……と、いうよりは、私の体を忘れかねる風情でした。通泰はしつこく私のあとを追っかけまわし、折りさえあれば私に暴行を加えました。しかも、私は唯々諾々と、かれの命令に従うよりほかはなかったのです。

——通泰を殺そう……そういう決心が、しだいに私の心に芽生えていったのは、その男の恐ろしさ、いとわしさ、また、秘密を握られている弱身もありましたが、それにもまして、大きな動機のあることを、あなたもすでに御存じでしたね。

——そうです。賀川春樹……あのひとが、私の通泰殺しの、一番大きな動機でした。私はあのひとを愛しました。あのひとも私を愛するといってくれました。そして、ふたりで、楽しい結婚の設計などをうちたてました。しかし、そのあいだにも、しじゅう私の心の底に、苦い滓《おり》となって沈澱《ちんでん》しているのは、あの恐ろしい通泰のことでした。私は賀川さんのことを、出来るだけ秘密にしておいたのですが、それでもいつか通泰は嗅《か》ぎつけたらしく、それとはなしに厭味《いやみ》をならべるのでした。もしおまえがほかに男をこさえたら、その男に、おまえの秘密をばらしてしまうと。……

——金田一耕助様

こうなって私のとるべき手段は、ただひとつしかありません。通泰を殺すこと……そして、私は見事にそれを決行したのです。持田恭平を殺したときと同じように、通泰の腕に抱かれ、通泰がしだいにしびれていく官能の陶酔に、夢見心地になっているすきに。……しかも、今度は持田の場合より、もっと上手にやりました。ピンを折らずにすんだのですから。……血はほんのちょっぴりしか出なかったので、拭かずにおいても、気がつかぬくらいでした。

――通泰もまた脳溢血《のういっけつ》と診断されました。誰ひとり、かれの死に疑いを抱いたものはなさそうでした。そういう意味で私の計画は、完全に遂行されたのです。しかし、しかし……それこそ、運命の神様が、私をこらしめるために設けておいた、恐ろしい罠《わな》であったろうとは！

通泰が亡くなると同時に、賀川さんの姿も、バッタリ見えなくなったとき、私はどんなに心細い思いをしたことでしょう。私は幾日も幾日も賀川さんを待ちました。しかし、いつまで待ってもあのひとから、何んの消息もありませんので、ひょっとすると通泰が、賀川さんをどうかしたのではあるまいか……それを考えると、私は不安でたまらなくなりました。金田一様、そこであなたに調査を御依頼したのですが、その結果が、このような恐ろしいことになろうとは！

――跡部通泰と賀川春樹とは同じ人間であった。……あなたの報告書の最初の一行を読んだ刹那《せつな》、私は天地がひっくりかえるような驚きにうたれました。私は自分の眼を疑い、

気が狂ったのではないかと思ったくらいでございます。と、いうより、元子爵家令息にして、元
——跡部通泰と賀川春樹と同じ人間であった。終戦後の身すぎ世すぎのために変身していたのが、跡部通泰の姿であった。——通泰はそれによって産をなした。いいかげんに、足を洗って、もとの賀川春樹にかえるべき時期だと考えていた。——そこへ、たまたまあったのが虹子という女性であった。通泰は暴力をもって虹子の肉を冒した。しかし、そのあとで虹子にはげしく恋着した。——しかし、通泰の姿のままでは、とても虹子の愛をかちうることは出来ないであろうと考えた。そこでかれは髪をかりひげを剃《そ》り落とし、賀川春樹となって虹子に接近していった。しかも、一方、かつらとつけひげによって、通泰の姿も保ちつつ、虹子を脅迫しつづけた。それは、ひょっとすると賀川の魂にも、嗜虐《しぎゃく》的趣味があって、愛人を脅迫することに、一種のよろこびをかんじていたのかも知れないが、それよりも、虹子を脅迫することによって、彼女をいっそう強く、賀川のほうへ押しやるためであったろう。即《すなわ》ち、賀川は賀川の姿で虹子をひきつけると同時に、通泰の姿で、虹子を賀川のほうへ押しやろうとしていたのであろう。おそらく賀川は機を見て、通泰の存在を抹殺し、それと同時に、完全に賀川春樹となって、虹子と結婚するつもりであったろう。……賀川春樹の忠実なる乳母は、通泰に仕えて神のしもべとなっていたが、彼女の言によれば、通泰はちかごろ髪をかり、ひげを剃って、それと同じかたちの、かつらとつけひげをしていたということである。彼女はその意味をよく知らなかったが、通泰がちかく、昔の賀川にかえる計

画らしいということは感付いていた。彼女は通泰のほんとうの死因を知っていない。だから、通泰の正体が、世間に暴露することをおそれて、通泰の死後も、つけひげやかつらのことは誰にも話さなかったという……。

——金田一耕助様

以上があなたの報告書の大要でしたね。私はもうそれを疑いませぬ。そういわれてみれば、ここにいちいち挙げなくとも、私にも思い当たる節がございます。それに何より、今もって賀川から、何んの音沙汰《おとさた》もないが、何よりの証拠ではありませんか。

——ああ、可哀そうな虹子、愚かな私！……私は愛するひとを得ようとして、愛するひとを殺してしまったのです。

——金田一耕助様

私の机のうえには、いま青酸加里の包みがのっかっています。これは戦時中いざというとき、服《の》むようにと、持田から渡されたものでございます。この手紙を投函《とうかん》してから、私はこれをのむつもりです。私の欲するものは、いまはもう安らかな死よりほかにありません。

——では、終わりに望んで、折角の御調査を、警察へも報告しないで、私にだけお見せ下すったことを厚く感謝申し上げます。さようなら。……

霧の山荘

紅葉照子

金田一耕助は文字どおり途方にくれてしまった。にっちもさっちもいかなくなって、とうとう路傍に立ちすくんでしまった。

そこは林のなかに埋まっている別荘地帯である。金田一耕助の右も左も、ゆうに十メートルは越えるだろうとおもわれる樹木が密生していて、そのなかをやっと小型自動車が一台、通れるか通れないかくらいの路が拓《き》り開いてある。その路が樹海のなかをうねうねと、迷路のように曲りくねって走っているのだ。

この別荘地帯の地理にあかるい人間ならば、このまがりくねった小路にも、なんらかの標識……目印が見出せるのであろう。しかし、こんやはじめてここへ迷いこんだ金田一耕助にとっては、それはまるでかれを当惑させるために、設けておいた迷路もどうようなのである。

この迷路のような路も路だが、さらにいっそうかれを困らせたのは、こんやのこのひどい霧であった。

霧はこの高原の名物ときいていたが、いまかれが滞在しているPホテル附近では、これほどひどい霧ではなかった。

思うに金田一耕助がいま、途方にくれているM原の別荘地帯は、この高原のいっぽうを遮蔽《しゃへい》している、U峠によほどちかくなっている。だから峠にぶつかった気流が霧となってまいおりるとき、峠にちかい地域ほど、こうむる影響が大きいのだろう。げんに自動車でここへくる途中まで、道も濡《ぬ》れていなかった。

そんな理窟《りくつ》はともかくとして、なにしろひどい霧である。視界がおよぶ範囲といったら、やっと三、四メートルくらいのもので、それからさきはたとえ街燈がついていても、ほのじろい夜霧の底にしずんでいる。

霧が樹木の梢《こずえ》にひっかかって、水滴となって落ちるのだろう、パラパラと雨の降るような音がしきりである。金田一耕助のもじゃもじゃ頭も、いつかぐっしょりと霧にぬれ、うすい単衣《ひとえ》の襟元もひえびえするようである。

いずれにしても未見の土地の夜の訪問で、この濃霧と曲りくねった迷路のような路、責め道具は十分だった。金田一耕助はとうとう、まえへも進めずうしろへも退けずというわけで、文字どおり途方に暮れてしまった。

むろん、別荘地帯だから別荘はある。

しかし、季節はもう九月の中旬に入っているので、ひと夏をここらの別荘にすごしたひとびとも、あらかた引き揚げてしまって、霧と林にうずまったどの別荘も、いまごろの季節になると森閑として灯の色もみえない。

さらに困ったことには、このへんの別荘には境界もなければ垣根もない。垣根がないくらいだから門もない。

ただ林のなかに自動車が一台、通れるくらいの路が拓りひらいてあるだけだから、うっかり公道だとおもって歩いていると、ひとけのないバンガローに突きあたったりする。

もっとも、公道から別荘へはいる私道の入口には、白ペンキのうえに姓とハウス・ナムバーをかいた立札が、立っていることはいるのだけれど、このふかい霧のなかではそんなもの、とかく見落とされがちである。

ここにおいて金田一耕助は、進退ここにきわまってしまったのだが、それにしてもかれがどうして、こんなところへ迷いこんだのか、まずその由来から説明しなければなるまい。

金田一耕助は東京の猛烈な残暑をさけて、ここ数日来、このK高原にあるPホテルに滞在しているのである。

さいしょの予定では、五日くらいで引き揚げるつもりだったが、東京の残暑ますますきびしいと新聞でみて、一日のばしに滞在をのばしているうちに、東京から等々力警部が、週末を利用してあそびにくるという便りがあった。

そこで警部とともに週末をすごして、月曜日の朝はやく、いっしょに東京へ引き揚げようと、予定をたてたその週末の、土曜日というのがすなわちきょうなのである。

警部はこんやの八時半ごろ、こちらへつく予定になっていた。

そこで金田一耕助がそれを心待ちにして、きょうの午後をホテルでのらりくらりとしていると、三時ごろフロントから部屋へ電話がかかってきた。訪問客があるというのだ。

訪問客は江馬容子とみずから名乗って、金田一耕助先生がこちらにご滞在だということを、土地の新聞で拝見してしったのであるが、それについてぜひ先生にお眼にかかって、お願い申し上げたいことがあるという、フロントからの取り次ぎの口上であった。

金田一耕助としてはこちらへ静養にきているのであって、なまじ厄介な事件をもちこまれるのは迷惑だと思ったが、とはいえ玄関払いをくらわせるわけにもいかないので、とにかく会ってみることにした。

そこで二階の階段わきのロビーへ通してもらったのだが、会ってみると江馬容子というのはなかなかの美人であった。

年頃は二十四、五というところだろう。色の浅黒い、均整のとれた体をしていて、身長は五尺三寸くらいもあろうか。紺地にダリヤの花の輪郭だけを、赤く黄色く染めだしたスカートに、赤いセーターを着ているところは、ホテルにひとを訪問するような服装ではなく、ひどく無雑作でもあり、略式でもある。

しかし、元来みなりをとりつくろわぬところが、このK高原の別荘人種の特徴だということをしっている金田一耕助は、べつに無礼とも思わず、かえって気易さがかんじられた。

それにだいいち金田一耕助の服装からしてが、洗いざらしの白絣《しろがすり》に、いささかひだのたるんだ夏袴《ばかま》、頭は例によって雀の巣のようにもじゃもじゃである。ひとの服装をどうのこうのという資格はない。

「やあ、あなたが江馬容子さんですか。ぼく、金田一耕助です」

金田一耕助がペコリとひとつ、もじゃもじゃ頭をさげると、

「まあ」

と、いうように容子はつぶらの眼を視張《みは》ったが、すぐまたとりすました顔になり、椅子から立ちあがると、

「たいへん失礼申し上げました。わたくし江馬容子でございます」

と、ハンド・バッグから取りだした名刺をみると、容子は「あじさい社」、というモード専門の出版社へ勤めているらしい。

「ああ、なるほど、それでぼくにご用とおっしゃるのは……?」

モード誌とじぶんの仕事とではおよそ畑ちがいであると、金田一耕助は心のなかで苦笑を禁じえなかった。

「はあ、あの、それが……あたしじしんのお願いじゃございませんの。あたしはただ使いでまいっただけなんですけれど、金田一先生はもしや、紅葉照子という名前をご記憶じゃございませんでしょうか」

「紅葉照子さんというと映画スターの……?」

「はあ、戦前鳴らしたひとなんだそうですけれど……」

「ああ、その紅葉照子さんならもちろんしっておりますよ。サイレント時代の大スターですからね。但《ただ》し、しってるといっても名前だけですが、その紅葉照子さんがなにか……?」

「はあ、そのひとがあたしにとって伯母になるんですの。もっと正確に申し上げますと、

あのひとの良人《おっと》の西田稔といって、医学博士でございましたけれど、そのひとがあたしの母の兄になるわけでございます」

「はあ、はあ、なるほど」

と、金田一耕助も思い出したように、

「そういえば紅葉照子さんはお医者さんと結婚なすって、その後も幸福にくらしていらっしゃるということは、なにかで読んだことがありましたね。それで……？」

「はあ、ところがその伯母がいまM原の別荘にきておりますの。それがシーズンもおわりになって、そろそろ東京へ引き揚げたいが、それについて手伝いにきてほしい……と、こういってまいったものでございますから、あたしがこうして週末を利用して迎えにまいったわけですの。ところがその伯母が妙なことをいいだしたんです」

「妙なことといいますと……？」

「それが犯罪に関したことなんですけれど……」

「犯罪に関したこととおっしゃると……？」

「はあ、それが……」

と、容子は急に顔をこわばらせ、不安そうにロビーのなかを見まわしたが、季節が季節だからほとんど客の姿は見えなかった。

「なんでも戦前起こった事件なんだそうですが……」

容子はきっと金田一耕助の顔を視すえて、

「犯人が死んだことになっていて、そのまま未解決になっている事件がございますそうです。ところがその犯人とおぼしいひとに、伯母がさいきんこちらで会ったというんでございますの」

「迷宮入りになっている事件の犯人に……?」

金田一耕助は復誦《ふくしょう》するように呟《つぶや》いて、おもわずつよく容子の顔を見なおした。やっぱり事件が舞いこんできたようである。

「はあ」

容子は体の線をシャッキリさせて、眼もいくらかうわずらせている。じぶんでも迷惑そうな顔色だった。

「犯人が死んだことになっていて、そのまま未解決におわっている事件……? いったいそれはどういう事件なんです」

「いいえ、それは伯母も申しませんでした」

と、容子はいよいよ顔の線をきびしくして、

「でも、伯母の口ぶりによりますと、あのひとがまだ映画界にいたじぶんの事件らしく、それだとあたしなど、まだ産まれないまえのことでございますわね」

「はあ、はあ、なるほど、それで……?」

「ところがその事件というのが、なんだか伯母の身辺に起こった事件らしいんですの。それですから伯母もそのひと……つまり死んだことになっているその犯人というのを、その

時分、よくしっていたらしいんですのね。もちろん伯母もごくさいきんまで、そのひとを死んだものだとばかり思っていたそうです。ところがちかごろここではからずも邂逅《かいこう》して、伯母もすっかりびっくりしているらしいんですの」

「それや、まあ、そうでしょうねえ」

金田一耕助もこの話を、どこまで信用してよいものかどうかというように、あいての顔色をそれとなく読んでいる。

「はあ……それで伯母はいま二重の意味で先生を、頼りにしているらしいんですの」

「二重の意味とおっしゃいますと……？」

「つまり、そういう重大なことに気がついて、それをこのまま黙っていてよいものかどうかということと、つまり良心の問題でございますわね。それについて先生にご相談にのっていただきたいという意味、それがひとつでございますわね」

「はあ、はあ、なるほど、それからもうひとつというのは……？」

「はあ、もうひとつは伯母はじぶんの身の、危険をかんじているんじゃないかと思うんですの」

「なるほど、あいての生存に気がついたので、あいての人物からどうかされやあしないかという問題ですね」

「はあ、伯母としてはかりそめにも、そのひとに気がついたような気振りはみせなかったつもりだそうですけれど、ひょっとするとむこうが感づいていはしないか……もし、そうだとすると、伯母の身に危険がおよぶ可能性がございますわね。それを先生に保護していただけないかと、そういう意味もあるらしいんでございますの」

「ところで、江馬さん、その人物……伯母さんがはからずもこの土地で邂逅したという人物ですがね。それ、男なんですか、女なんですか」

「いいえ、先生、それを伯母も申しませんの。と、いうのが伯母としては怖いらしいんですのね。それとあまり詳しいことをあたしがしって、あたしの身にまで累をおよぼしはしないかと、それも怖れているらしいんですの。ですから、ただあのひと……あのひととというきりで、男か女かそれをハッキリあたしにいってくれないんですの」

「なるほど」

と、金田一耕助はアーム・チェヤーに身をもたらせて、ひくい小卓ごしに、江馬容子の顔を視守りながら、

「しかし、ねえ、江馬さん。伯母さんはなぜこのことを警察へとどけて出ないんですか。そのほうがよっぽど手っ取りばやいと思うんですがねえ」

「さあ、それは……」

と、容子は当惑したように眉《まゆ》をひそめて、

「伯母としてはやっぱり警察はいやなんじゃないでしょうか。いずれは警察へとどけて出なければならぬとしても、いちおう先生にご相談申し上げて、それから……と、考えているんじゃございませんでしょうか」

「なるほど」

と、金田一耕助も納得したようにうなずいて、

「それで、ぼくにどうしてほしいとおっしゃるんですか。ぼくとしてはこちらでは、あんまり厄介な事件に関係したくないと思ってるんですが……」

「はあ、ごもっともでございます」

と、江馬容子は恐縮そうに、

「それは伯母にもよくわかっているようでございます。ですから伯母の申しますのに、とにかくこんやいちど、じぶんの別荘へきていただけないか、そして、聞くだけでもいいから、じぶんの話を聞いていただけないかと、そう申しているんでございますけれど……」

「なるほど」

と、金田一耕助は考えながら、

「伯母さんの別荘、M原だとおっしゃいましたね」

「はあ」

「それで、こんや何時頃……？」

「八時はいかがでございましょうか」

八時半には等々力警部がやってくる。しかし、これはホテルへ頼んでおけばなんとかなるだろう。

「失礼ですが、伯母さんいまお名前は……？」

「西田照子でございます」

「おいくつでいらっしゃいますか」

「かぞえ年でちょうど五十ですけれど、とても五十にはみえませんわねえ。せいぜい四十二、三というところでしょうか」

「ご主人の西田博士というかたは……？」

「戦後亡くなりましたの。あれは昭和二十六年でしたかしら、戦後やっと落ち着いたと思ったら、とつぜん脳溢血《のういっけつ》で……」

「それは……それは……それでお子さんは……？」

「それがひとりもございませんの。ほかになに不自由のない伯母ですけれど、その点だけは気の毒でございますわね」

「M原の別荘はもうお古いんですか」

「はあ、あれができたのは、たしか昭和十二年だとか三年だとか……ですからもうとても古いんでございますのよ。ポーチの柱なんか、啄木鳥《きつつき》の穴だらけで……」

江馬容子はいくらか落ち着いたのか、顔の線がほぐれかけたが、すぐまた思いだしたように、

「先生、いかがでございましょうか。あたしこれからかえって、伯母に先生のご返事を聞かせてあげなければならないんですけれど……」

と、開きなおって催促した。

若い女に歎願《たんがん》されては、金田一耕助もいやとはいえなかった。それに事件そのものに興味がなくもなかったので、こんや八時の訪問を約束した金田一耕助だったのだが……

容子の話によるとM原というところは、K高原でもちょいと別天地になっていて、林のなかに四十軒ほど別荘がある。しかし、みんな自動車に踏みこまれるのをいやがって、路といえば小型自動車がやっと一台、通れるか通れないくらいであるから、M原入口というところでくるまを降りてほしい。そうすればそこまで伯母が迎えのものを、差しむけるはずだからということであった。

だから、金田一耕助はきっちり八時十分まえに、M原の入口で自動車を降りて、八時まで迎えのものを待ったのだが、どういうわけかそれらしい人物はあらわれなかった。

ひとを待たせることの嫌いな金田一耕助は、ええ、ままよ、四十軒の別荘をしらみつぶしに訪ねていっても、たかがしれているとたかをくくって、足を踏みこんだのが間違いのもとだった。

K高原の事情にあまり詳しくない金田一耕助は、自動車もろくに通らない別荘地帯というところから、東京の郊外住宅を想像していたのだが、なかへ踏みこんでみて、別荘一軒あたりの敷地面積のひろいのにおどろいた。

暗いのと、かててくわえてあいにくの霧でよくわからないが、金田一耕助が懐中電燈の光で調べたところによると、一軒あたりの敷地面積はゆうに一千坪はこえているらしい。なかには数千坪を占有しているらしいのもあったが、それでいて、どの別荘も建坪はたいしてひろくない。三、四十坪というのがふつうらしく、広い敷地のなかにチンマリと建っており、しかも、それらの別荘はもうあらかた無住になっているらしくて、霧のなかに森閑としている。

これはたいへんだ。……

と、金田一耕助がいささか心細くなってきたとき、霧の底からにじんだように、ボーッとあかりがみえてきた。

この別荘地帯にはところどころ街燈がついているのだが、いま金田一耕助が見つけた灯は街燈ではない。霧のなかをゆれながら動いているところを見ると、林のなかをだれかが歩いているのだろう。懐中電燈らしかった。

「おうい」

金田一耕助にとっては地獄で仏にあったような気持ちである。懐中電燈をふりながら叫んでみると、

「ああ、ちょっと……」

と、むこうのほうでも懐中電燈で虚空に円をえがきながら、

「そちら、もしや金田一耕助先生ではありませんか」

「ああ、こちら金田一耕助だが……」

「すみません。いまM原の入口まで迎えにいったんですが、少しおくれちゃって……」

「ああ、そう、それは失敬したね。それじゃもう少し待ってればよかったんだ。少し気が

短かかったかな」

「いいえ、どうも、こちらこそ失礼しました」

そういう会話が霧にこもって反響するのか、極《き》まりがわるいくらい大きくあたりにひびきわたるのである。

それほどあたりは静かであった。

やがて、さくさくと湿った土を踏む音がして、懐中電燈をたずさえた男が、霧のなかをちかよってきた。

額に紫色のシェードをつけた男である。大きなサン・グラスをかけている。ギャバのズボンに派手なアロハ、素足にサンダルをつっかけて、年頃は三十前後であろうか。なんとなく凄味《すごみ》をかんじさせる人相が、金田一耕助にとっては案外だった。

これが紅葉照子の迎えのものとわかっていなかったら、金田一耕助もぎょっとしていたかもしれないのである。

「やあ、どうも、いきちがいになって失礼しました」

アロハの男はサン・グラスの奥から、ギロリと金田一耕助を一瞥《いちべつ》した。ひとめで金田一耕助の頭のてっぺんから、足の爪先まで観察するような眼つきである。

「いや、こちらこそ……もう少し神妙に待っているべきだったんですね。でも、ここがこんなに広い別荘地帯とはしらなかったもんだから……少々心細くなっていたところでした」

「なあに、広いたって、昼間おいでになればなんでもないところなんですが、こんやはあいにくの霧ですから……さあ、ご案内しましょう」

「やあ、どうもご苦労さん」

と、金田一耕助はアロハのあとからついて歩きながら、

「君、西田照子さんとはどういう関係？」

「なあに、ご用聞きですよ。あの奥さんにお迎えの役をたのまれたんです」

「ああ、そう」

と、金田一耕助はかるく答えたものの、なんだか少しおかしかった。

このへんのご用聞きはこんな霧のふかい初秋の夜でも、アロハにサン・グラスをかけているのかと、ちょっと妙な気がしたのだ。いや、妙な気がしたというよりも、いささか薄気味悪くさえあったのである。

アロハの下からのぞいている腕は、丸太ン棒のようにたくましくて、しかもむしゃむしゃと毛がいっぱい生えている。

みちみち金田一耕助がなにかと話しかけてみても、あいてははかばかしく答えなかった。うまれついての無口なのか、それともなにかを警戒しているのか、あまり語りたがらないようすなので、いきおい黙りがちで歩くことおよそ五分あまり、やっとむこうに灯のついた別荘が、霧のなかにぼんやりみえてきた。

「あれがそう？」

「ええ」

「このM原というのはそうとう広いんだね」

「ええ、六万坪ありますから……」

六万坪のなかに四十軒の別荘。……それじゃ一軒あたりの敷地が広いはずである。

「これが西田さんの別荘です」

アロハの男が懐中電燈をむけたところをみると、路傍に立った絵馬のような形の立札に、横書きで西田と書いてある。

西田家の別荘はその立札の立っているところから、また十五、六間奥まったところに建っていて、そこまで赤松と落葉松《からまつ》の密生した林を拓りひらいて、まがりくねった路がついているのである。

アロハの男

このへんの別荘はどこでもそうのようだが、いたって開放的にできていて、戸締まりなどもあってなきがごときである。

西田別荘もそのひとつで、正面に廂《ひさし》のふかいコンクリートづくりのポーチふうのものがついており、ポーチをあがると右側にひくいペンキ塗りの木柵がめぐらしてあるが、そこが自転車置場らしく自転車が一台おいてある。

その自転車置場の左、すなわちポーチをあがった正面に木製のドアがついていて、それが玄関になっているらしい。

しかし、そのドアのすぐ左が二枚のガラスの引戸になっているから、ドアに錠をかけておいたところで、ドライヴァー一本もっておれば、ガラスを破って掛け金を外し、忍びこむくらいはなんの造作もなさそうだった。

そのガラス戸にはいちめんに、なかからカーテンがしまっている。

「奥さん、お客さんをご案内してきましたよ」

アロハの男はポーチへあがって、ドアをガチャガチャいわせていたが、なかから返事はなくて、あたりはしいんとしずまりかえっている。

ドアには鍵《かぎ》がかかっているらしい。

アロハの男はしばらく返事を待っているようだったが、なかからいっこう音沙汰《おとさた》がないので、またドアをガチャガチャいわせながら、

「奥さん、奥さん、お客さんですよう……」

と、ガラス戸にかかっている、カーテンのすきまからなかをのぞいていたが、そこからではなにも見えないらしい。

「奥さん、奥さん」

アロハの男がしきりに奥さん、奥さんを連呼しているのを聞きながら、金田一耕助はポーチに立ってあたりを見まわしていた。

西田別荘から灯がこぼれているので、周囲数メートルくらいのところまでは、ボーッと

闇のなかに浮きあがっているが、あたりいちめん赤松と落葉松らしい。いずれも樹齢五十年にちかいのだろう。目通り一メートルはあろうという太さである。うえを仰ぐと梢《こずえ》は闇と霧のなかに溶けこんでハッキリ見えなかった。

その梢からしきりにポタポタと水滴が垂れているのは、霧が梢に冷却されて雨となって落ちてくるのであろう。

金田一耕助はふとポーチの廂をささえる柱の、いちばん外側のやつに眼をとめた。その柱には自然木が使ってあるが、その表面に直径二、三センチの擂鉢《すりばち》のかたちをした穴がいちめんにあいている。

金田一耕助にははじめのうち、その穴の意味がわからなくて、しきりに小首をかしげていたが、ふときょう昼間、江馬容子のいったことばを思い出して、思わず顔をほころばせた。

その自然木は虫が喰《く》っているのである。この別荘地帯が無人になったとき、啄木鳥がその虫をついばみにくるのであろう。

江馬容子もいっていたではないか。

「ポーチの柱なども啄木鳥の穴だらけで……」

金田一耕助が見まわすと、ポーチにはほかにも二、三本自然木の柱が使ってあるが、それらには啄木鳥のつついた穴はないかわりに、柱の根本に木の屑《くず》だか、虫の糞《ふん》だか、黄色い粉がうずたかくつもっている。

おそらくそれらの柱は啄木鳥がつつきにくるには、廂がふかくて、少し奥まりすぎているのであろう。

金田一耕助がなにげなく啄木鳥の穴をかぞえようとしたとき、

「どうも変だなあ、いったいどうしたというんだろう」

と、アロハの男のつぶやく声が聞こえたので、金田一耕助は思い出したようにそのほうをふりかえった。

金田一耕助がのんきな観察をしているあいだも、アロハの男はしきりにドアをガチャつかせ、奥さん、奥さん、西田さんと連呼していた。しかし、なかからは依然として返事はなく、カーテンをほんのりとあたためている灯の色が、しいんとしずまりかえっているばかりである。

「西田さんはおひとりなんですか」

金田一耕助は自転車置場の自転車に、眼をやりながらアロハの男に訊《たず》ねてみた。

西田照子がいかに若くみえるといったところで、五十にもなる女が、自転車にのろうとは思えなかったからである。

「ああ、そうそう」

アロハの男はあいまいな返事をしながら、柵を排して自転車置場にふみこんだ。そこにもガラス戸のしまった窓があり、カーテンがいっぱいにかかっている。

男はそのカーテンのすきまからなかをのぞいていたが、とつぜん、

「おや」

と、口のうちで呟《つぶや》いて、窓のほうへ身を乗りだすようにした。

「どうかしましたか」

「はあ、なんだかようすがおかしいんですが……」

と、あっちこっちと場所をかえて、カーテンのすきまからしきりになかをのぞいていたが、だしぬけに、

「わっ、こ、これは……」

と、仰山な声を張りあげると、弾《はじ》かれたように金田一耕助をふりかえった。

「君、ど、どうしたんです。なにか……？」

「先生、ちょ、ちょっとこっちへきてください。なんだかようすがおかしいんです」

男の声はふるえているようである。

金田一耕助も自転車置場へふみこむと、アロハの男が席をゆずってくれたので、カーテンのすきまからなかをのぞいた。

眼のすぐまえは食堂になっているらしく、ビニールのテーブル掛けを掛けたテーブルのうえに、青磁の花瓶がひとつ、花瓶のなかにはおみなえしの花が挿してある。

この食堂はそのまま左側のホールにつづいているらしいのだが、見たところホールはがらんとしていて、壁際の飾り棚のうえにもなにひとつ置いてない。おそらく東京へ引き揚げるつもりで、片付けてしまったあとだろう。だが、それ以外にべつに変ったことはない

ようだ。

「君、君、ぼくにはなにも見えないが……」

「あっ、先生、もう少し頭を右へやって、ほら、そこのすきまっからホールの左側のほうをごらんなさい」

アロハの男にいわれるとおり、金田一耕助は二、三度頭の位置をかえていたが、そのうちに思わずぎょっと、大きく呼吸をうちへ吸いこんだ。

カーテンのわれめがあまり大きくないので、うんと頭を右へずらして辛うじて見えるのだが、そこに折畳み式の籐《とう》の寝椅子がひろげてあり、その籐の寝椅子のうえに女がひとり、ぐったりとななめ仰向きによこたわっている。

ちょうど女の顔がこちらをむいているので、金田一耕助にもすぐそれが、サイレント映画時代の大スター、紅葉照子であることがすぐわかった。むろん、あのじぶんから見るとだいぶん変っている。しかし、ちかごろちょくちょくテレビに出るので、金田一耕助もおぼえていたのだ。

姪《めい》の容子もいっていたが、ことしかぞえどしで五十になるという照子は、とてもその年には見えない。せいぜい四十というところだろうと容子もいっていたが、なるほどそういえばいえないことはないだろう。

かつて純情可憐《かれん》を売物にしたスターだったが、その当時からみるとふっくらと肉がついて、昔の面影をとどめながらも、あだたる色気がそなわって、年増のうつくしさがそこはかとなく匂うているようだ。

　だが、その照子はいったいどうしたというのだろう。がっくりとのけぞるように首をうしろへ垂らしていて、派手な友禅浴衣《ゆかた》の胸もとがひどくはだけている。はだけているだけならまだよいが、なにやら赤黒いしみでぐっしょり濡れているようだ。

　しかも、その赤黒い汚点は籐椅子をつたって滴々と垂れ、床のうえにどっぷりとまがまがしい溜《たま》りをつくっているのである。

「金田一先生、むこうにひっくりかえっている椅子のそばをごらんください」

　アロハの男が荒い息使いをきかせながら、金田一耕助の耳もとでささやいた。

　金田一耕助が瞳《ひとみ》をてんじて、寝椅子の足もとを見ると、そこにこの高原特産の木製の小卓がひっくりかえっていて、葡萄《ぶどう》や梨が散乱しているが、そのそばにどっぷりと赤黒い液体を吸った刃物がころがっている。

「金田一先生、なかへ入ってみましょうか」

　と、アロハの男はガタガタとガラス戸をゆすぶったが、なかから挿込み錠がしてあると見えて動かなかった。

「君、よしたまえ。それよりほかに入口はないの」

「はあ、それじゃ、ぼく探してきます。先生はここで待っていてください」

　アロハの男は自転車置場をとびだすと、家の側面へまわっていった。

　金田一耕助は籐椅子のうえの女の肢態に瞳をこらしながら、これがきょう江馬容子という娘から聞いた、いまから三十年ちかくもまえに起こった迷宮事件の結果なのだろうかと、心が騒ぐのをおぼえずにはいられなかった。

ほんとのところをいうと、金田一耕助はきょう江馬容子から聞いた話に関しては、そうとう懐疑的だった。いちおうエチケットとしてここへやってきたものの、内心では半信半疑だったのである。

しかし、ここで殺人事件が起こったとすると……三十年以前に迷宮入りした事件の犯人をしっているという、西田照子が殺されたとすると、話はまたちがってくると、金田一耕助はここへくるまで懐疑的だっただけに、なにかしらこの事件が、おのれの責任のような緊張をかんじた。

アロハの男はあちこちガタガタいわせながら、家のまわりをひとまわりして、反対がわからかえってくると、

「先生、駄目です。どこもなかから締りがしてあって開きません。雨戸もぴったりしまっています。犯人はきっとこの玄関から出ていって、外からドアに鍵《かぎ》をかけていったにちがいありません、先生、どうしましょう」

と、アロハの男は早口にしゃべりながら、しきりに額の汗をふいている。しかし、サン・グラスはかけたままだった。

「とにかく警官を呼んできたまえ。このへんに電話のあるうちがあるでしょう」

「それや、あることはありますが、みんなもう引き揚げちまったもんですから……じゃ、

とにかく、ぼくいってきます」

「いくってどこへ……？」

「このM原の入口に、このへんいったいの別荘を管理している管理人の家があるんです。そこまでいけば電話がありますから……」

「ああ、そう、それじゃいってきたまえ」

「先生は……？」

「ぼくはここで待っていよう」

「大丈夫ですか、先生……？」

「大丈夫とは……？」

「だって、まだそこらに犯人が……」

と、アロハの男はあたりを見まわしながら、ゾーッとしたように首をすくめた。いきおい声も押しひしゃがれたようにかすれている。

「なに、大丈夫、君もいまいったじゃないか」

「わたしが……？」

「そう、犯人はこの玄関から出ていって、外から鍵をかけたにちがいないって。そういつまでもこんなところにまごまごしてやしないさ」

「へへえ、先生は案外度胸がいいんですね」

と、男は感心したように、改めて金田一耕助の頭のてっぺんから足の爪先まで見直した。

「まあ、いいからいってきたまえ。だけど、できるだけ早くかえってきてくれたまえ。強がりをいっているが、ぼくもこれで内心は大いに怖がってるんだからね」

「はあ、承知しました」

アロハの男はポーチから跳びおりると、砂利道を十メートルほど小走りに走っていったが、その砂利道がカーヴしているところまでさしかかると、どうしたのかだしぬけに、

「あっ！」

と、鋭い悲鳴をあげて、そのままそこへしゃがみこんでしまった。

「ど、どうしました。なにか……？」

金田一耕助が小走りにちかづいていくと、

「いえ、いま、この石につまずいたら、生爪をはがしちまって……」

と、アロハの男は痛そうに歯をくいしばっている。

なるほど、男がおさえた指のあいだから、赤黒いものが吹きだしている。その爪先にころがっているA山の焼石の表面にも、赤黒い汚点がとんでいた。

素足にサンダルをひっかけたアロハの男は、その焼石につまずいた拍子に、生爪をはがしてしまったらしいのである。

「痛みますか」

と、訊《たず》ねてから金田一耕助は愚問であることに気がついた。生爪をはがせばだれだって痛いのにきまっている。

「はあ……畜生ッ！　だれがこんなところへこんな石を……」

アロハの男はハンケチを裂いて手ばやく繃帯《ほうたい》をすると、二、三歩いきかけたがやっぱり無理だったらしい。すぐまたそこへしゃがみこんでしまった。

「よし、それじゃ君はここにいたまえ。ぼくがかわりにいってこよう。どういけばいいんだね」

「はあ、でも、先生……」

と、アロハの男は薄気味悪そうに、西田照子のよこたわっている別荘のほうへ眼をやった。

「あっはっは、怖いの？」

と、金田一耕助が思わず嗤《わら》うと、男は昂然《こうぜん》と肩をそびやかして、

「なあに」

と、強がってみせると、

「それじゃ、先生、ちょっと肩をかしてください。わかりいいところまでお送りしましょう」

あいかわらず霧はふかかった。その霧のなかを肩を組んで、ふたりが歩き出したとき、汽笛がM原のすぐちかくを通り過ぎた。金田一耕助が腕時計に眼をおとすと、八時二十七分である。等々力警部がやってくるはずの八時三十分N駅着の下り列車が、いまM原の入口とクロスしている踏切を通過するところであった。

「金田一先生、この道をまっすぐいくと、県道へ突当ります。そこを左へまっすぐいけばM原の入口へ出ます。そこの踏切のそばに藤原といううちがありますから……」

「ああ、そう、そこが管理人のうちなんですね」

「はあ……」

「県道というのはすぐわかりますね」

「ええ、このへんよりうんと道が広くなっているうえに舗装されてますから……」

「ああ、そう、じゃ、君はこのへんで待っていてくれたまえ。あの別荘へはちかよらないほうがいいよ」

「承知しました。先生、できるだけはやくかえってきてください」

「ああ、いいよ。じゃ、いってくる」

ポタポタと霧の滴が落ちてくるなかを、金田一耕助は小走りに走っていった。しばらくいってふりかえると、アロハの男の懐中電燈の光が、妙にわびしく霧のなかににじんでいた。

それを見ると金田一耕助はふっと不吉な胸騒ぎをかんじた。よっぽど引返して懐中電燈の灯を消すように注意しようかと思ったが、それもおとなげないような気がしたので、そのままた霧のなかを小走りに走っていった。

金田一耕助が生きているアロハの男を見たのは、そのときが最後であった。

凶報至る

「金田一先生、どうしたんです。さっきからなにをそんなに考えこんでるんですか」

そこはPホテルの二階七号室、金田一耕助の部屋である。

九月も中旬になるとホテルの滞在客もそう多くはない。金田一耕助はぜいたくをいって、いまこのホテルでもいちばん上等の部屋を占領しているのだが、その部屋のまえにはバルコニーがある。

金田一耕助と等々力警部は、いまそのバルコニーに籐椅子をもちだしてむかいあっている。

ふたりのあいだの小卓には、ジョニー・ウォーカーのひと瓶とソーダ・サイフォン、ほかにチーズとクラッカーをもった皿がならんでいる。金田一耕助はあまりたしなまないほうだが、等々力警部は酒豪である。

時刻はもうかれこれ夜の十一時。九月も中旬の、しかもこんな夜更けになると、この高原のバルコニーはもう肌寒い。

等々力警部は湯上がりのうえに酒が入っているので、この肌寒さもかんじないのか、無遠慮に浴衣《ゆかた》のまえをはだけて、額をてらてら光らせている。それに反して金田一耕助は、白絣《しろがすり》の襟元がいかにも寒そうで、本人もさっきからしきりに貧乏ゆすりをやっている。もっとも、それは肌寒いばかりではなく、ものを考えつめるときのこの男の癖でもあるが。

……

バルコニーの空にはいちめんに星がかがやいていて、さっきのM原のあのひどい濃霧が嘘のようである。

金田一耕助はほっと溜《た》め息をもらした。いかにもやるせなさそうな溜め息である。

「金田一先生、いったいどうしたというんです。いや、それよりいままでどこへいってらしたんですか」

「いや、それがねえ、警部さん」

と、金田一耕助はもういちど、やるせなさそうに溜め息をもらしてから、急にゲラゲラ笑い出した。

「狐につままれたような気持というのはこのことですかね。なにもかも霧のかなたに消えてしまって、残る証拠はこれひとつか」

金田一耕助はいやに詠嘆的な言葉を吐きながら、なにやら指先でまさぐっている。金田一耕助がまさぐっているのは、江馬容子の名刺であった。

「金田一先生、ちょっとその名刺拝見」

と、小卓越しに猿臂《えんぴ》をのばして、金田一耕助の手からその名刺をもぎとった等々力警部は、名刺のおもてに眼を走らせると、

「おやおや、モード雑誌の婦人記者ですか」

と、にやりと笑って、

「すると、モード雑誌の記者君がこの秋の最新流行について、ご意見をおうかがいしたいって、金田一先生をわざわざ、この高原まで追っかけてきたというわけですか」

「いや、それなら話はわかるんですがねえ」

と、金田一耕助はケロリとして、

「警部さんのおっしゃるような用件だったら、わがはいも大いにウンチクをかたむけて、滔々《とうとう》と弁じ立ててやれたんですが、あいにくそれがそういう用件ではなく、むかしむかしの殺人事件、それも迷宮入りをしたまま現在にいたっている事件について、ある種の情報みたいなものをもってきたんですがね」

「むかしむかしの殺人事件……？」

と、等々力警部は片手にコップ、片手に名刺をもったまま、ギロリと大きく眼を光らせて、

「むかしむかしといっていつごろの事件なんですか」

「いや、それが正確にはまだわからんのです。しかし、おそらくいまから三十年ちかくもむかし、おそらく昭和初期の事件だろうと思うんです」

「金田一先生」

と、等々力警部は固い音をさせてコップを小卓のうえにおくと、

「いったい、それはどういう事件なんです。あなただいぶんそれについて頭を悩ませていらっしゃるようだが……」

「すみません、警部さん」

と、金田一耕助はペコリとひとつ頭をさげると、

「せっかく静養にいらしたのにこんな話をお耳に入れて……」

「いや、いや、わたしよりもあなたのことです。あなたこそせっかくの静養がフイになりやせんかと心配してるんですが、……とにかくよかったら聞かせてください。いったいどういう話なんですか」

「承知しました。それじゃお話しますから、警部さんもひとつ、これをどういうふうに解釈すべきか、考えてみてください」

金田一耕助もひとくちウイスキー・ソーダのコップを舐《な》めると、あたらしくたばこに火をつけなおして、ゆっくりとした口調で話しはじめた。

かれはまずきょう昼間、江馬容子の来訪をうけたことからはじめて、紅葉照子の要請でM原の別荘を訪れたこと、そして、アロハの男とともにカーテンのすきまから、照子の惨殺死体らしきものをかいま見たいきさつを語って聞かせて、

「まあ、そういうわけで、アロハの男が生爪を剝《は》がせたものだから、ぼくがかわって警官を呼びにいくことになったんです。アロハの男はぼくの肩につかまって、うねうねと迷路みたいにまがりくねった路を途中まで送ってくれました。そして、ここをまっすぐいけば県道へ出る。その県道を左へまっすぐにいけばM原の入口を通過している踏切へ出る。その踏切のそばに藤原といううちがあって、そこの主人がこの別荘地帯の管理をしているの

だし、電話もそこにあるというんです。そこでアロハの男にわかれて、藤原といううちへいったと思ってください。藤原の主人も話をきいてびっくりし、さっそく警察へ電話をかけてくれました。それから若いものを三人あつめてくれて、さっそくぼくといっしょに西田別荘へ駆着けてくれたんです。そしたら……」

と、金田一耕助はそこでことばを切ると、クシャクシャと子供がベソをかくように顔をしかめてみせた。

「そしたら……？　紅葉照子が生きかえっていたとでもいうんですか」

「いや、そんならまだしも話がわかるんですがね」

と、金田一耕助がまたベソをかくような苦笑をしながら、語るところによるとこうである。

藤原の主人と若者を三人つれて、金田一耕助がM原へひきかえしたころ、霧はますますひどくなって、その霧のなかにぼやけた樹木が、まるで巨大な海草のように見えた。

しかし、こんどは案内があるので路に迷うこともなく、まっすぐに西田別荘へやってくると、どの窓もカーテンがひらかれて、電燈が煌々《こうこう》とついていた。それのみならず一同の足音をききつけて、別荘のなかからけたたましく犬が吠《ほ》えはじめた。

「おや……？」

と、金田一耕助は足をとめてあたりを見まわしたが、そこには見憶《みおぼ》えのあるあの絵馬型のネーム・プレートが立っていた。そのネーム・プレートには西田と横書きに書いてある。

一同がポーチへあがっていくと、ガラスの引戸のなかに白髪まじりの老婦人が立っていて、不思議そうに外を見ていた。老婦人のそばにはコリー種の犬がいて、一同にむかって猛烈に吠え立てた。

ホールのなかには折りたたみ式の籐《とう》の寝椅子が起こしてあったが、そこには死体など影も形もなくなっていて、老婦人が編物でもしていたらしく、毛糸を盛った籠《かご》がおいてあった。……

「と、いうわけで、警部さん、ぼく、すっかりひっこみがつかなくなっちまったというわけなんです。あっはっは」

と、金田一耕助はむやみにたばこを吹かせながら、うつろな笑い声をひびかせた。

「金田一先生」

と、等々力警部はさぐるようにその顔を視《み》まもりながら、

「それで、その白髪まじりの女というのはいったい何者なんです」

「そうそう、それ照子女史の姉さんで房子というんだそうです。そういえば紅葉照子が映画界で活躍していたころ、しっかりもんの姉さんが、マネジャー格でついているってことを、なにかで読んだことがあります。その姉さんてえのが照子女史の結婚後も、家政婦格で西田家の家計の采配《さいはい》をふってきたらしいんですね」

「それで、その姉さんはなんていってるんですか」

「はあ、その姉さんのいわくに、そんなバカな話ってない。おまえは夢でもみたのであろ

う。じぶんはきょうどこへも出ずに、夕方からここでジュピター……ジュピターてえのがコリーの名なんですがね。ジュピターとここにいて編物をしているが、照子がここで殺されたなんてそんなバカなことはない。照子はこんやSヶ滝のほうへ別荘をもっている知人のところへ、お別れのご挨拶《あいさつ》にいっている……と、こうなんです。あっはっは」

と、金田一耕助はまたかわいたような笑い声をあげて、

「警部さん、あなたこの謎をいったいなんと解きますか」

等々力警部はからかわれているのではないかと、金田一耕助の顔を見なおしたが、耕助の顔色はむしろ悲壮である。

「それで、金田一先生、アロハの男というのはどうしたんですか」

「そうそう、その男ですがねえ」

と、金田一耕助は小卓のうえのコップのふちを撫《な》でながら、

「そいつ消えちまったんです。念のために青年諸君に霧のなかを探してもらったんですが、どこにも姿は見えないんです。いや、消えちまったのみならず、このへんにはアロハを着たり、サン・グラスをかけたり、そんなよたもんみたいな風態をしたご用聞きなんかひとりもいない……。と、これは藤原の主人をはじめとして、いっしょにきてくれた青年たちの一致した意見だし、房子女史にも心当りはないというんです」

「それじゃ、この名刺のぬしについては……？」

「いや、それがあったからこそ、ぼくの面目もいくらか保てたわけです。亡くなった西田

博士に、江馬容子という姪《めい》があって、『あじさい社』と、いうモード専門誌の婦人記者をしていることはまちがいないんです。しかも、けさその姪が東京からやってきているんですが、正午過ぎ、……ちょうど江馬容子がここへきている留守に、社から別荘のほうへ電報がきて、四時何分かの汽車で、また東京へかえっていったというんですね。房子女史はなぜまた容子がわたしのところへきたのか、だいぶそれを苦に病んでいたようですが」

「あなたはそれをおっしゃらなかったわけですね」

「それは、警部さん、いえません。容子にも秘密を守るという約束でしたし、それにまだ真偽もハッキリしない話ですから……ぼくはただ照子女史の使いできたとだけいっときましたがね」

「房子という女は先生の職業をしっているんですか」

「いや、それはこちらのほうから打明けたんです。それでいっそう、なにかこう気に病んでいたらしいんですね」

「ところで、問題の紅葉照子というのは、Sヶ滝の知人の別荘へいってるということでしたが、そのほうへ連絡は……？」

「ところが、あいにく西田別荘にもむこうの別荘にも電話がないんですね。それにひどい霧でしたから、だれかいってきてほしいともいえなかったんです。死体でもあれば話はべつですがね」

「ところで、その別荘には房子と照子のふたりきりなんですか」

「いや、ふだんは富士子という女中がひとりいるんだそうですが、きょう江馬容子といっしょに東京へかえっていったそうです。東京の家のほうのつごうかなんからしいんですね」

金田一耕助はそこでまたあたらしいたばこに火をつけると、ゆっくりと煙を肺臓いっぱいに吸いこみながら、

「だいたいぼくの話はこれだけなんですが、警部さんはこれをどうお考えになりますか」

「さあ、どうといって……？」

等々力警部は金田一耕助の顔をさぐるように、瞼《まぶた》をパチパチさせながら、

「あなたがガラス戸の外からごらんになったのは、たしかに紅葉照子の死体にちがいなかったんでしょうな」

「いや、死体であったかどうかは断言できません。そばへよってたしかめてみたわけじゃありませんからね。しかし、紅葉照子だったことはたしかです。あのひとちかごろ、ちょくちょくテレビに出ますから、ぼくも顔はよく憶えてるんです」

「なるほど、それじゃこう考えたらいかがです。あなたがその別荘をはなれているあいだに、房子という姉が大急ぎで死体を取り片付けたと考えたら……いや、ひょっとすると、アロハの男というのも共犯で、そいつがどこかへ死体をかくしたとしたら……？」

「しかし、ねえ、警部さん、なるほど、死体をいったんどこかへ取り片付けるということはできるでしょう。また、ひっくりかえった椅子や果物もなんとかしまつできましょう。

ぼくが西田別荘をはなれてから、引返してくるまでに、ちょうど二十五分かかってましたからね。しかし、床の血だまりはどうします」

「その血だまりというのはそうとうのものだったんですか」

「そうですね、コーヒ皿くらいの面積をしめていましたかねえ」

「その血だまりの跡がなかったんですね」

「はあ、完全に……拭《ふ》いたとしても痕跡《こんせき》がのこるはずですからねえ。血を完全に拭きとるというのはむつかしいが、かりに完全に拭きとれたとしても、そこに湿った跡がのこるはずだと思うんです。なにしろむこうはひどい霧でしたからねえ」

等々力警部は鋭く金田一耕助の顔を視《み》ながら、

「金田一先生、それ、ひょっとすると別荘がちがったんじゃありませんか。アロハの男がちがう別荘へあなたを案内したんじゃ……？」

「もちろん、ぼくもそれを考えましたよ。だけど少くとも表構えはすっかりおなじでしたよ。それにアロハの男がつまずいて、生爪をはがした焼石というのも探してもらいましたが、林のなかの草叢《くさむら》にころがってましたよ。血がついていたからおなじ石だってことがわかったんです」

「金田一先生」

と、等々力警部はあいかわらず、鋭く金田一耕助を凝視しながら、

「それで、あなたはそのことについてどういうご意見なんですか」

「いやあ」

と、金田一耕助はなんとなく、ペコリとひとつ頭をさげると、

「じつをいうと、わたしも警部さんとおなじ意見なんです」

「おなじ意見とおっしゃると……?」

「いや、血だまりがああも完全に、消失しうるということが不可能である以上、さいしょぼくがアロハの男につれていかれた別荘は、西田別荘じゃなかったんじゃないかと思うんです」

「そうすると、表構えのおなじ別荘がM原に二軒あるとおっしゃるんですね」

「そうとしか考えられませんね。理窟《りくつ》のうえからいっても……しかし、西田という家はほかにないそうですよ」

「と、すると、どういうことになるんです?」

と、等々力警部はいぶかしそうに眉《まゆ》をひそめた。

「問題はそこにあると思うんです。表からみるとまったくおなじ構えの別荘が二軒あるとする。しかし、西田姓のうちは一軒しかないのだから、西田という表札の立っている家は一軒しかないはずです。それにもかかわらず、こんやはもう一軒の家にも西田という表札が立っていた。そして、アロハの男はそっちのほうへぼくを案内していった。それはなぜだろう。アロハの男じしんが騙《だま》されたのか、間違えたのか……それとも、ぼくを欺いてわざと間違ったほうへ連れていったのではないか……?　と、すると、それはどういうわけ

だろう……？ と、まあ、そういうことになってきそうですね」

「金田一先生はそれについてなにかご意見が……？」

「いいえ、いまのところぜんぜん……だから、さっきも申し上げたとおり、狐につままれたような気持ちなんです」

「それで、金田一先生、こんやのところはどういうことになったんですか」

「ああ、そうそう、そうこうしているところへ警察からおおぜいひとがやってくる。そこで、ぼく、そうとう油をしぼられましたがね。そこへまた東京から亡くなった西田博士の甥《おい》にあたるという、西田武彦という青年がやってきました。江馬容子にとってはいとこに当る青年なんですね。ところが、その西田武彦青年にもアロハのあんちゃんなる人物は、どうも心当りがないというんです。それで、ぼく、いよいよ引っ込みがつかなくなって、挨拶もそこそこに逃げだしてきたんですけれど、それでも念のために頼んできました。照子女史が知人の別荘からかえってきたら、こちらへ電話をくれるようにって……」

　等々力警部は腕時計に眼をやって、

「もう十一時半ですね。いかに親しい知人の家とはいえ、十一時半ならもうかえっていそうなもんですがねえ」

「はあ、だから、ぼくもさっきから心待ちにしてるんですが……照子女史がかえってきたら、武彦青年が藤原の家まで自転車を走らせて、そこから電話をかけてくれることになってるんですがね」

ふたりは十二時まで起きて待っていた。

夜とともにバルコニーはいよいよ冷えこんできたので、部屋へさがって警部はウイスキー・ソーダ、金田一耕助はむやみにたばこをくゆらしながら待っていたが、十二時になってもとうとう電話はかかってこなかった。

「妙ですねえ」

「妙ですなあ」

「金田一先生」

と、等々力警部はきびしい顔をして、

「もしここで犯罪が演じられたとしたら、それはやっぱり、むかしむかしの殺人事件に関係があるんでしょうかねえ」

「さあ、それは……いまのところぼくにもぜんぜんわかりません。もっとよく調べてみたうえでないと……」

「いずれにしても、金田一先生、あすの朝になっても電話がかかって来ないようだったら、いちどM原へいってみようじゃありませんか。おなじ構えの家があるかないか……それだけだって一興ですぜ」

「すみません、警部さん、せっかく静養にいらしたのに……」

「なあに、かえって面白いですよ」

と、等々力警部はそこではじめて、皓《しろ》い歯を出してにっこり笑うと、

「それにしても、金田一先生」

「はあ……」

「あなたも因果な性分ですよ。おちおち静養もできないように生まれついていらっしゃると見える」

「金田一耕助いたるところに犯罪ありですかね。あっはっは」

と、金田一耕助は自嘲《じちょう》するように咽喉《のど》のおくで嗤《わら》うと、

「いや、まあ、そうでないことを祈りたいですな」

だが、金田一耕助の祈りのかいもなく、警部の予言がみごと的中した。

その翌朝の十一時ごろ、心待ちにしていた西田家からの電話はかかってこないで、そのかわりかかってきたのはK署の捜査主任からであった。

「金田一先生でいらっしゃいますか。昨夜はうちの若いものがご無礼を申し上げたそうですが、どうぞお許しください」

と、捜査主任の言葉はひどくていねいで、

「それについて先生にお願い申し上げたいんですが、これからすぐにM原までご出張ねがいたいんですが……」

「M原へ……M原になにかあったんですか」

「はあ、ゆうべ先生が目撃なすったという西田照子さんの死体が、ついさきほど発見されたんですが……」

「な、な、なんですって！」

と、金田一耕助は思わず受話器を握りしめて、

「西田照子さんの死体が見つかったんですって？」

そばで聞いていた等々力警部は、すっくと椅子から立ちあがると、はや浴衣《ゆかた》をぬぎはじめている。

「はあ、それですから至急先生におはこび願いたいんですが……なんでしたらこちらから自動車をさしむけてもよろしいんですが……」

「いや、いや、自動車はけっこうです。それじゃさっそく出向いていきます」

卓上電話の受話器をおいてふりかえると、等々力警部はもうすでに背広に着かえていた。


何故裸にしたか？


K高原はきのうとうってかわった上天気だった。しずかに噴煙をあげているA山が、高原の秋をおもわせる紺碧《こんぺき》の空に、くっきりとその山肌をあらわしている。

自動車で町を走っていくと、もうシーズンがおわったことがはっきりわかる。シーズン中は活気づいていた商店街も、火が消えたようにひっそりしていた。

夏になると人口が何十倍かにふくれあがるというこのK高原も、避暑客がひきあげていくと同時に、眠ったようなさびれた町となり、それからやがてきびしい冬の営みへと入っていくのだ。

金田一耕助と等々力警部を乗せた自動車が、M原の別荘地帯へ乗りこんでいくと、等々力警部はものめずらしそうに窓外の景色をながめていたが、急に気がついたように金田一耕助のほうをふりかえった。

「金田一さん、ここの道そんなに隘《せま》かあないじゃありませんか。けっこう大型自動車だって通れますぜ」

「いや、わたしもいまそれを考えていたところですがね」

と、金田一耕助も自動車の左右を見まわしながら、

「運転手君、この自動車このまま西田さんの別荘へいけるのかね」

「ええ、それやもちろん。……ちょくちょくごヒイキになってますからね」

金田一耕助は啞然《あぜん》として等々力警部と顔見合せたが、口のうちで小さく、

「変だな」

と、呟《つぶや》いて、雀の巣のようなもじゃもじゃ頭を、しきりにひっかきまわしていた。これが昂奮《こうふん》したときや、当惑したときのこの男の習慣《くせ》なのである。

じっさい、晴れわたった秋の朝の陽差しのなかで眺めるM原の風致は、ゆうべとはまったくその様相を一変していた。

なるほど、どの別荘も高々と空にそびえる、赤松や落葉松《からまつ》の樹海のなかに埋もれているが、それはゆうべかんじたような陰鬱《いんうつ》なものではけっしてなかった。むしろからりとして爽《さわ》やかで、いかにも健康的な別荘地帯らしかった。公道からおのおのの別荘へ通ずる路こ

そ、いくらか隘いようだけれど、公道そのものはゆうに大型自動車を走らせてあまりある幅員をもっている。

それにもかかわらず金田一耕助がゆうべそれに気がつかなかったのは、ひとつには霧のせいもあったろう。だが、もうひとつの理由としては、たいていの別荘が垣根がわりに樅《もみ》の木をうえており、その樅の木が道の両側から枝をひろげていて、ゆうべのような暗がりでは、実際以上に道が隘くかんじられたのである。

だが、それにしても江馬容子はなぜあんな嘘をついたのだろう。

――みんな自動車に踏みこまれるのをいやがって、道といえば小型自動車がやっと一台、通れるか通れないくらいであるから、M原の入口で自動車を降りてほしいなどと……

西田家の別荘はM原の入口から、自動車を徐行させて三分ほどの距離にあった。

もうシーズンもおわって、どの別荘もかたく閉され、本来ならば森閑としている季節だのに、西田家の別荘附近はものものしい雰囲気につつまれて、捜査係官のわめく声が、あたりの静寂をやぶってこだましている。

金田一耕助が西田家の表札の立っているところで自動車をとめると、ゆうべ顔見識《みし》りになった友井という私服がとんできて自動車のドアをひらいた。

「やあ、金田一先生、ゆうべはどうも……」

ゆうべ金田一耕助にたいして、そうとう失礼な言辞を吐いた友井刑事は、すっかり恐縮しているが、いっぽう疑いぶかそうな眼つきにもなっていた。

「いやあ、死骸《しがい》が見つかったそうですね」

「はあ、もうとんだことで……さあ、どうぞあちらへ……」

「いや、そのまえに紹介しておきましょう。こちら東京警視庁の捜査一課の等々力警部……週末を利用して、ちょうどぼくのところへ遊びにきていらしたんです。こちらK署の友井さん」

ふたりを紹介しておいて、金田一耕助はそこに立っている表札の脚をしらべてみた。表札は一本脚で立っているのだが、脚の立っている穴はたしかに大きくなっている。金田一耕助がこころみに、脚をハンケチでくるんで抜いてみると、表札はぞうさなく穴からすっぽり抜けた。金田一耕助はおもわず等々力警部と顔見合せた。

「友井さん」

「はあ」

「念のために、この表札についている指紋を検出しておいてくださいませんか。たぶんまだ新しい指紋がついていると思うんです」

「この表札がなにか……?」

「いや、その理由はあとで話しましょう」

そこから別荘のポーチまで十五、六間、林のなかを路が大きく迂回《うかい》している。その曲り角まできて金田一耕助が足をとめた。

「警部さん、ほら、あそこにあるのが例の石です」

「ああ、アロハの男が生爪をはがしたとかいう……」

「はあ、ほら、少し黒い汚点がついているでしょう」

その石は林のなかの草叢《くさむら》のなかにころがっており、沢庵《たくあん》石くらいの大きさである。A山が爆発したとき噴出されたもので、このへんではいたるところにそういう石がころがっている。

その曲り角からポーチの正面までまだ七、八間あった。

おなじK高原でもこのへんは学者や芸術家が多く、したがって別荘の建物などもいたって簡粗なのがふつうのようだ。避暑の用を弁ずればそれで足れりというふうである。

西田別荘などもそのひとつで、二階建てになっているが総建坪で四十坪もあろうか、昭和十二、三年頃にできたというその別荘は、もうそうとう古くなっている。

しかし、その周囲は素晴らしかった。

あとで聞いたところによると敷地の総面積が四千坪あるとか、いちめんに赤松と落葉松の林になっており、下草を苅《か》ってあるので、すくすくまっすぐに伸びたその幹の肌がうつくしい。落葉松の葉はもうすでに赤くなっていて、しきりにハラハラと落ちている。

ポーチまでいくと房子がジュピターの鎖をもって待っていた。

「金田一先生」

と、房子は恐怖とおどろきのまだ醒《さ》めぬ顔色で、蒼白《あおじろ》く頬をこわばらせている。

真っ黒なスーツに、しらがまじりの髪の毛をきちんとうしろになでつけて、胸に銀の十字架をぶらさげているのはクリスチャンなのだろうか。ちょっとミッション・スクールの舎監といったタイプである。

「ああ、奥さん、どうも、とんだことになってしまいました」

「先生、いったい、だれが……だれが妹をあんなむごいことに……?」

「いや、それについてあとでいろいろお訊《たず》ね申し上げたいと思ってるんですが、そのまえにお亡骸《なきがら》をちょっと……どこにありますか」

「はあ、この裏のほうに……」

ちょうどそこへこれまたゆうべちかづきになった江川刑事が顔を出して、

「ああ、金田一先生、昨夜はどうも……すぐ死体をごらんになりますか」

「はあ、ぜひ」

「じゃ、こちらへきてください。主任さんも待ってらっしゃいます」

このK署の捜査主任岡田警部補とはまえにいちど、やはりこのK高原で起こった事件で、いっしょに仕事をしたことがあり、すでに顔馴染《なじ》みになっていた。そのときも等々力警部も手伝ったのである(「香水心中」参照)。

まえにもいったとおり、この西田別荘は総面積四千坪というひろい敷地をもっており、別荘の背後は小高い丘になっている。

照子は毎年ここへきて暑を避けるまえに、管理人の藤原に命じて、別荘の前面とその周辺だけは下草を苅らすのだけれど、背後の丘はそのままに放置してある。したがってそのあたりは赤松や落葉松のあいだに、いちめんに灌木《かんぼく》がしげっていて、ちょっと足を踏入れるのも困難なくらいである。

その灌木のなかに係官がおおぜいむらがっていて、写真班がしきりにカメラのシャッターを切っていたが、そのなかから岡田警部補がふりかえって、

「あっ、警部さん、あなたもごいっしょだったんですか」

「いやあ、金田一先生のご招待で、ゆうべおそくこちらへ着いたんだが……また、なにか起こったらしいね」

「はあ、警部さん、ひとつまたご協力をねがいます。金田一先生、ゆうべはうちのもんが失礼申し上げたそうで……」

「いや、いや」

と、金田一耕助はかるく手をふって、

「それより、主任さん、死体は……？」

「はあ、どうぞこちらへきてください。あちこちに切株がありますから気をつけてくださいよ」

こんなときには和服に袴《はかま》といういでたちの金田一耕助は、はなはだ行動に不便をかんずる。灌木に袴の裾《すそ》がひっかかるのをよけながら、やっと岡田警部補のそばまでちかづくと、丘の中腹に小さな洞穴みたいなものがあり、そこに西田照子の死体がよこたわっているのだが、その死体をひとめ見たせつな、金田一耕助と等々力警部は思わず眉《まゆ》をひそめずにはは

いられなかった。

西田照子の死体は腰のもの一枚きりの裸でそこによこたわっているのである。

「主任さん」

と、金田一耕助は岡田警部補をふりかえると、

「この死体、発見されたときから裸だったんですか」

「はあ……そうそう、金田一先生、あなたがゆうべごらんになったときは……？」

「もちろん着物を着てましたよ。友禅浴衣《ゆかた》のようでしたがね」

と、金田一耕助はあたりの灌木を見まわしながら、

「それにしてもこんなところに死体があるのを、いったいだれが発見したんですか」

「ああ、それはあたしがお話ししましょう」

と、うしろから声をかけて、灌木のなかをちかよってきたのは房子である。あいかわらずコリーの鎖をにぎっているのは、こうなってはこの犬だけが力だといわぬばかりだ。

「ゆうべとうとう照子はかえってまいりませんでした。あたしども、あたしと武彦さんのふたりですが、……十二時まで起きて待っていたんですが、とうとうかえってまいりませんでしょう。それに金田一先生のお話もあり、あたしなんだか心配で、ほんとうならばゆうべのうちにも、武彦さんに郷田さんところへいっていただきたかったんですの」

「郷田さんというのがSヶ滝のほうへ、別荘をもってらっしゃるかたなんですね」

「はあ」

「なにをなさるかたですか」

「ご主人は弁護士をしていらっしゃいます。でも、こちらにずうっといらっしゃるのは奥さまとお子さんだけで、ご主人は週末を利用してちょくちょくいらっしゃるくらいのようです。その奥さまの美代子さまというかたと、照子は昔から仲好しなのでございます」

「ああ、そう、それで……」

「はあ……ところがなにしろゆうべのあの霧でございましょう。あたしとしても武彦さんにいってくださいとはいえなかったんです。武彦さんは武彦さんでこの霧のために、むこうで引止められて泊ってくるのだろう。伯母さんが殺されたなんてそんな馬鹿なことが……って、おミコシをあげようともいたしません。それでとうとうゆうべはそのまま寝てしまったんです」

「それで、ゆうべはよくおやすみになれましたか」

「はあ、あの、それが……やっぱり金田一先生のおっしゃったことが気になってよく眠れませんでした。それで十二時半ごろ思いきってブロバリンを嚥《の》んで、やっと眠れたんですの」

「ああ、なるほど、それから……?」

「ところがけさ、十時になっても照子がかえってまいりませんでしょう。それでとうとう思いきって武彦さんにお願いしたんですの。武彦さんもそれじゃ散歩がてらいってみようと出掛けました。それからまもなく富士子が東京から戻ってきたんです」

「富士子さんというのは女中さんですね」

「はあ……それで富士子が戻ってきたもんですから、ジュピター……このコリーですわね。これを鎖から外してやると、しばらくしてこれがここで変な声をあげて啼《な》くもんですから、富士子をようすを見によこしたんです。そしたらこれでございましょう。……」

と、房子は妹の死体を凝視しながら大きく呼吸をのんで、

「富士子もあたしも気がちがいそうになってしまって……」

「その女中さんはいまどこに……？」

「はあ、ブロバリンをのませて寝かせてございます。まるでヒステリーみたいになって、手がつけられないものですから……」

「武彦君は……？」

「あのひとはまだかえってまいりません。こんなこととはしらず、郷田さんとこでのんきに話しこんでいるんじゃないでしょうか」

「ところで、奥さん」

「はあ」

「女中さんやあなたがこの死体を発見なすったとき、こうして裸だったんですね」

「はあ、あたしあまり可哀そうですから、着物が見つかったら、うえへかけておいてやりたかったんですけれど……その後、着物見つかりましたか」

「いえ、まだ……」

と、岡田警部補が返事をひきとって、

「金田一先生がゆうべごらんになったときには、友禅浴衣のようなものを着ていらしたそうですが……」

「はあ、水色地に紺と紫で大きく花を染め出した……」

「はあ、たしかそうだったようです」

金田一耕助が答えると、

「あのひとは万事に派手好みでございましたし、それに郷田さんの奥さまとはごく懇意な仲でしたから、いつもふだん着同様のかっこうで、いったりきたりしてたんですの」

「ああ、そう、それでは奥さん、恐れいりますが、もう少しむこうでお待ちください。あとでまたお訊ねしたいことがございますから……」

「はあ」

と、房子も鋭く金田一耕助を見て、

「あたしも先生にお訊ねしたいことがございますけれど……」

「よくわかっております。いずれのちほど……」

房子がジュピターをつれて立ち去ると、金田一耕助は改めて、死体のほうへ眼を落とした。

きのう江馬容子もいっていたけれど、照子はたしかに若かった。肌の色艶《いろつや》といい、むっちりとした肉付きの張りといい、どう見ても五十に手のとどく年齢とは思われない。まだ四十そこそこのみずみずしさである。

その照子は左の乳房の下を、なにか鋭利な刃物でえぐられていて、おそらくそのひと突きが致命傷だったろうと思われる。

その照子は死体となってから引きずりまわされたとみえて、全身におびただしいかすりきずをおびていて、それがゾーッとさせるほどのむごたらしさであった。

「金田一先生」

と、江川刑事が声をひそめるようにして、

「先生のお考えはいかがでしょうか。これはやっぱり先生がゆうべこの死体をごらんになってから、管理人を呼びにいかれたあとで、この死体をここへかくしたんでしょうねえ」

「と、すると、犯人はだれだとおっしゃるんですか」

「それや……」

と、刑事はちょっと躊躇《ちゅうちょ》したのち、別荘のほうへ視線をなげて、

「やっぱりいまの女じゃないですか。あの女は先生がゆうべここへくることをしらなかった。そこでなんかのいきさつがあったのち、妹を刺し殺してしまった。そこへだれかが……つまりあなたがいらっしゃる気配に、あわててどこかへ身をかくしたが、とっさのことで死体をかくすひまがなかった。そこで先生とアロハの男が立ち去るのを待って死体をここへ引きずってきた……」

「死体をあの別荘からここまで、引きずってきたという痕跡《こんせき》がありますか」

「いや、それをいま調べさせているんですが……」

岡田警部補も別荘のほうへ視線を投げた、別荘の裏口からここまでたっぷり三十間はあるだろう。その道程を私服が三人地面を這《は》うように調べている。

照子はむっちりと肉付きのよい体をしているが、そう大柄というほうではない。それにしても死体をひとつ運ぶというのは、そうとうの労力である。しかも、それがまだ血の吹き出している死体なのだ。もし、別荘からここまで引きずってきたとしたら、痕跡が残らぬはずはない。

「それにしても、江川さん」

「はあ」

「さっきの婦人が犯人で、死体をここへかくしたとしても、どうして着物を剝《は》いでしまったんでしょう」

「それや、先生、こうじゃないでしょうか。房子のつもりではこんなにはやく死体が見つかるとは思わなかった。今明日にもここをたたんで東京へ引き揚げてしまえば、少くとも来年の夏までは死体が見つかる気づかいはない。それまでには死体が腐敗してしまって、顔の識別《みわけ》もつかなくなっているにちがいない。しかし、着物があってはそれから身許《みもと》がわかるだろう。それじゃ拙《まず》いというので、着物をぬがせておいたんじゃないんですか。いや、まあ、これはわたしだけの考えなんですが……」

このひとの好さそうな刑事は、一席弁じたてたものの、じぶんの論理の不合理な点に気がついたのか、てれくさそうに頭をかいている。

「ときに、主任さん、お医者さんは……？」

「はあ、もうまもなく見えると思うんですが……署を出るまえに手配はしておきましたから……」

「ああ、そう、それじゃ、警部さん」

「はあ」

「そのまにちょっとわれわれは、この近所を散歩してみようじゃありませんか。シーズン・オフの別荘地帯というものは、なかなかよきもんじゃありませんか。ただし、こういう犯罪さえなければね」

「ああ、そう、それじゃ岡田君、またのちほど……」

等々力警部はすぐに金田一耕助の意のあるところを察して、すなおにあとについてきた。

金田一耕助は西田別荘とすっかりおなじ表構えのうちをさがそうというのである。

屋根裏の死体

「金田一先生、あなたのお考えじゃやっぱりあれとおなじ表構えの別荘が、もう一軒このM原にあるとおっしゃるんですか」

「はあ、その確信はいま西田別荘を見るに及んで、いよいよ強くなってきたんですがね」

「と、おっしゃると……？」

と、等々力警部はさぐるように横眼で金田一耕助の顔を見ながら、

「なにかいまの別荘にゆうべとちがったところでも……」

「いや、そういうわけじゃないんですが、いまの西田別荘は完全に洋風になっていて、雨戸というものは一枚もなかったでしょう」

「はあ、それが……？」

「ところがゆうべのアロハの男は、表にわたしを待たせておいて、別荘をひとまわりしてきたんですが、つい口をすべらせたんでしょうな。戸締まりはぜんぶなかからしてあるし、雨戸もみんなしまっているといったのをおぼえているんです。ですから、表構えはふたごのようにおんなじだが、裏はいささかちがっている別荘が、もう一軒このM原にあると思わねばなりませんね」

「ああ、なるほど、そして、そっちのほうへ西田家の表札をもっていって、立てておいたというわけですか」

「そうじゃないかと思うんですが……」

「そういえば、西田家の表札はたしかにさいきん、だれかの手によってひっこ抜かれた痕跡がありました。よろしい、探してみましょう」

広いといってもたかが四十軒の別荘である。一軒一軒シラミつぶしに探していってもしれている。ふたりが目差す別荘をさがしあてたのは、それから十分もたたぬうちのことだった。

「あっ、金田一先生、あれじゃありませんか」

「あっはっは、やっぱりありましたね」

赤松と落葉松《からまつ》の木の間がくれにみえるその別荘は、いまふたりがあとにしてきた西田別荘とよく似ている。

ただし、それは表構えだけのことで、建物全体のかたちはかなりかわっているから、このへんの別荘になれているひとたちには、このふたつの別荘が、ある部分ではふたごのような相似をもっていることを失念しているのかもしれない。

しかも、金田一耕助のような初見のものが、ポーチから玄関のへんを見ただけでは、ふたつの別荘を混同したのもむりはない。ことにゆうべのような霧のふかい夜中ともなれば、初見の男を瞞着《まんちゃく》するのにお誂《あつら》えむきだったわけである。

見るとゆうべ西田家の表札の立っていたところに穴があいており、その少しおくまったところに、表札が一枚投げ出してある。等々力警部が起こしてみると、

「萩原」

と、横書きに書いてある。

「とにかくいってみましょう。この別荘にちがいないと思いますが……」

表札の立っていたところからポーチまでの距離は、西田家の別荘よりはいくらかちかく、周囲も西田家ほど広くはなかったが、ゆうべの霧ではわからなかったのである。

ポーチへあがると自転車置場から自転車は姿を消していたが、啄木鳥《きつつき》のつついた跡はゆ

うべのままだった。

「金田一先生、この啄木鳥のつついた跡は、西田別荘にもありましたね」

「はあ、しかし、警部さん、その気になってよく見ると、西田家の柱にあるのと、数や大きさがちがっていますよ。ぼくさっきあっちの奥さんと話しながら勘定したんですが、むこうの柱には大小とりまぜ八ッありましたが、こっちには六ッしかない」

「しかし、どういうわけでこんなにおなじ表構えの別荘が二軒あるんでしょうねえ」

「それは管理人にでもきいてみればわかりましょう。萩原というここの別荘のぬしがどういう人物なのか、西田家とどういう関係になっているのか……」

金田一耕助はカーテンのすきまからなかをのぞこうとしたが、どのカーテンもぴったりしまっていて、どこにものぞくすきまはなかった。

「金田一先生、これでみてもわかりますが、ゆうべあなたがここを立ち去ってから、だれかなかへ入ったものがあるわけですね」

「そうです、そうです。ひとつ裏へまわってみましょう」

裏へまわるとこっちのほうは、表構えが洋風になっているだけで、ホールのおくは日本座敷になっているらしく、雨戸がぴったりしまっていた。

「なるほど、これでアロハの男はつい雨戸……と、口をすべらせたわけですね」

家のまわりを一周すると、勝手口のとなりに物置きがあり、物置のドアが少しひらいている。なかをのぞいてみると使いのこりの薪《まき》や焚付《たきつ》けのあいだに、自転車が一台つっこんである。自転車の鍵《かぎ》はかかっていた。

「ここいらの別荘は荷物をおきっぱなしにしてかえっていくんですね」

「だいたいそうだそうです。家のなかにかくし戸棚がつくってあって、そこへ夜具などつっこんでかえるうちもあるそうです。それで管理人の藤原というのが、一日に一回見てまわるんだそうです」

「そうそう、よく冬場など都会におれないような連中が、こっちへ逃げてきて、あちらの別荘で二日、こちらの別荘で三日というふうに暮らしているのがあるそうですね」

「食糧なども残ったやつは、台所へ置きっぱなしにしていくそうですからね」

勝手口のドアを見ると、擦りガラスが一枚こわれていて、そこから指をつっこむと、挿込み錠が外れるようになっている。

「なるほど、ここから出入りをしたんですね」

なかへ入ると台所はきれいに片付いていたが、戸棚をあけると食器の類がぎっちりつまっており、そのなかに青磁の花瓶がまじっていた。

「ああ、警部さん、この花瓶が食卓のうえにおいてあったんです。おみなえしの花が挿してありましたが……」

「そのおみなえしならここにあります」

等々力警部がとりあげた屑籠《くずかご》のなかに、おみなえしの一枝がまだみずみずしさをたもっていた。

台所を出ると二階へあがる階段がついていて、その階段と廊下ひとつへだてたところに日本座敷があり、襖《ふすま》をひらいてみると、薄暗い八畳のすみに桐のタンスと鏡台がおいてある。

「タンスや鏡台まで置きっぱなしとはのんきなもんですね」

「おそらくなかは空っぽか、盗まれてもおしくない品ばかりでしょう」

「電気をつけてみましょうか。電気がつくはずなんでしょう」

「いや、それはよしましょう。われわれがここを見つけたということは、まだひとにしられないほうがいいでしょうから」

「ああ、そう」

襖をしめて階段のまえをまわるとホールである。

このホールはガラス戸にカーテンを引いただけなので、日本座敷からみるとうんと明るい。一隅の四畳半ほどが天井がひくくなっていて、その下にビニールでおおうた食卓があり、食卓の二方には壁にくっつけてつくった、造りつけの腰掛けがある。

そして、それにつづいて十二畳じきほどのホールがあり、ゆうべは見えなかったけれど、ホールの一隅に大きな長方型のテーブルがすえてあった。

「あっ、金田一先生、あれ……」

等々力警部が指さしたのは、そのテーブルと食卓のちょうど中間にあたる床である。そこには血を拭《ふ》きとったらしい痕跡《こんせき》がうっすらとのこっている。

等々力警部はそのうえに身をかがめて、

「金田一先生、こいつは床を削りとっても、鑑識のほうで調べてもらわなければいけませんね。これが紅葉照子の血液型と一致するということを、立証しておく必要がある」

「ええ、しかし……」

と、金田一耕助は当惑したように、雀の巣のようなもじゃもじゃ頭を、五本の指でゆっくりかきまわしながら、

「それにしても犯人は、なぜ被害者を裸にしたんでしょう。ここが殺人の現場として、死体をあっちへ運んだとしても、そのとき、なぜ照子を裸にする必要があったんでしょうねえ」

「さっきの江川刑事の説明では不服ですか」

「ああ、身許をわからなくするという説ですか。しかし、それなら警部さん、わざわざ西田別荘へ運んでいくてはないと思うんです。この別荘だってそうとう広いんですから、こっちのほうへかくしたほうがよかったんじゃないですか」

「なるほど、そういえばそうですね」

と、等々力警部は探るように金田一耕助の顔を見ながら、

「そうすると、犯人が被害者の着物を剝《は》いだということが、この事件のきめてになるというわけですか」

「いや、まあ、そう断定してしまうのはまだ早いでしょうがねえ。それにしても……」

と、金田一耕助はあたりを見まわしながら、

「あの折りたたみ式の籐《とう》椅子や木彫りの小卓はどうしたのか……それにあの食卓のそばにも、木彫りの椅子がふたつほどおいてありましたよ」

「ああ、その籐の寝椅子にもそうとう血がついているはずですね」

「ついていなければならんと思うんですが……」

「よし、ひとつ探してみましょう」

しかし、階下のどこを探してもそれらの家具類は出てこなかった。ふたりは二階へあがってみたが、二階のどの押入れにもそれらしいものは見当らなかった。

「金田一先生、ひょっとするとこの家にもかくし戸棚があるんじゃないでしょうか」

「いや、ぼくもいまそれを考えていたところなんです」

「よし、それじゃひとつそのかくし戸棚というのを探してみようじゃありませんか。どっちにしてもその寝椅子は重要な証拠ですからね」

「やってみますか、なんだか宝探しみたいですね」

だが、そのかくし戸棚はなかなか見つからなかった。もっともそう簡単に見つかっては、かくし戸棚の価値はないわけだが。……

「金田一先生、これでみるとこの事件の犯人は、この別荘の構造に精通しているわけですね」

「そういうことになりますね」

「しかも、そいつが三十年以前の迷宮入り事件の犯人ということになると、これはどういうことになるんでしょうかねえ」

「さあ、それはぼくにもまだわかりませんが……」

金田一耕助はあちこちの壁や床をたたきながら、当惑したようにもじゃもじゃ頭をかきまわしている。

「金田一先生、アロハの男というのはいくつぐらいでした」

「さあ、はっきりとはわかりませんが三十四、五か、五、六……まだ四十とはいってなかったようですね」

「と、すると、そいつが三十年前の事件の犯人ということはありえないわけですね」

「まあ、そうでしょうねえ」

「いったいそいつは何者なのか。なんだってまたあなたをここへ引っ張ってきて、また忽《こつ》然《ぜん》と消えちまったのか……？」

「さあ、わかりませんねえ。いまのところこの事件、いっさいがまだ謎ですね」

「謎といえば、金田一先生、犯人はなんだって寝椅子やなんかを、こんなわかりにくいかくし戸棚のなかへかくしゃあがったか」

「あっはっは、警部さん、犯人にとってはそのかくし戸棚、そうわかりにくい場所じゃなかったんでしょう。それに管理人がときどきまわってきますからねえ。いったんしまっておいたはずの籐椅子や小卓などが出ていると、怪しまれますからな。犯人としてはここが犯罪の現場だと、しられたくなかったんじゃないでしょうか」

「と、すると、アロハの男はしってるわけですから、共犯ということになりますか」

「さあ、それもまだ……あっ、警部さん、ここが少しおかしい」

断っておくが金田一耕助と等々力警部は、以上のような会話のあいだも、抜目なくかくし戸棚をさがしていたのだ。

ふたりの考えはおなじことで、屋根裏が怪しいということになっていたのだが、さて、その屋根裏へ通ずる入口がわからなかったのだ。ところが金田一耕助がいま怪しいといったのは、女中部屋の押入れである。

女中部屋は三畳になっているが、その一畳のうえに間口一間の天袋ができていて、その天袋の襖をひらくと、蜜柑《みかん》箱や石炭箱が三ツほどつんである。箱のなかを調べると醬油《しょうゆ》の瓶や電気のヒーター、埃叩《ほこりたた》きや十能など台所の戸棚へ放っぽりだしておいても、そう差支えのなさそうな品ばかりである。

「警部さん、この押入れの天井になにか細工がしてあるんじゃないでしょうか」

「よし、あがってみましょう」

警部は箱に手をかけたが、ガラクタはガラクタなりにそうとうの重量をもっている。しかたなしに警部がなかのガラクタに手をかけようとすると、

「あっ、警部さん、ひょっとするとそこに犯人の指紋がついているかもしれません。ぼくも手伝いますから、そのままそっとおろしましょう」

ふたりがかりで蜜柑箱と石炭箱を下へおろすと、警部がすぐに天袋のうえへ這《は》いあがった。そして、天井のあちこちを調べていたが、

「金田一先生、やっぱりここらしい。ちょっと待っててください」

それはふつうの日本家屋の押入れの天井とおんなじで、横に一本桟《さん》がわたしてあり、それに天井板がならべて打ちつけてあるのだが、この天井は枠ごとそっくり外れるようになっていた。

等々力警部はそれを横へずらすと、屋根裏に首をつっこんで、ライターの光であたりを見廻《みまわ》していたが、

「ああ、金田一先生、やっぱりここです。わりに小ざっぱりしているようですから、あなたもあがっていらっしゃい」

なるほど、そこは天井のひくい屋根裏で、どこからも光線のさすところのない真っ暗な部屋だったが、周囲にも床にも天井にも、げんじゅうにトタン板が張りめぐらしてあり、さいきん掃除をしたらしく、埃のあとも見られなかった。そこに蒲団《ふとん》袋につつんだ夜具だの家具類などが、きちんと整頓《せいとん》されてつめこまれている。

「ああ、金田一先生、あの籐椅子がそうですね」

なるほど、そこに折りたたみ式の籐椅子や、木彫りの椅子や小卓などが、あまり場所をとらないように積み重ねてある。

等々力警部はその籐椅子をひらいて、ライターの光で調べていたが、

「金田一先生、ここに血を拭きとった痕跡がありますよ。これでいよいよあなたがゆうべごらんになったものが、幻想でも蜃気楼《しんきろう》でもなかったことがわかりますね。さいわい、籐の裏にも血がしみとおっていますから、こいつは床《ゆか》の血痕《けっこん》より検査するのにいっそう便利ですぜ。……えっ」

籐椅子をしらべながら勝手にべらべらしゃべっていた等々力警部は、とつぜん背後から金田一耕助に、いやというほど横っ腹を小突かれた。

「えっ？」

警部がふりかえってみると、金田一耕助が大きく眼を視《み》ひらいたまま、化石したように突っ立っている。ライターの光に浮きあがったその顔は、妙にデコボコした陰影をつくっていて、ゾーッとするほど薄気味悪かった。

「き、金田一先生、ど、どうかしましたか」

「あ、あれ……」

「えっ？」

等々力警部も金田一耕助の視線を追って、そのほうへライターをさしむけたが、そのとたん、思わず、

「ううむ！」

と、ふとい吐息を鼻からもらした。

ふたりが立っている右側に広い棚がつくってあって、そこに夜具をくるんだ蒲団袋が四

つならべて積んであるのだが、その夜具のおくから人間の足がニューッとのぞいているのだ。その足は靴下も足袋《たび》もはかない素足であった。

「警部さん、ほら」

と、金田一耕助が押し殺したような声で、

「この夜具の包み、みんな棚から外へはみだしているでしょう、それが気になったもんだから、ぼくが奥へ押したんです。そしたらなにやらぐにゃりとした手触りです。おやと思いながら、それでもなにげなく押していると、ほらあの風呂敷が棚のはしからバッサリ落ちて、あの足が出てきたわけです」

「金田一先生、いったいだれ……？」

「アロハの男……じゃないですか。ほら、拇指《おやゆび》に血がついている」

「よし、調べてみましょう」

「警部さん、できるだけ静かに……われわれがこれを見つけたってこと、まだ、だれにもしられたくありませんから……ぼく、ちょっと階下へおりてようすを見てきます。勝手口に履物を脱ぎっぱなしにしてきましたからね」

「あっ、金田一先生、それじゃわたしがいってきましょう。わたしのほうが身軽だから」

等々力警部はすばやく屋根裏から天袋へ、すべりおりて姿を消したが、しばらくすると、

「金田一先生、金田一先生」

と、押し殺したような声で階下から呼んだ。

「はあ……?」

「だれか来ました。管理人じゃないかと思うんです。いま隣りの別荘へ入っていきました。これを……」

「ああ、そう」

警部の手から二足の履物を受取ると、金田一耕助も天袋へすべりおりた。そして警部に手伝って、蜜柑箱や石炭箱をもとどおり天袋に積み重ねると、ふたりはまた屋根裏へもぐりこんだ。

警部が音のしないように、そっと天井をもとどおりに仕末をするとまもなく、さくさくと砂利を踏む音がきこえてきて、玄関の鍵《かぎ》をまわす音がした。管理人はもちろん、このあたりいったいの別荘の鍵をもっているのである。

管理人はひととおり家のなかを見てまわると、さいごに天袋の襖《ふすま》をひらいた。懐中電燈の光が天井のすきまから洩《も》れてきたとき、金田一耕助の腋《わき》の下から汗が流れた。

管理人はもちろんそこに、そのような異常が生じているとは気がつかず、そのまま天袋の襖をしめて、玄関から外へ出ていった。

その足音が遠ざかるのを待って、等々力警部がライターを鳴らした。金田一耕助と顔を見合わせたとき、警部の額にもうっすらと汗が光っていた。

「ちょっとしたスリルでしたな」

「まだ子供のじぶん、かくれん坊をしていたときのことを思い出しましたよ」

等々力警部は苦笑しながら、ハンケチで汗をぬぐうと、

「金田一先生、死体はまだ……?」

「まだハッキリ見ておりませんが、やっぱりアロハの男のようです」

「ああ、そう、それじゃ夜具をとって調べてみましょう」

「警部さん、できるだけ音を立てないように……また、だれかくるといけませんから」

「承知しました」

金田一耕助も手伝ってひとつひとつ蒲団袋をとりのけていくと、はたして棚の奥に長くなっているのはアロハの男であった。アロハの男はまだ額にシェードをつけ、サン・グラスをかけたままである。

「金田一先生、これ、なにか細紐《ほそひも》ようのもので首をしめられたんですぜ。ほら、この跡……」

金田一耕助はすすり泣くような溜《た》め息を、咽喉《のど》のおくから搾《しぼ》りだすと、はげしい怒りが肚《はら》の底からこみあげてきた。この男が生爪をはがしたがために、金田一耕助が管理人を呼びにいったのだ。もしそうでなかったら、金田一耕助がこの男と立場をかえていたかもしれないではないか。

等々力警部は指紋を消さないように、そっとハンケチでシェードとサン・グラスを外したが、そのとたん、ふたりの唇からまたかすかなおどろきの声が突っ走った。

この男がシェードをつけ、サン・グラスをかけている理由がはじめてわかった。額から

右の眉《まゆ》へかけて大きな疵跡《きずあと》が走っている。アロハの男はシェードとサン・グラスでそれをたくみにかくしていたのである。

年齢は三十四、五であろう。ボッチャリと肥って、鈍牛を思わせるような風丰《ふうぼう》である。

「金田一先生、いったいこれは何者でしょうねえ。あなたを欺いてここへつれてきたかと思うと、そのあとでこうしてむごたらしく殺されている。……いや、いや、それとも……」

と、等々力警部は当惑したように小指で小鬢《こびん》をかきながら、

「この男はたしてあなたを欺いてここへお連れしたんでしょうか。それともこの男じしんが欺《だま》されて、ここを西田別荘と思いこんでいたんじゃないでしょうか」

「警部さん、その答えはかんたんですよ。その男の右足の拇指をごらんなさい」

「えっ？」

と、等々力警部は金田一耕助の顔を見なおしたが、あいての意味ありげな微笑に気がつくと、あわててアロハの男の右足をライターで調べた。しかし、そこにはべつになんの異常も認められない。

「金田一先生、なにか……？」

「あっはっは、警部さん、お忘れになったとみえますね。ぼくはその男が右足の拇指の生爪をはがしたというので、その男にかわって管理人を呼びにいったんですよ」

「あっ！」

と、小さく口のうちで叫んで等々力警部は、もういちどライターの光で入念に、アロハの男の右足を調べた。いや、右足のみならずついでに左足も一本一本指を調べた。しかし、どこにも生爪をはがした跡はなかった。

「金田一先生、これはいったいどうしたというんです。じゃ、この男ゆうべあなたを欺いたというんですか」

「警部さん、その男の右足の拇指をよくごらんください。少し紅味がのこっているでしょう。それアルコールかなにかで血痕《けっこん》をふいた痕《あと》だろうと思うんです。ぼく、生爪のはがれたところはみませんでしたが、そこが紅く染まっているのを見たんです。ですから芝居につかう血糊《ちのり》のようなものかなんかで、ぼくの眼をあざむいたんですね」

「しかし、それはまたどうして……？」

「いや、その真の意味はまだわかりません。しかし、ぼくをここから追っぱらいたかったことはたしかですね。しかも、ぼくが管理人を呼びにいけば、管理人はほんものの西田別荘へぼくをつれていくにきまってます。ですから生爪をはがしたという芝居までしてみせて、ぼくを管理人のところへいかせたということは、この男もここがほんとうの西田別荘でないことをしっていたんでしょう」

「しかし、金田一先生、それはどういう……？」

「ですから、その真の意味はまだわかりません。ただ……」

と、金田一耕助はにこにこしながら、

「こうなるとこの男がつまずいたというあの焼石が、貴重な証拠品になってきました。あれにも血の痕らしきものがついておりますから、そいつを分析してもらうと、この男のお芝居がもっとはっきり証明されるでしょう」

「妙な事件ですな。ふたごのような別荘があるかと思うと、妙な男が妙なお芝居をしたり……しかも、お芝居をした当の本人が殺されている。……」

等々力警部はやけに小鬢をガリガリひっかいている。これがこの警部の当惑したときのくせなのである。

「ときに、警部さん、ちょっとご相談があるんですが」

「はあ」

「われわれがここで死体を発見したということ、いや、この別荘を発見したということも、当分外部にもれないようにしようじゃありませんか」

「と、おっしゃると……?」

「いや、犯人ははたして死体をこのままにしておいて、来年ここの別荘のぬしが発見するのにまかせるつもりか、それともほとぼりがさめるのを待って、どこかへかくすつもりなのか。……もし、後者とすれば犯人を捕える絶好のチャンスだと思うんですが……アロハの男の遺族には……もし遺族があるとすれば気の毒ですが」

「なるほど」

と、等々力警部はうなずいて、

「岡田君にもよくそのことをいっておきましょう。この別荘に関するかぎり、できるだけことを隠密のうちに運ぶようにって」

それからまもなく金田一耕助と等々力警部は、用心ぶかくその別荘をあとにした。

過ぎにし事件

金田一耕助と等々力警部がもとの西田別荘へひきかえしたとき、ちょうど医者の検屍《けんし》がおわったところであった。

死因はもちろん左胸部のひと突きで、それが致命傷になっていた。犯行の時刻はだいたいゆうべの八時から、九時までのあいだだろうというから、金田一耕助の目撃と一致する。この死体を発見した金田一耕助が、アロハの男にかわって管理人を呼びにいこうとしたとき、霧のなかから汽笛がきこえてきたので、なにげなく腕時計に眼を落とした金田一耕助は、八時二十七分だったのをおぼえている。そのときM原入口の踏切を通過した汽車で、等々力警部はやってきたのだ。

死体はもちろん解剖に付されることになっており、すでに救急車もきていたが、その搬出について岡田警部補と房子の主張がいま対立しているところだった。岡田警部補はすぐにも搬出したいのだが、房子はせめて武彦がかえってからと譲らなかった。

「ああ、武彦君はまだかえっていないんですか」

金田一耕助が腕時計に眼をやると、時計の針は十二時半を示している。

「はあ、あのひと、こんなこととはしらないもんですから、のんきにどこかで昼御飯でも食べてかえる気なんでしょう」

「しかし、照子さんはゆうべお友達のところへはいかれなかったはずだし、しかも、武彦君もゆうべああいう騒ぎがあったことはしってるはずなんだから、少しゃ心配してもいいはずだと思うんですが……」

「はあ、あたしもそう思うんですが、けっきょくそれも照子が悪いんですわね」

「照子さんが悪いとおっしゃると……？」

「はあ、あのひとったら、しょっちゅうひとを担いではよろこんでるようなひとだったんですの。ほら、お芝居のほうに調伏《ちょうぶく》ということばがございましょう。罪のない悪戯《いたずら》をしては、ひとをあっといわせてよろこんでいらっしゃる……照子がそれなんです。ですから照子がゆうべ郷田さんところへいっていないとわかっても、小母さん、またなにかやってらあくらいに、あのひとのんきにかまえてるんだろうと思うんです」

「ああ、そう、それじゃ武彦君がかえってくるまでに、照子さんのこと……親族関係のことやなんかについてお伺いしておきたいんですが……」

「はあ……」

　と、房子はギロリと金田一耕助の顔を見ると、ちょっとあたりを見まわして、

「それではあちらのヴェランダへまいりましょう」

　と、みずからさきに立って歩き出した。

金田一耕助は等々力警部や岡田警部補に眼くばせをして、房子のうしろからついていきながら、この姉妹のおよそ対照的な人柄を、興味ぶかく思わずにはいられなかった。

妹の照子のあふれるような魅力と愛嬌とは反対に、姉の房子はまえにもいったように、ミッション・スクールの舎監さながらに、およそ味も素っ気もない女である。体なども妹の照子が肉付きもゆたかに、まだ四十前後の若さをたもっているのに、この姉は鶴のように瘦《や》せほそって、浅ぐろい顔は象の皮膚を思わせるようにいちめんの小皺《こじわ》である。

かつては妹のマネジャーをつとめ、その妹の結婚後は家政婦として過してきたというその境遇が、こうも姉妹の人柄を対照的なものにしたのであろうか。

「さあ、どうぞ」

房子が三人を案内したのはホールの外にあるヴェランダで、そこに籐《とう》の小卓と椅子が二脚ある。房子はホールのなかから彫りのある木製の椅子をふたつ持ちだしてきた。

房子はその木彫りの椅子に腰をおろすと、姿勢をただしてまっこうから金田一耕助を視《み》すえながら、

「なんでもお訊《たず》ねくださいまし。あたしのしってる限りのことならお話しいたしますから……」

「はあ、ありがとうございます」

と、金田一耕助は遠慮なく籐椅子のひとつを占領すると、かるくひとつ頭をさげて、

「それじゃまず順序としてお訊ね申し上げますが、照子さんが銀幕から引退なすって、ご

主人と結婚なすったのは……？」

「昭和十一年のことでした」

「それ以前、あなたは妹さんのマネジャーをしていられたようですが、結婚と同時に西田家のお世話をされるようになったんですか」

「はあ、それが西田の希望でした。妹はおよそ世俗的なこと、ことに計数のほうがぜんぜん駄目でしたから」

「お子さんはいらっしゃらなかったそうですね」

「はあ」

「西田先生のお亡くなりになったのは……？」

「昭和二十六年でした」

「ご病気は……？」

「脳溢血《のういっけつ》でした」

「お年齢《とし》は？」

「亡くなったときで五十九歳でした。かぞえどしで……」

「そうすると照子さんとはいくつおちがいでした」

「十六でした」

「ああ、そう、それで西田先生は初婚でしたか」

「いいえ、二度目でした。さいしょの家内を交通事故でうしなったのです」

「それでお子さんは……?」

「ございません」

「せんの奥さんにも……?」

「はあ」

この一問一答でもわかるとおり、房子はぜったいによけいなことはいわないように、心に決めているらしい。しかも、この女ならそれで押しとおせる意志の強さをもっているにちがいない。つまりこういう訊取《ききと》りにはいちばん厄介なあいてなのである。

金田一耕助はちらと等々力警部や岡田警部補に眼をやって、

「そうすると、先生がお亡くなりになったとき、遺産の分配問題がそうとう厄介だったでしょう。甥《おい》ごさんや姪《めい》ごさんはおありなんですから」

「いいえ、西田には遺産はございませんでした」

「えっ」

と、眼を視張ったのは等々力警部である。

「故人にはぜんぜん遺産がなかったんですか」

「はあ」

「しかし、それは……」

「しかし……」

と、金田一耕助も眉《まゆ》をひそめて、

「昔の紅葉照子さんのご主人は、そうとう大きな病院を経営していらっしゃるということを、なにかで読んだ記憶があるんですが」

「はあ」

「その病院はどうしたのですか」

「いまでも渋谷《しぶや》のほうにございます」

「だれか他の人に譲られたのですか」

「いいえ、いまでも経営権は照子のものになっております」

「しかし、奥さん」

と、等々力警部はいくらか激した調子で、

「あなたはいま故人には遺産がなかったとおっしゃったが……」

「そのとおりでございます」

「しかし、病院が妹さんの名義になっているというのは……？」

「西田が生前、照子の名義に切換えたのです」

あっ！……と、いうように三人はおもわず顔を見合わせた。等々力警部はにくにくしげな眼の色で、房子の顔を凝視していたが、金田一耕助はかすかに咽喉《のど》のおくで笑い声をあげると、ペコリとかるく頭をさげて、

「わかりました。奥さん、西田先生は生前全財産を照子夫人の名義に切換えられたんですね」

と、房子は眉毛ひと筋動かさず、平然として一同の顔を見わたしている。そこにも金田一耕助は、この女の底意地悪い舎監根性に似たようなものをかんじずにはいられなかった。

「西田先生にごきょうだいは……？」

「三人いました」

「いましたとおっしゃいますと、もうお亡くなりになったんですか」

「はあ」

「先生の生前ですか。没後ですか」

「生前です」

「三人とも？」

「はあ」

「失礼ですが弟さんが何人、妹さんが何人というふうにおっしゃってくださいませんか」

「妹、弟、妹でした」

房子としては珍しく積極的な答えである。

「で、そのひとたちのお子さんは……？」

「しめて五人でございます」

「どうぞ、もう少しくわしくおっしゃってくださいませんか。どのごきょうだいにどういうお子さんがおありというふうに……」

「はあ、すぐつぎの妹が外交官にとつぎまして、子供が三人ございます。そのつぎの弟の子供が武彦さん、下の妹の娘が容子さんでございます」

「うえの妹さんの三人のお子さんはいまどちらに……？」

「ひとりはアメリカ。ひとりは九州、いまひとりは死亡しました。子供のころ……」

「ああ、そう、そうすると、げんざい東京にいらっしゃるのは武彦君と容子さんだけですね」

「はあ」

「おふたりはもうご結婚を……？」

「いいえ、ふたりともまだ独身でございます」

「容子さんは雑誌社にいらっしゃるようですが、武彦君は……？」

「いちじ高校の先生をしていたんですけれど……」

「いまは？」

「はあ、文学をやりたいなどと申しまして……」

「ああ、そう、いずれにしても照子さんに日常接触している近親者といえば、武彦君と容子さん、このおふたりきりなんですか」

「はあ、はあ、そういうことでしょう」

「ところで、奥さん」

と、金田一耕助は注意ぶかく房子の顔を見まもりながら、

「ひょっとしたらあなたは、額からこちらの眉へかけて、大きな傷跡のある人物……そうですねえ、年頃からいえば三十五、六で、ぼっちゃりと小肥りにふとった人物……そういう男にお心当りはありませんか」

「はあ」

と、房子がはじめて、感情らしいものを外にあらわしたところをみると、彼女はその男に心当りがあるらしい。

「そのひとがどうかしたとおっしゃるんですか」

「いえ、まあ、お心当りがあったら聞かせていただきたいんですが……」

「はあ、あの、それは杉山平太さんじゃありませんか、額から眉に傷跡のあるひとといえば……」

「その杉山平太さんというのはどういう人物なんですか」

「昔、照子が映画界で活躍していたじぶん、お世話になった杉山忠雄先生のお子さん、遺児でいらっしゃいますわね」

「そのひと、いまなにをしているんですか」

「さあ、なんといって……まあ、いろんなことをしていらっしゃるようです。お気の毒になにをなすってもうまくいかないふうで……」

「そのひと、ちょくちょく妹さんのところへいらっしゃるんですか」

「はあ、無心やなんかに……」

「照子さんはそのひとを怖れてるとか、避けたがってるとかいうふうは見えませんでしたか」

「まあ」

と、房子は金田一耕助の顔を見直して、

「とんでもない。平ちゃん……あたしども平ちゃんと称《よ》んでるんですけれど、平ちゃんというひとは、罪のない、まあ、お坊っちゃんなんですね。ですからなにをやっても成功しないんですけれど、妹にとっては恩人の息子さんですし、いえ、それよりも妹はあのひとが好きだったんです。少くとも武彦さんや容子さんよりは……しかし、平ちゃん、いえ、杉山さんがなにか……？」

「いや、それよりもねえ、奥さん」

と、金田一耕助は射すくめるように房子の浅ぐろい顔を見て、

「妹さんはちかごろなにかに、怯《おび》えてるというようなふうは見えませんでしたか。生命の危険にさらされていらっしゃるというような……」

等々力警部もなにかを探りだそうとするかのように、きっと房子の顔を凝視していたが、そのおもてに現れたのはただもう茫然《ぼうぜん》自失しているという表情で、

「それがいっこうに……あのひとはいつものんきで朗らかで、屈託のないひとですから……」

「きのうなんかはどうでした？　お友達のところへいくといってお出掛になるときなんか

「いいえ、べつに……いつもとちっともかわってはおりませんでした。いえ、なんだかとても楽しそうでしたけれど……」

金田一耕助は等々力警部とちらと眼くばせをかわすと、

「それじゃ、奥さん、さいごにもうひとつ、かんじんなことをお訊《たず》ねしたいんですが、妹さんが映画界にいらしたじぶん、妹さんの身辺に殺人事件が起こって、その事件がいまだに迷宮入りをしているって……そういう事件になにかお心当りがおありですか」

「まあ！」

と、房子は大きく眼を視張《みは》って、金田一耕助と等々力警部を見くらべたが、その顔色はいかにも不思議そうである。

「いったい、それはどういうことなんです？　どうしてまたそんな突っ拍子もないことを……？」

「いいえ、まずお答えくださいませんか。紅葉照子さんが映画界で活躍していらしたころ、その身辺にいまもって迷宮入りをしている事件が起こったかどうかということを……」

房子は呆《あき》れたように金田一耕助の顔を視すえていたが、やがて憤然としたように瞼《まぶた》を染めて、

「いいえ、あたしの記憶しているかぎり、そういう事実はございませんでした。しかも……」

「しかも……？」

「はあ、当時あたしはあのひとのマネジャーをしておりました。出るにも入るにもあたしはあのひととといっしょだったのです。ですからそういう事件があったとしたら、あたしが憶《おぼ》えていないはずはございません。しかし……」

と、房子は気づかわしそうな顔をして、

「どうしてまた、そんな突飛なことをおっしゃるんでしょうか。だれかがそんなことを……？」

と、そこまでいってから気がついたように、急に体をまえに乗りだすと、

「金田一先生、それじゃゆうべあなたがいらしたのは、そのことだったのでございましょうか。容子さんがなにかそんなことを……」

「はあ」

と、金田一耕助は悩ましげな眼でうなずきながら、

「容子さんのご用というのはこうでした。照子さんはちかごろこちらで、死んだことになっているその迷宮事件の犯人にはからずも出会った。それについてご相談申し上げたいことがあると、そういう妹さんの使いでこられたのです」

「金田一先生！」

岡田警部補にとってはこのことは初耳だったのである。さっきから呆れたような顔をして、ふたりの一問一答をメモしていた警部補が、おどろいたように声をかけたが、ちょう

どそこへ武彦があわただしい足どりでかえってきた。

スリに遭った男

「川島さん！」

武彦はヴェランダにいる房子の姿を見つけると、つかつかと大股《おおまた》に庭をまわってきて、

「伯母さんが……」

と、きびしい眼をして房子をにらんだが、そこにいる金田一耕助に気がつくと、

「金田一先生、伯母さんはやっぱりほんとうに殺されていたんですって？」

武彦の眼は血走って頬が蒼白《あおじろ》い怒りにふるえている。

文学が志望だというこの青年は、感情を制御するすべをしらないのだろうか。房子を見る眼に露骨な疑惑が、憎悪と敵意とともにほとばしっている。それほどたくましいというのではないが、いかにも強靭《きょうじん》そうな体をしている。

「いや、どうも……」

それにしても、この青年の顔を見たとたん、等々力警部の瞳《ひとみ》にうかんだおやというような表情を、金田一耕助は不思議に思いながら、

「ゆうべはぼくがうかつでした。こんなことなら昨夜、もっと入念に調査させていただくべきでした。ところで……」

と、ダスター・コートをひっかけた武彦の姿を見まわしながら、

「あなたいままでどちらに……？　Sヶ滝の郷田さんのところへいかれたそうですが……」

「そ、それですよ、それがじつに馬鹿にしてるんです」

武彦はまた露骨な疑惑を視線にこめて、房子のほうへ投げつけると、

「ぼく、郷田さんの別荘ははじめてなんです。それでも川島さん」

と、房子のほうへ顎《あご》をしゃくって、

「このひとに教えられたとおり、たずねたずねていったんです。ずいぶんわかりにくいところでした。ところがいってみるとどこもかしこもぴったりしまってるんです。あきらかにもう東京へひきあげたあとなんです」

「もう東京へ引き揚げたあと……？」

岡田警部補の眼にも猜疑《さいぎ》のいろが急にふかくなってくる。

「ええ、そうなんです、でも、ぼくそんなはずはないがと思って、なんどもなんども家のまわりをまわって歩きました。郷田さんや伯母さんの名前を呼びながら……そしたらそこへ御用聞きがとおりかかって、郷田さんなら一週間ほどまえに引き揚げたというんです。ぼく、なんだか馬鹿らしくなったもんだから、ぶらぶらとNまで歩いたんです。腹がへったもんですから、Nの蕎麦屋《そばや》へ入ったんです。蕎麦屋のキンちゃん顔馴染《なじ》みだもんだから、どちらへ……？　これこれこういうわけだというと、キンちゃん、それやおかしい、郷田さんが引き揚げたのはおたくの奥さん、伯母さんのことですね、伯母さんしってるはずだ

というんです。伯母さんがしってたらこの川島さんだってしらぬはずはないと思うんです」

「いいえ、あたしはしりませんでしたよ」

房子は一同の視線がじぶんに集まっているのに気がつくと、浅黒い顔がいっそう浅黒く紫色になった。

「それに照子はゆうべたしかに郷田さんのところへ、お別れにいってくるといって出掛けましたよ」

「変だなあ。伯母さん、気でもちがったのかしら。だあれもいない別荘へお別れにいくなんて……」

わざと聞こえよがしに呟《つぶや》くと、にわかにあたりを見まわして、

「それはそうと伯母さんの死体は……？」

「ああ、わたしが案内しましょう」

と、武彦のあとからついてきた友井刑事がそばから嘴《くちばし》を入れた。

「ああ、ちょっと、武彦君」

と、友井刑事のあとについていこうとする武彦を、岡田警部補が背後から呼びとめて、

「死体はすぐ解剖にまわしたいと思うのだが、君、承知してくれるだろうねえ。こちらの奥さん、君がかえるまでといってわれわれを制《と》めていたんだが……」

「ああ、そう」

と、武彦はむこうに待っている救急車に眼を走らせると、肩をすくめて、

「いいでしょう。ぼくに制《と》める権利はない」

友井刑事のあとについて灌木《かんぼく》のなかへもぐっていく、武彦のうしろすがたを見送りながら、房子は茫然《ぼうぜん》たる顔色である。

「奥さん」

と、金田一耕助はさぐるようにその顔色を視ながら、

「妹さんはほんとうに郷田さんへいくって出掛けたんですか」

「はい、たしかそう申しました」

「ここから自動車で……？」

「いいえ、あの、それが……うちには電話がございませんでしょう。藤原さんのところまで借りにいかなければなりません。あいにく富士子……女中もいなかったもんですから、あたしが呼びにいこうと申しますと、M原の入口でバスに乗るからいいって申しまして……」

「何時ごろでした。それは……？」

「七時……ちょっとまえでしたでしょうか」

「七時ごろというとこのへん、もうそうとう霧がまいてたんじゃありませんか」

「はあ、それですから、あしたにしたらってあたしも制めたんですけれど、この霧がいいのよなんて申しまして……」

「この霧がいいのよってのはどういう意味でしょうか」

「さあ……まあ、詩的でいいという意味でしょうか。あのひと、いつまでたっても文学少女みたいなところがございましたから」

「奥さん、きのういちにちの照子さんの行動についてお話しねがえんでしょうか。江馬容子さんはいつこちらへこられたんです」

「おとついの晩でした。きのうの土曜ときょうの日曜と二日がかりで荷造りをして、あすの月曜日に引き揚げるつもりでした。ところがきのうは朝から容子をつれて、ゴルフへいってしまったんです。これがこの夏さいごのゴルフ……」

と、そこまでいってから急に房子は怯《おび》えたような眼の色になり、金田一耕助の顔を強く視《み》すえながら、

「金田一先生!」

と、ひそめた声に語気をつよめて、

「照子はゴルフ場でだれかに会ったのでは……?」

「なにか変ったごようすでも……?」

「そういえば十二時過ぎにゴルフ場からかえってくると、食事もそこそこにじぶんの部屋へひきさがってしまいました。それから容子さんを呼んでなにやらひそひそ相談をしていたようですが、容子さんはそれからすぐに出掛けていったんです。まさか金田一先生のところへいったとはしりませんでしたが……、しかし、ねえ、金田一先生」

「はあ」

「照子がゴルフ場でだれに会ったのかしりませんが、もし、先生がさっきおっしゃったような重大な事件でしたら、あのひとなにをおいてもあたしに相談したと思うんです。あたしとってもそんなこと信じられませんけれど……」

「その容子さんの留守中に雑誌社から電報がきたんですね」

「はあ、スグカエレって……それであのひと四時何分かの汽車でNを発っていったんです」

「武彦君はゆうべここへやってくる予定になっていたんですか。ゆうべあのひとがきたとき、あなたちょっと驚いてらしたようですが……」

「はあ、あのひとがきてくれるとは思ってなかったもんですから……でも、考えてみればくるのが当然かもしれませんわね」

「と、おっしゃるのは……？」

「あのひと、容子さんがここにいると思いこんでたんでしょう」

「と、いうことはふたり仲好しだということですか」

「とんでもない」

　と、房子は意地悪そうに唇をねじまげて、

「仲がいいはずないじゃございませんか。ライヴァルですもの……」

「ライヴァルとおっしゃると……？」

「ほっほっほ、金田一先生はおひとが悪いんですのね。それだからこそ西田は生前、全財産を照子の名義に切換えたんですのよ」

金田一耕助は思わず等々力警部や岡田警部補と顔を見合わせて、

「なるほど、仲がいいから追っかけてきたんじゃなく、ライヴァルだから、伯母さまのごきげんとりにおくれをとってはたいへんと……」

「まあ、そういうところでしょうねえ。ああ、そうそう、容子さんもこんややってくるでしょう。藤原さんに頼んで電報打っておいてもらいましたから。やってきたら金田一先生ごじしんで観察してください」

ふたりに対する房子の眼には、かなり意地悪いものがあるようだ。

「ときに、奥さん、あなたについてまだお訊《たず》ねするひまがなかったんですが、あなた川島さんとおっしゃるんですね」

「はあ、あたし昔、小学校の先生をしておりましたじぶん、同僚の川島と結婚しました。この川島というひとが教育家のくせに、芸能方面のことに興味をもっておりまして、ってを求めて照子を東洋キネマに入れたんです。そしたら思いがけなく照子が売出したもんですから、川島は学校をやめて照子のマネジャーをやっておりました。その後、川島が亡くなったものですから、あたしがマネジャーの役をひきついだようなわけで、こんにちまでこうしてつづいてきたわけなんですの」

「お子さんは……?」

「ひとりあったんですけれど亡くなりました」

「いっ……？」

「戦争で……沖縄で戦死したんです」

鋼のような強靭《きょうじん》さを思わせるこの婦人も、さすがに声をくもらせて睫《まつげ》をふせたが、そこへ武彦が針のようにとがった眼をしてかえってきて、

「金田一先生！」

と、ちょっと嚙《か》みつきそうな調子である。

「犯人はいったいなんだって伯母を裸にしてしまったんです。伯母の着ていたものはいったいどうしたんです」

「いや、それを、いまみなさんが捜索中なんですがねえ」

武彦はヴェランダへあがろうとはせず、そこらじゅうを歩きまわりながら、

「それにしても変だなあ」

と、しきりに小首をかしげている。

「変だとおっしゃると……？」

「いえ、ちょっと……」

「武彦さん」

と、そばから岡田警部補がことばをはさんで、

「気がついたことがあったら、なんでもおっしゃってくださいませんか。どんな些細《ささい》なこ

とでも……また、あなたごじしんの眼からみれば、どんなくだらないと思われることでも……」

「はあ、いや、ちょっと……」

と、武彦はちょっとためらったのち、

「そうそう、金田一先生」

「はあ」

「ゆうべのあなたのお話では、伯母は友禅浴衣《ゆかた》のようなものを着ていたとおっしゃいましたね」

「はあ、たしかそう見えましたが……」

「それがぼくには不思議なんです」

「不思議とおっしゃると……？」

「はあ」

と、武彦はちらと房子のほうへ眼を走らせてすぐ反《そ》らすと、

「伯母というひとはとてもおしゃれなんです。おしゃれというより見栄坊なんです。それにエチケットもわきまえてます。郷田さんとこを訪問するのに……それもお別れのご挨拶《あいさつ》にいくというのに、そんななりでいくというのが、どうもぼくには……」

「武彦さん！」

と、房子は鋭い声をかけてすっくと椅子から立ちあがった。木彫りの椅子がヴェランダ

のうえではげしくきしった。

「あなたそれをどういう意味でいってらっしゃるんです」

「どういう意味ってぼくはただじぶんの感じたままをいってるんです。あの伯母さんが浴衣がけでひとを訪問するひとかどうか、伯母さんをしってるぐらいのひとならだれでも不思議がりますよ」

房子ははげしい口調でなにかいおうとしたが、じぶんを視つめている一同の視線に気がつくと、椅子をきしらせて腰をおとした。なにかしら茫然《ぼうぜん》とした表情がそこにあった。

当然、ちょっと気拙《きまず》い空気になったのを、金田一耕助が救うように空咳《からぜき》をすると、

「武彦さん」

「はあ」

「あなたがゆうべここへお着きになったのは九時半ごろのことでしたが、やっぱり八時三十分N着の汽車でいらしたんですか」

「はあ……」

と、武彦はさぐるように金田一耕助を見て、

「しかし、やっぱりとおっしゃるのは……？」

「ああ、いや、ここにいらっしゃる警部さん……警視庁の等々力警部ですがね。このひとがやっぱりゆうべの八時三十分の汽車でやってきたんです」

「あっ！」

と、武彦は等々力警部の顔を見ると、小さくおどろきの声をあげて、

「ああ、これはこれは……あなた警視庁のかたでしたか。ゆうべはいろいろお世話になりました」

「ああ、いや、とんだ災難でしたね」

と、等々力警部は真正面から武彦の顔を凝視しながら、しかし、にこりともしなかった。

「警部さん、あなた武彦君をご存じですか」

「ああ、いやね。こちらゆうべ汽車のなかでスリにあわれたんだ。それで、まあ、わたしがでしゃばったというわけです」

「スリに……？」

と、金田一耕助は眉《まゆ》をひそめて、

「スリがつかまったんですか」

「いや、スリは高崎で降りたんです。ぼくそのあとで気がついたんですよ。高崎のプラットへ入るまえ、三等車からきたやつがデッキでぼくにぶつかって、あわてて降りていったんです。そのときすぐに気がつけばよかったのを、汽車が高崎を出てから気がついたんですね。それで車掌に話をしていると、こちらが口を出してくだすったんです。あとで高崎に連絡をとってもらったんですけれど、ぼくの名刺の入っていた紙入れが、高崎のプラット・フォームに落ちていたそうですよ」

「それはまた災難でしたね」

「はあ、切符はべつにもっていたからよかったものの……すっからかんになってしまったもんですから、駅からここまで歩いたんですが、近道をしようと思ってS道のほうをとおったらゆうべの霧で、すっかり道に迷ってしまったんです」

「ああ、それじゃあなたはゆうべ杉山平太君が、こちらへきていることはご存じなかったわけですね」

「えっ？　平ちゃんがこちらに……？」

房子もはっとしたらしかったが、無言のまま探るように金田一耕助の顔を見ている。

「はあ、ゆうべもお話したアロハの男ですがね、けさからこの奥さんといろいろ話をしていたんですが、結局、被害者にとっては恩人の遺児、杉山平太君じゃないかということになったんです。ああ、そうそう」

と、金田一耕助は思い出したように岡田警部補をふりかえり、

「主任さん」

「はあ」

「これはまだあなたには申し上げてなかったんですけれど、杉山平太君は右の拇指《おやゆび》の生爪をはがしてるんです。ですからおそらく跛《びっこ》をひいてるでしょう。そのつもりで手配りしてください」

金田一耕助はそこで腕時計に眼を落とすと、

「ああ、もう一時半だ。警部さん、ホテルへかえって食事をしてこようじゃありませんか。

主任さん、あなたは……？」

「はあ、わたしもこれから死体といっしょにK病院へいって、解剖の手つづきをしなければなりません」

「ああ、そう、それじゃそこまでごいっしょしましょう」

救急車が死体を収容しているあいだに、金田一耕助は岡田警部補の耳にささやいた。

「主任さん、公道へ出るまでにぼくがある石にたばこの吸殻を投げます。その石をだれにもしれないようにひそかに持ちかえって、その石の表面についている血痕《けっこん》を分析してください」

「えっ？」

「わけはいずれあとで話します。それからここの別荘のひとたち、おそらくどこへも出ますまいが、もし出たら尾行してください。それも尾行しているということが、ハッキリあいてにわかるような方法で……」

岡田警部補はさぐるように金田一耕助の顔を見ていたが、やがてかるく頭をさげると、

「承知しました。ご協力を感謝いたします」

ゴルフ場にて

江馬容子が東京からやってきたという電話で、金田一耕助と等々力警部が、ふたたびM原の西田別荘を訪れたのは、その日の夕方の六時ごろのことだった。

高原の秋は日がみじかく、六時半といえばもうそろそろ薄暗くなりかけていたが、こんやはゆうべとちがって霧もなく、道に迷うようなこともなかった。

表札の立っているところで自動車をすて、金田一耕助と等々力警部がポーチにむかって歩いていくと、例によってジュピターがけたたましく吠《ほ》えたてた。別荘の周囲にはまだそうとう私服が捜査をしているようである。

「やあ、けさほどはご苦労さま」

金田一耕助と等々力警部がポーチへあがっていくと、岡田警部補が玄関わきのガラス戸を開いてむかえた。

見ると十二畳じきほどのホールのなかには、もう電燈がついており、房子と武彦はホールの一隅に附属している食堂で、むかいあって食事をとっていた。房子の足下には例によってジュピターがいて、房子の制止でやっと吠えるのをやめたところだった。

江馬容子はもう食事をおわったのか、それとも食事をとる気になれないのか、ホールの中央にあるテーブルにいて、肱《ひじ》で額をささえていたが、金田一耕助のすがたをみると、はっと瞳《ひとみ》をふるわせた。

おなじテーブルに友井刑事がいて、訊取《ききと》りの準備をととのえている。

「金田一先生」

と、武彦は食事をおわったのか食卓から腰をうかして、

「容子ちゃんからお話をお聞きになるのに、ぼくたちがここにいちゃいけないんでしょう

ね。座を外しましょうか」

「ああ、ちょっと」

と、金田一耕助はかるくそれを制すると、

「そのまえにちょっとお訊きしたいことがあるんですが……じつはきょう昼間、訊きもらしたことなんですが……」

「さあ、さあ、どうぞ。どんなことでも……」

「いや、じつはゆうべのことですがね。そこにいらっしゃる奥さんのお話によると、おふたりとも十二時ごろまで照子さんを待っていられて、それから、諦《あきら》めて床へお入りになったということですが、それからのち、あなたなにか変ったことに気がおつきでは……？」

「ああ、そうそう、そういえば一時半ごろでした。ジュピターが、吠える声に眼をさまして、いちど階下へおりてきたんです。ひょっとすると、伯母がかえってきたんじゃないかと思って……そのとき、川島さんを起こしてみたんですが、ちょうど寝入りばなだったとみえて返事がありませんでした。それで、ぼくジュピターをなだめて二階へいったんです。それきりべつに変ったことはなかったようです」

「ジュピターはいつもどこにいるんですか」

「さあ、いつもはどうかしりませんが、ゆうべはこのホールにいましたよ。ここで吠えられちゃ二階で寝ているもんはたまりませんからね」

「川島さん、ジュピターはいつもどこで……？」

「はあ、毎晩、このホールに寝かせます。なんといっても女ばかりですから、照子がそういうふうにしつけたんです」

　房子はあいかわらず舎監のような口のききかたである。

「ところで、武彦さん、あなた川島さんに声をかけたが返事がなかったので、そのまま二階へあがっていかれたとおっしゃいましたが、それじゃ川島さんの姿をごらんになったわけじゃないんですね」

「もちろん」

　と、武彦は苦笑して、

「いかに川島さんがお年寄りでも、真夜中にご婦人の寝室をのぞくわけにはいきませんからね」

「ああ、そう、いや、ありがとうございました。それじゃ……」

　房子はいまの一問一答にたいして、なにかいいたいことがありそうだったが、思いなおしたようにそのままホールを出ていった。いうと弁解になると思ったのだろう。

「いや、どうも失礼しました」

　と、金田一耕助は江馬容子の席をしめているテーブルへ椅子をひきよせると、

「それじゃ、主任さんのご質問にたいして快く答えてあげてください」

「いや、いや、金田一先生」

　と、岡田警部補は手をふって、

「それは先生におまかせします。先生のほうがいろいろ予備知識をもっておいでなんですから」

「ああ、そう、それでは……」

と、金田一耕助はかるくうけて、

「それじゃ、江馬さん、失礼ながらぼくの質問に答えてください」

「はあ。どうぞ」

と、容子はさむざむと肩をすぼめて小さく答えた。

「こんなこと申し上げるまでもないことですが、さぞびっくりなすったでしょうねえ」

「はあ、それはもちろん」

「あなたはいずれ早晩、こういうことが起こるだろうということを予期していましたか」

「とんでもない！」

と、容子はつよく打ち消したが、すぐまたしょんぼりと力を落として、

「しかし、いまから考えると、そんなふうに軽く見ていたことが、伯母にたいする愛情や思いやりに、欠けていたからではないかと、じぶんでじぶんを責めております」

「すると、きのうの話、あなたごじしんとしては半信半疑だったというわけですね」

「はあ、ときどきとっぴなことをいいだしたり、しでかしたり……ちょっと永遠の童女といったふうなところのあったひとでしたから、こんどのことも、また、なにかじぶんでとっぴな幻想をつくりあげたのではないかと……でも、そんなふうに考えたのがいけなかっ

たのでした。いまから思えばきのうの伯母は、いつもとちがっておりましたのに、それに気がついてあげなかったことにたいして、あたしはどんなにじぶんを責めても責めたりないように思います」

容子の眼はかわいていたけれど、その眼は針のようにとがってうわずって、痛ましい悔恨がくろぐろと眼のふちを染めている。両手が引裂くようにハンケチをもんでいた。

「ああ、そう、それじゃきのうのことについて聞かせてください。あなたは一昨日の晩、こちらへこられたんですね」

「はあ、八時三十分N着の汽車でした」

「ああ、そう、それじゃゆうべ武彦君がやってきた臨時列車ですね」

「さようでございますか。あたし武彦さんがいつきたのか聞いておりませんけれど……」

容子のことばはごくさりげなく吐きだされたけれど、ちらと金田一耕助のほうへ投げた視線には、つつみきれない疑惑の影がある。

「ああ、そう、それでは一昨夜こちらへ到着されてから、きのうここをお立ちになるまでのあいだのできごとを、できるだけ詳しく話してください。あなたきのう四時何分かの汽車でこちらをお立ちになったとか……」

「はあ、四時五十分N発の『白山《はくさん》』でした。Kさんのご家族と上野までごいっしょでした」

Kさんというのは著名な作家で、やはりこの高原に別荘をもっている人物である。

「ああ、そう、それじゃおとついの晩からそれまでのできごとで、伯母さんに関係のあることなら、なんでも聞かせていただきたいんですが……」

「承知しました」

と、容子はハンケチをまさぐりながら、考えをまとめるように、しばらく虚空に瞳《ひとみ》をすえていたが、やがて思いつくままにボツリボツリと語りだした。

「おとついの晩、あたしども、伯母とあたしはいっしょにお風呂《ふろ》へ入りました。その風呂のなかであしたゴルフにつきあってほしいと伯母がいいます。あたしゴルフはできませんし、それにこんどは遊びにきたのではなく、引き揚げのお手伝いにきたのですから、それを申しますと、いや、ここでは話せないことがある。それをあしたゴルフ場できいてもらいたいのだとそう申します。いまから思えばそのときすでに、伯母はそうとう昂奮《こうふん》していたようですけれど、あたしはそれを、てっきり川島さんのことだとばかり思っていたものですから……」

「川島さんのこと……？」

と、金田一耕助はちらと等々力警部や岡田警部補に眼くばせをして、

「川島さんのことで、なにか、伯母さまが昂奮なさるような理由がおありなんですか」

「いえ、あの、それは……」

と、容子はちょっと狼狽《ろうばい》したように、

「あたしの思いすごしでございました。その翌日、ゴルフ場で伯母さまから聞いた話は、

ぜんぜん川島さんと関係のないことでしたから……」

「ああ、そう、じゃゴルフ場の話からさきにお伺いしましょう」

「はあ」

と、容子はまたとがりきった瞳を宙にすえ、しばらく考えをまとめているふうだったが、やがてハンケチをまさぐりながら語りだした。

「あたしどもがゴルフ場へついたのは朝の九時ごろでした。クラブ・ハウスにはもう伯母さまのご懇意なかたが三、四人いらっしゃいまして、まもなく伯母さまはそれらのかたとコースへおいでになりました。あたしはひとりでクラブ・ハウスで待っていたんです。あたしながいことそこに待っていました。こんなことなら別荘にいて、荷造りでもしていたほうがよかったんじゃないかと思ったりして……十一時半ごろ、伯母さまとごいっしょに、コースをおまわりになったかたがかえっていらっしゃいましたが、伯母さまのお姿は見えません。お聞きしてみますと、伯母さまはどなたか識合《しりあ》いのかたに出遭ったとかで、コースの途中で棄権したということでした。それから半時間ほどして、伯母さまがむこうからかえっていらっしゃいましたが、まるでだれかに追っかけられてでもいるようなごようすでした。おや、どうしたのかしらと思っておりますと、うしろから男のひとが追っかけてまいります。はっとしてようすを見ておりますと、男のひとは途中で、クラブ・ハウスに気がついたらしく、そのまま踵《きびす》をかえしてむこうへいってしまいました。このことはそのときクラブ・ハウスにいらしたみなさんも、よく憶《おぼ》えていらっしゃると思います」

容子はそこでクラブ・ハウスにいたひとびとの名前をあげたが、それはいずれも知名なひとびとばかりだった。

「それで、追っかけてきた男というのがどれくらいの年頃の、どういう人相風態の人物だったか憶えていますか」

「さあ、それがそうとう距離がございましたし、それにとっさのことでございましたので……、真っ赤なセーターを着て、鳥打帽をかぶっていたように憶えておりますけれど……」

「と、いうことはまだ年若い男だと……？」

と、容子は強く首を左右にふって、

「いいえ」

「あたしの感じたところでは、その反対にそうとうお年齢《とし》をめしたかたじゃないかと……うしろ姿や歩きかたなどが若いひとのようじゃなく、なんだかよたよたというような感じでしたから」

「伯母さんはその男についてなにか……？」

「いいえ、そのときはなんにも申しませんでした。クラブ・ハウスへかえってきたとき、呼吸をハアハアいわせながら、お顔の色もまっさおで、みなさんの視線を避けるようにしていらっしゃいました。そして、あたしどもクラブ・ハウスで昼食をしたためてかえるつもりだったんですけれど、伯母さまがすぐにかえろうといいだしたんですの」

「三十年まえの殺人事件のお話が出たのは、その帰途のことなんですね」

「はあ、伯母はわざと自動車をよばずに歩いてかえろうと申します。クラブ・ハウスの入口からここまで歩いて、三十分とちょっとかかります。そのあいだに伯母が話してくれたのが、きのう金田一先生に申し上げたとおりのお話なんですの」

容子はそこでもういちど、きのうPホテルではなした話をくりかえしたが、それはひどく漠然として取りとめのないことにかけては、きのう話したときとおなじだった。

「それで三十年前に死んだと思われていた男というのが、すなわちゴルフ場で追っかけてきた、赤いセーターの男だというんですか」

「あたしもそれは訊《たず》ねてみました。しかし、伯母の返事はあいまいで、そうでもあり、そうでもなしというところで、あたしにももうひとつよくわかりませんでした」

「伯母さんはコースの途中で識合いに出会ったので、棄権したとおっしゃったが、そのとき出会った識合いというのが、赤いセーターの男なんでしょうか」

「さあ、それはあたし伺っておりませんが、たぶんそうだと思います」

「それじゃ、そのとき伯母さんの組にいたひとに聞けばわかりますね。恐れ入りますがもういちどお名前をどうぞ」

容子があげた三人の有名人のなかには、きのう容子とおなじ汽車でNから発ったという作家のK氏もいた。

「なるほど、それであなたはこちらへかえって、昼食をすましてからぼくのところへきたんですね」

「そして、ぼくのところからかえってくると、社から電報がきていたので、四時五十分N発の汽車で東京へかえったというわけですね」

「はあ」

「そのとき伯母さんはあなたが東京へかえるのを、引きとめやしませんでしたか」

「もちろん、いちおうは引止めました。しかし、金田一先生がいらっしゃるということで安心したんでしょうか、それほど強くはとめなかったんです」

「あなたゆうべ、武彦君がこちらへくるということをご存じでしたか」

「いいえ、ぜんぜん」

と、容子は言葉に力をこめて、

「さっきこちらへきてみたら、あのひとがいるのでびっくりしたくらいです」

と、なにか訴えるような眼をして金田一耕助を視《み》ていたが、どうしたわけか急に顔から血の気がひくと、容子はたゆとうように視線をそらした。

「あなた、杉山平太君をご存じでしょうねえ」

「はあ、存じておりますが……」

と、ふたたび金田一耕助のほうへもどした容子の視線には、ふしぎそうな色がうかんでいる。

「その杉山平太君がゆうべこちらへきていたのを、あなたご存じじゃありませんか」

「まあ、あのひとがこちらにきていたんですって？」

「ああ、あなたはまだゆうべのことを聞いていないんですね。ゆうべぼくがここで死体を発見したといういきさつを……」

「いいえ、まだ……」

「武彦君は話してくれませんでしたか」

「いいえ」

と、容子は瞼《まぶた》に朱を走らせると、妙に言葉に力をこめて、

「あのひとはいつだってあたしにむかって、まともな口のききかたをしたことはございません。おひゃらかすか、あてこするか、そういう口のききかたしかしないひとです。きっとあたしを軽蔑《けいべつ》しているんでしょう。あたしも……あたしもあのひとを軽蔑してますの」

女というものは、いや、女のみならず人間というものは、じぶんの言葉に酔うて昂奮《こうふん》していくばあいがあるが、いまの容子がそれだった。そのとき尻上《しりあが》りに高く疳《かん》走った容子の言葉は、二階にいる武彦がもし耳をすましていたら、筒抜けにきこえたことにちがいない。

「ああ、そう、それじゃあとで川島さんにでもお聞きになってください。ああ、そうそう」

と、金田一耕助は思いだしたように、

「川島さんといえば、あのひとと照子さんとのあいだになにかあったんですか、わだかま

りのようなものが……」

金田一耕助の質問に容子ははっと怯《おび》えたような視線を、ホールのドアのほうへ投げると、むしょうにハンケチをまさぐっている。そのハンケチをまさぐる指が痙攣《けいれん》するようにふるえているところをみると、彼女はじぶんの心とたたかっているのだ。それをいおうかいうまいかと。……

一同は無言のまま容子の顔色を見まもっていたが、彼女はとうとうそれをいいたいという誘惑に、うちかつことができなかった。

「おふたりはとても仲のよいごきょうだいでした。お互いがお互いによりそうようにして、長年やってこられたのです。しかし、それほど仲のよいきょうだいでも、やっぱりおカネのことになると話はべつらしいんですのね」

「なにかそういうことでトラブルでもあったのですか」

「はあ、それと申しますのが、伯母というひとはほんとうに無邪気で天真爛漫《らんまん》で、赤ん坊の魂をもったままおとなになったようなひとです。いいえ、そういうふうにひとから見られ、たしかにそういう一面のあるひとでしたが、その反面、おカネのことになるととてもこまかいのです。ところが川島さんというひとの身分、地位というのがまことに微妙で不安定にできております。それも伯父の生きているあいだはようございました。伯父はそういう方面、つまり経済的な方面では伯母よりも川島さんのほうを信頼していました。だから伯父が生きているうちは、川島さんにもそれほどの不安はなかったんですが、伯父が亡くなるとあのひとも考えだしたんじゃないでしょうか。万一の場合のことを……」

「万一の場合とおっしゃると……？」

「伯母はまだ若いんですからね。再婚ということだって考えられますわね」

金田一耕助は等々力警部と眼くばせすると、

「なにか最近そういう話が……」

「いいえ、いまのところまだなさそうです。少くともあたしのしっている限りでは……でも、伯母はあんなに若くてきれいなんですから、いつそんな話にならないとは限りませんわね。ことにあのひとは淋《さび》しがり屋さんなんですから」

「なるほど、なるほど、それで……？」

「はあ、それで川島さんもそういう場合にそなえて、じぶんでも財産をもっていたかったんじゃないでしょうか。以前はそんなことゆめにも考えない、それこそ妹にたいして献身的なひとだったんですが、どう魔がさしたのか、この春、伯母の金でこっそり株に手を出したところが、それが大穴をあけたらしく、それが伯母にわかってそうとうモメたようでした。それ以来、もうひとつしっくりいかなかったようですわね」

容子の訊取《ききと》りからしりえたことはだいたい以上のとおりで、そのあと岡田警部補や友井刑事から、いろいろ質問が出たことはいうまでもないが、ここに付加えるほどのことはなかった。

「金田一先生、これはいったいどういう事件なんです」

その夜の十時。K署の会議室ではいま紅葉照子の殺害事件について、真剣な捜査会議がひらかれている。

こういう事件が起こるということは、この高原の避暑地にとっては、たいへん大きなマイナスである。だからK署は極度に緊張していて、日曜日にもかかわらず全員非常召集をうけている。署長の長田氏などもN市へ出向いていたのが急遽《きゅうきょ》かえってきて、いまこの捜査会議を主宰しているのである。

長田署長はデスクから体を乗りだして、

「先生はゆうべ西田家の別荘へいかれて、ポーチの外から西田照子の死体をごらんになった。ところがそれから二、三十分ののち引返していかれると死体はどこにもなく、照子の姉がそんな馬鹿なことがと頑強に否定したので、先生もうちの連中もうやむやのうちに引退がってしまった。……と、いうのがゆうべのいきさつなんですね」

「そうです、そうです」

と、金田一耕助はもじゃもじゃ頭をかきまわしながら、

「あのとき、もうひと押しもふた押しもすべきだったかもしれません。少しあっさり引退がりすぎたようです」

「いや、いや、それはともかくとして、けさになって西田照子の死体が発見され、しかも殺害の推定時刻というのが先生が死体をごらんになったのと、だいたいおなじ時刻とすると、やっぱり房子というのが臭いんじゃないですか。岡田君の話によると動機もりっぱにあるようだし……」

「つまりきょうだい喧嘩《げんか》のすえに、房子がかっとして照子を殺した。そこへわたしどもがやってきたので、房子はどこかへかくれていたが、さいわいわれわれが立ち去ったので、そのあとで房子が死体をかくした……と、こうおっしゃるんですね」

「はあ、ただその場合、床に血痕《けっこん》か、あるいは血痕を拭《ふ》きとったあとがないのがおかしいといえばいえるが、それとても血が垂れてからすぐ拭きとったとしたら……？」

「いや、ところがわたしが目撃したときの血の状態じゃ、どんなにていねいに拭きとったとしても、多少は痕跡《こんせき》がのこったはずだと思うんです。それともうひとつ納得のいかないところがあるんですよ」

「もうひとつ納得がいかないところとおっしゃると……」

「あのコリーです。ジュピターという名の犬なんですがね」

「犬がどうかしたんですか」

「いや、ゆうべからけさへかけて、ぼくはたびたび経験したんですが、あの犬、ひとがくるたびにはげしく吠《ほ》え立てるんです。ところがゆうべぼくとアロハの男が、あの別荘へちかよっていったとき、犬の吠える声はいちども聞こえなかったんですよ。だから房子はどこかへかくれていたとしても、犬はどうしていたんでしょう。犬を黙らせておくということは、ちょっとむつかしいと思うんですがね」

長田署長は無言のまま探るように金田一耕助の顔を見ていたが、

「金田一先生、それについてあなたのお考えは……？　いや、等々力君」

「はあ」

「金田一先生はなにかもう、有力な証拠をにぎっていられるんじゃないんですか。どうも先生のお顔色からそう思われるんだが……」

「あっはっは」

と、等々力警部は咽喉《のど》のおくで笑うと、

「さすがは署長さん、お察しがいいですな。先生、すでに動かしがたい切札をつかんでいらっしゃる」

「ああ、やっぱり……」

と、その席につらなった連中はきっとばかりに緊張した。もっともなかには半信半疑の顔色で、このもっさりとした、もじゃもじゃ頭の探偵さんの顔を、見直すものもないではなかったが……

「で、その切札とおっしゃるのは……？」

「いや、まあ、待ちたまえ」

と、岡田警部補が乗りだすのを、等々力警部はかるくおさえて、

「その切札というのを、じつはわたしもしってるんです。しかし、わたしにはいまのところ、それをどう解釈してよいのかよくわからない。ところがこの先生ときたらその切札が、真実切札であるかどうかはっきりとした確信がもてるまでは、絶対にお話しにならないんだな。たとえあいてがわたしであっても。つまり、それがこの先生のやりかたで、その切札の周囲を十分固めてからでないと、手のうちを見せられないんですね。だから、たぶんこれから証拠固めをされるおつもりなんでしょう。ひとつみなさんで先生の質問に答えてあげてください。先生、ひとつおはじめになったらいかがですか」

「はあ……」

と、金田一耕助はいささかてれ気味で、さっきからしきりにもじゃもじゃ頭をかきまわしていたが、等々力警部にうながされると、やっと五本の指の運動をやすめて、

「ええと、江川刑事はまだおかえりにならないようですが、それじゃボツボツはじめましょうか。友井さん」

「はあ」

「あなた、きのうの朝、被害者といっしょにゴルフ・コースをまわったひとたちを当ってこられたはずですが、その結果をお訊《き》きしたいんですが……」

「承知しました」

と、友井刑事は手帳をひらくと、

「さっきクラブ・ハウスへいってたしかめてきたんですが、きのう被害者とコースをまわ

ったのは、作家のK氏と弁護士のS氏、それからお医者さんの奥さんのFさん、この三人ですが、このうちのKさんとSさんはもう東京へかえっていました。ところがさいわいFさんだけがまだこちらにいられたので、いま会ってきたところです。さて、その奥さんのお話によると……」

と、友井刑事はメモを繰りながら、

「被害者が赤いセーターの男に会ったのは、第五ホールだったそうです。会ったといってもバッタリ面と面とぶつかったわけではなく、むこうの林のなかにその男がいて、被害者を手招きしたというんです。それをさいしょに見つけたのはFさんの奥さんで、それをほかのひとたちに注意すると、被害者の顔色が急にかわったそうです。そして憤ったようにそっちのほうへいったそうですが、すぐ引返してきて、識合《しりあ》いのものがやってきたからきょうはこれで棄権するって、そのまま赤いセーターの男とむこうへいっちまったそうです。つまり、その男がのちに被害者をクラブ・ハウスのそばまで追っかけてきたわけですね」

「で、その男の年かっこうやなんかは……？」

「あ、それなんですが、Fさんの奥さんもそうまぢかにみたわけじゃないんですが、鳥打帽の下から白髪がもじゃもじゃはみだしていたところといい、まえかがみの姿勢がちょっと猫背だったところといい、そうとうの年齢《とし》じゃなかったかといってるんですが……」

「で、その男、ゴルフ場の客じゃなかったのかね」

と、そばから口をはさんだのは長田署長だ。

「どうもそうじゃなかったらしいと、Fさんの奥さんはいってるんですがね。どっからかまぎれこんできたんじゃないかって……」

「と、すると、そいつが三十年まえの迷宮入り事件の犯人というわけかな」

と、長田署長はしぶい顔色だが、

「と、まあ、そういうことになりそうですから、ひとつそいつの足跡を洗ってみようと思ってるんです」

と、若い友井刑事は緊張していた。

「ところで、友井さん」

と、金田一耕助は気のない調子で、

「あなた西田家の表札から指紋を検出してくださいましたか」

「ああ、鑑識のほうでやってもらいました」

と、友井刑事は指紋写真を取りだすと、

「これがそうなんですが、まだだれのものともわかりません。大きさからいって男のものらしく、しかもごくさいきんついた指紋らしいといってるんですが……」

「ああ、そう」

と、金田一耕助がうなずくのを、長田署長がまた探るように顔を見ながら、

「金田一先生、あなたなにかこの指紋について……？」

「はあ、……いや、なに、いまにその指紋のぬしもわかるのじゃないかと思うんです」

いる。

「と、おっしゃると……？」
と、長田署長が斬りこむところへ、
「いや、どうもおそくなりまして……」
と、江川刑事がかえってきた。刑事はかたわらに風呂敷《ふろしき》づつみのようなものをかかえて
「ああ、いや、杉山平太という男の宿泊さきを調べていたんです。宿泊さきはYが崎のバンガ
ローです」
「江川君、君はどこへ……？」
「はあ」
「やっぱりあなたのご想像どおり本名で宿をとってましたよ。金田一先生」
江川刑事の説明によるとそのバンガローというのは、三坪ぐらいのごくかんたんな、一
戸建てで一種の簡易宿泊所みたいになっており、むろん食事はぜんぶ外食である。
「ところが管理人の話によると、杉山平太は金曜日の夕方やってきて、日曜日の晩までと
いう約束でそこを借りているんです。そして、土曜日の朝……つまりきのうの朝どこかへ
出掛けたが、昼過ぎにかえってきて、それからひと寝入りしていたらしい。それが夕方ご
ろまた出掛けたが、それっきりいまもってかえらない。しかし、鍵《かぎ》を返しにこないところ
をみると、まだこのKのどこかにいるんだろう……と、そう管理人はいうんです。それで
……」

「ふむ、ふむ、それで……」

江川刑事の口吻《くちぶ》りがなんとなく異様に熱をおびてきたので、長田署長をはじめとして一同はおもわず体を乗りだした。

「はあ、それで管理人にたのんでバンガローのなかを調べさせてもらったんです。そしたら、ベッドのそばのテーブルのうえに、小さなボストン・バッグがあったので、それを開いてみたら、なかに下着類や洗面用具などが入ってましたが、そのなかからこんなものがでてきたんですよ」

と、風呂敷づつみを開いて江川刑事がとりだしたものをみて、一同はおもわず大きく眼を視張《みは》った。

真っ赤なセーターが一枚にマドロス・パイプ、ほかに白髪のかつらに、ちょうど口のまわりをふちどるようにできている、これまた白髪のつけひげがひとつ。

一同はしばらく唖然《あぜん》として、この奇妙な掘出しものを眺めていた。だれもそれについて意見を述べるものはなかったが、さっきから横眼で金田一耕助の顔色をうかがっていた長田署長は、そこにうかんだ微妙な微笑をとらえると、

「金田一先生」

と、まるで斬りこむような口調で、

「これはいったいどういうんです。杉山平太といえば被害者紅葉照子の恩人のわすれがたみで、しかもあなたを西田家の別荘へ案内したきり、姿をくらましている男のことなんで

しょう」

「その男がしかし、なんだってつけひげやかつらを持っているんです」

「はあ」

「いや、署長さん、ぼくもまさか杉山の平ちゃんが、三十年まえの事件の犯人の役まで演じていたとは気がつきませんでしたが。しかし、考えてみると、それでこそ万事辻褄《つじつま》があうというもんですね」

「辻褄があうとおっしゃると……?」

「いや、そのまえに岡田さん、あなたあの焼石についていた血痕《けっこん》……あるいは血痕らしきものについて鑑定してくだすったでしょうね」

「はあ、じつはさっきからそれを申し上げようと思っていたんですが……」

と、岡田警部補はポケットからメモを取り出すと、

「ここに鑑識からまわってきた鑑定書がありますが、金田一先生、あれや血じゃないそうですよ。ここにむつかしい化学方程式が出ておりますが、これを要するにあの斑点《はんてん》は、芝居やなんかに使用する血糊《ちのり》……いわゆる糊紅というやつだそうです。金田一先生、いったいこれは……?」

「糊紅……?」

と、長田署長はまた眼を視張ったが、金田一耕助はうれしそうににこにこしながら、

「ああ、そう、いや、ありがとうございました。これでだいたいぼくの論理の裏付けもで

きたようです」

　と、金田一耕助はペコリとひとつ頭をさげると、長田署長のほうへ向きなおって、

「ねえ、署長さん、ここにかつらとつけひげがある。そして、事件のなかに糊紅が用いられている。しかも、被害者はもと映画女優で最近も、テレビやなんかに出ているという芝居気たっぷりな女性なんです。これでだいたい道具立てはそろったじゃありませんか」

「道具立てがそろったとおっしゃいますと……？」

「はあ、警部さん」

　と、金田一耕助は等々力警部をふりかえると、

「ひとつあなたから説明してあげてくださいませんか。きょうのわれわれの発見を……」

「承知しました」

　等々力警部はさすがに緊張に胸をそらした。テーブルを取りかこんでいる一座のひとびとを見まわすと、大きく呼吸を吸いこんだのち、

「あらかじめ申し上げておきますが、金田一先生は当分このことを秘密にしておいたほうがよかろう、外部へもれないようにしておいたほうがいいだろうというご意見ですから、みなさんもそのおつもりで話をきいていただきたいんですが……」

　と、等々力警部はそこでもういちど大きく深呼吸をすると、

「じつはわれわれ……と、いうより金田一先生はあのM原の別荘地帯のなかで、もうひとつ他殺死体を発見なすったんです」

等々力警部はそこで、おのれの発言の効果をたしかめるように言葉を切ったが、その効果がかれの期待以上だったことはいうまでもない。

署長をはじめ一同唖然《あぜん》としたように、しばらく言葉もなかったが、つぎのしゅんかん会議室は蜂の巣をつついたような騒ぎになった。

「どこで……？」

「だれが……？」

「どうして……？」

と、脈絡のない質問がまるで火箭《かせん》のように飛び交うて、部屋のなかは騒然たる空気につつまれた。

等々力警部はその騒ぎがおさまるのを待って、

「じゃ、まず被害者のことからさきに申し上げましょう。それからあとで金田一先生がいかにしてその死体を発見なすったか、そのいきさつを説明することにいたしましょう。被害者はアロハの男……即《すなわ》ち、杉山平太らしいのですが、その死体がいまどこにあるかというと……」

と、けさがた死体を発見したてんまつを語ってきかせると、一同の昂奮《こうふん》はいよいよおさえにくいものに爆発した。

くちぐちに喧《わめ》き立て、質問の雨を降らすのを長田署長が両手で制して、

「金田一先生」

と、昂奮にふるえる声をおさえながら、

「それが事実とすると容易ならぬ事件ですが、そうすると被害者紅葉照子は西田家の別荘で殺されたのではなく、西田家の別荘とふたごのようによく似た別荘、萩原家の別荘で殺されたとおっしゃるんですか」

「はあ、これはもういちどよく調査していただかなければなりませんが、少くともぼくがさいしょ杉山平太君につれていかれた別荘は、西田家の別荘じゃなく、萩原家の別荘だったんじゃないかと思うんです。このことは……」

と、友井刑事をふりかえり、

「あとで杉山平太君の死体から指紋をとって、西田家の表札についている指紋と照合してみてください。それが一致していれば、わたしの申し上げることが正しいということになりましょう」

「なるほど、そうすると、先生」

と、岡田警部補も身を乗りだして、

「杉山平太は西田家の表札をひっこ抜いて、西田家とふたごのようによく似た、萩原家の別荘の表に立てておいた。そして、そちらのほうへ先生を案内したが、はからずもそこに紅葉照子が殺されているのを発見し、生爪をはがしたようなふりをして、あなたをその場から追っ払い、そのまに逃げようとしたところを、また犯人にやられたというわけですか」

「いや、それはそうではないでしょうね」

「そうじゃないとおっしゃると……？」

「いやね、岡田さん、杉山の平ちゃんは糊紅というものをちゃんと用意していたんですよ。と、いうことは生爪をはがすということも、予定の行動だったということになりますね。と、すると萩原家の別荘に紅葉照子の死体……あるいは死体らしきものがあるということも、杉山平太君はあらかじめしってたんじゃないかと思うんです」

「金田一先生」

と、そばから嘴《くちばし》をはさんだのは等々力警部である。等々力警部にもまだ金田一耕助がなにを考えているか、よくわかっていないのである。

「それはいったいどういう意味ですか。杉山平太はなんだって、死体があることをしっていて、あなたをあの別荘へつれていったというんですか」

「いや、警部さん、ぼくははっきり死体とはいっておりませんよ。死体……あるいは死体らしきものと申し上げているんですが……」

「金田一先生、それはいったいどういう意味です」

と、もどかしそうにテーブルのうえから乗りだしたのは長田署長である。

「われわれみたいに頭の鈍いもんには、先生のおっしゃることはよくわからんが……」

「いや、失礼しました」

と、金田一耕助はペコリとかるく頭をさげると、

「いえね、署長さん、ほんとをいうとこれから申し上げることは、いちおう萩原家の別荘をよく調査していただいて……つまり、ホールの床や籐《とう》椅子に付着している血痕を、よく分析していただいてから申し上げるべきことだと思うんです。しかし、そうするとわれわれがすでにあの別荘に眼をつけていることを、犯人にしられるおそれがあります。それじゃ拙《まず》いんじゃないかと思うので、ここで思い切って申し上げるのですが、したがってわたしがここで申し上げることは、なんら科学的な根拠のない、ひとつの大胆な臆測《おくそく》というか仮説というか、まあ、わたしの放言だと思ってお聞きください」

　金田一耕助は好奇にみちた一同の視線を満身に浴びて、いささかてれかげんでしきりにもじゃもじゃ頭をかきまわしながら、

「江川さん」

　と、江川刑事のほうをふりかえった。

「はあ、はあ……」

　と、江川刑事は緊張してかたくなっている。

「あなたはけさ、被害者紅葉照子が腰のもの一枚の裸であったのを、犯人が着衣から身許がしれることをおそれて、剝《は》ぎとったのだろうとおっしゃいましたが、こうなってくると、お説の根拠がうすくなってくると思いませんか。それならばなにも西田別荘まで運んでこずとも、萩原別荘のどこかへかくしておいたほうがいいのですから……」

「はあ、それは先生のおっしゃるとおりです。現場がほかにあるとすれば……」

「では、それにもかかわらず犯人は、なぜ照子を裸にしたのでしょう。なぜ照子の着ていた浴衣《ゆかた》をかくしてしまったのでしょう」

「金田一先生」

と、等々力警部はきびしい顔色で、

「あなたはけさもそのことをいってらしたが、なにかそれに重大な意味があるんですか」

「はあ、いや、ですから……」

と、金田一耕助はまたてれながら、

「これからぼくの申し上げることを、ぼくの放言として聞いていただきたいのですが……つまり、ぼくが……いや、ぼくとアロハの平ちゃんがのぞいたときの西田照子は死体じゃなかった。あの浴衣を染めていた血糊《ちのり》らしきものは、ほんとうは血でもなんでもなく、杉山平太君がぼくを欺いたとおなじ糊紅じゃなかったか……」

一同はしばらく唖然として、金田一耕助を視《み》つめていたが、さすがに等々力警部はさとりがはやかった。

「金田一先生！」

と、息をはずませて、

「それじゃこんどのこと……つまり三十年まえの迷宮入り事件の犯人云々ということは、紅葉照子のお芝居だったとおっしゃるんですか」

「警部さん」

と、金田一耕助はいくらか顔を赧《あか》くして、

「紅葉照子がスクリーンで活躍していたころ、ぼくは郷里から東京へ出てきて、神田《かんだ》の下宿でゴロゴロしていた不良学生だったと思ってください。当時ぼくは紅葉照子嬢のファンでした。あのあどけなく、無邪気な紅葉照子嬢がスクリーンのうえから投げかける一顰《いっぴん》一笑に、にきび面のぼくは胸をときめかしていたんです。しかも、後年こういう稼業をえらぶぼくのことですから、当時からすでに犯罪事件に多大の興味をもっていました。そのぼくにして、きのう江馬容子嬢のもちこんできたような迷宮入り事件に、かいもく思いあたるところがないのです。また姉の房子女史もいってましたね。そんな事件は絶対になかったと。……しかも、きのうゴルフ場で照子女史をおびやかしたと思われる人物が、杉山平太君の変装だったとしたら、これはもう紅葉照子女史の、罪ないたずらだったとしか思えないじゃありませんか」

「しかし、金田一先生」

と、長田署長は渋面をきびしくして、

「紅葉照子はなんだってそんな馬鹿なことを……」

「余興だったんじゃないですか。K高原シーズン掉尾《とうび》のエンターテーンメント。メイ探偵金田一耕助先生、みごと紅葉照子女史のペテンにひっかかって、K警察署をさわがせる……いい話の種じゃありませんか」

「金田一先生」

と、ここでも等々力警部は覚《さと》りがはやく、

「つまり、紅葉照子の計画はこうだったとおっしゃるんですね。ありもしない三十年まえの迷宮入り事件をデッチあげ、あなたをM原へおびきよせる。そして、杉山平太に命をふくめて、あなたをわざと萩原家の別荘へ案内させ、照子が殺されているがごとき情景をみせつける。そして、あなたが警官を案内して、ほんものの西田家の別荘へかけつけてみると、そこにはなにも起こっていない……」

「そうそう、おまけに殺されたはずの照子女史がしゃあしゃあと現れ、あら、金田一先生、あなた夢でもごらんになったんじゃございません？　てな寸法でいくつもりだったんじゃないでしょうかねえ。紅葉照子というひとはそういう悪戯《いたずら》が好きだったそうですからね」

「しかし、金田一先生」

と、長田署長はきびしい渋面をいよいよきびしくして、

「紅葉照子はじっさい殺されてるんですよ。しかも、杉山平太まで殺されているとすると、これはどういうことになるんです」

と、詰問するような調子である。

「犯人に乗じられたんじゃないでしょうか。狼と少年の話とおなじです。狼がきた、狼がきたと人騒がせをすることに興味をもっていた少年が、三度目にほんとうに狼がきたときには、だれもそれを信用せず、あわれや少年は狼の餌食《えじき》になってしまった。……イソップのあの話によく似ていますね。紅葉照子女史には狼少年的嗜好《しこう》があった。そこを巧みに犯

人がついたとしたらどうでしょう。ぼくが目撃した時刻に紅葉照子女史がほんとうに死んでいたと信じられたら、その時刻にこのK高原にいなかった人物……いや、いようにもいることができなかったとハッキリ証明できる人物には、絶対に疑惑はかからない……ただし、例によってこれはぼくの放言だと思ってくださいよ」

とつぜん、等々力警部の眉《まゆ》が大きくつりあがった。

「金田一先生！」

と、なにかいおうとするのを、金田一耕助はあわててさえぎると、

「警部さん、あなたはなにもおっしゃっちゃいけません。ぼくはシリツ探偵ですからかってなことをホザきますが、あなたは目下休暇中にしろ現職の警官でいらっしゃいますからね」

「金田一先生」

と、岡田警部補はやっとじぶんの感情を制御できたような声を、咽喉《のど》のおくから搾りだすと、

「これはいったいどういう手をうったらいいんですか。犯人をとっちめるにはどういう……」

「それなんですよ、主任さん」

と、金田一耕助は悩ましげな眼をして、

「いままで申し上げたことはみんなぼくの臆測《おくそく》にすぎんのです。ひょっとしたら西田照子

はやっぱりぼくが目撃したとき、しんじつ殺されていたのかもしれん」

「しかし、金田一先生」

と、等々力警部は胸を張って、

「それなら萩原家のホームの床や、あの籐椅子《とう》についている血痕らしきものを鑑定させたら……狡猾《こうかつ》な犯人は、西田照子の血によってカモフラージしているかもしれませんが、そのなかから糊紅が検出されるはずだと思うんですが……」

「もちろんそれはやっていただかなければなりません。ぼくの虚栄心を満足させるためにもね。しかし、いまの段階でそれをやっていると、犯人に逃げられる心配がありゃしませんか」

「金田一先生、それなんですが、なにかそれについていい方法は……?」

「いいえね、主任さん」

と、金田一耕助はいよいよ悩ましげな眼をして、

「きょうも警部さんと話したんですが、犯人はいつまであそこへ杉山平太君の死体をおきっぱなしにしておくのか、来年萩原家のひとたちに発見されるまでそのままにしておくのか、それともほとぼりがさめたところで、どこかへ埋めてしまうつもりじゃないかと……署長さんはそれをどう思います」

「それや、もちろん、早晩どこかへ埋めてしまうつもりでしょうねえ。しかし、そのときまで待つというのは……?」

「だから、きょうぼくは罠《わな》をかけておいたつもりなんですが、その罠に犯人がひっかかってくれるかどうか……」

「罠とおっしゃると……？」

「いえね、署長さん、犯人にとっては、被害者がお芝居をやっていたということをしられるのがいちばん怖いんです。それがわかるとじぶんのアリバイが破れるわけですし、それだからこそ、それをしってる杉山平太君もついでに殺してしまったんですからね」

「はあはあ、それで……？」

「ところが、その犯人も杉山平太君がぼくを追っ払う口実として、生爪を剝《は》がしたというお芝居をやったことをしらなかったらしい。友井さんも江川さんも……」

「はあ、はあ」

「ぼくはそれを西田家の別荘で話しましたねえ」

「ええ、伺いました」

と、何気なく答える友井刑事のあとから、江川刑事が眼を光らせて、

「しかし、友井君、そのときにゃまだあの男、西田家の別荘へきちゃいなかったぜ。あの男がやってきたのは、先生のそのお話があってからあとのことだったよ。先生、それで……」

「はあ、ですから、いま萩原家の別荘の、かくし戸棚のなかにある杉山平太君の死体は、生爪が剝がされていないんです」

あっ！　と、いうような叫びが一同の唇からもれ、

「ああ、それで先生はあの焼石についているシミを、糊紅じゃないかとにらまれたんですね」

と、岡田警部補は溜《た》め息ついた。

「そうです、そうです」

金田一耕助はてれたような微笑をうかべて、

「しかし、このことは犯人にとっては致命的なエラーですよ。それからひいてこのぼくが、紅葉照子のやったことが、すべて狼来るじゃないかとカンぐったわけですからね。しかも、その犯人はまだわれわれが、杉山平太君の死体を発見したことをしっていない。と、すると、そのまえに過ちを是正しておこうという気にならないとも限らないと思うんです」

「金田一先生」

と、江川刑事は呼吸をはずませ、

「それじゃ、やっこさん、萩原家の別荘へ生爪を剝がしにやってくるとおっしゃるんですか」

「そんな場合がないとも限りませんね。犯人にとってはできるだけ、萩原別荘の存在はしられたくないでしょう。しかし、それ以上に犯人にとって怖いのは、紅葉照子と杉山平太君のやったことが、お芝居であったということをしられることとです。だからそれを取繕うためならば、死体が発見されるまえに、どんな冒険でもおかそうという気になるんじゃな

いでしょうか。しかも、われわれはまだ萩原別荘の存在に、気がついていないということになっている。……」

「しかし、金田一先生」

と、友井刑事が眉《まゆ》をしかめて、

「いまここで生爪を剝がしたとしても、綿密に屍体《したい》を検査すれば、生前に剝がされたものか、死後剝がされたものかすぐわかりますぜ」

「それじゃ、こうすればどうでしょう。指ごと斬り落としてしまっておいたら……それだって、生爪の剝がされていない死体をのこしておくより、安全じゃないでしょうかねえ」

なるほど……と、いうように友井刑事も納得した。

「ところで、金田一先生」

と、こんどは署長が乗りだして、

「その萩原別荘というのはどういうんです。どうして西田家の別荘と瓜ふたつの別荘があるんです」

「署長さん、それはぼくにもまだわかりません。房子女史に聞けばわかるかもしれませんし、管理人の藤原などもしっているかもしれません。しかし、いまそのことを持出すのはちょっと拙いんじゃないかと思ったんです。しかし、犯人としてはそのことに気づかれるまえに、過ちを是正しておきたいでしょうから、かなりことを急ぐんじゃないでしょうか」

「岡田君」

と、署長はちょっと色をかえて、

「ここでこうしてていいのかい。こういうまにも犯人が……」

「いや、署長さん、それは大丈夫です。金田一先生のご注意で、有吉君と工藤君をのこしてきましたから……」

「ときに、金田一先生」

と、等々力警部がきびしい顔で、

「被害者じしんがお膳《ぜん》立てをしておいたとしても、犯人の計画がこんなにうまくいったというのは、だれか犯人に通報する人間があったんでしょうねえ」

それにたいして金田一耕助はながいこと返事をしなかった。署長をはじめ一同は無言のまま、その顔を注視しながら返事を待っている。

だいぶんしばらくたってから、金田一耕助はまた悩ましげな眼をして溜め息をついた。

「警部さん、これまたぼくの放言だと思ってくださいよ。ぼくに大胆な放言を許していただけるならば、夕方の四時五十分にN駅を出る白山は、おなじ晩の八時三十分にN駅へつく下り列車より、一時間以上もはやく高崎へ着きます。高崎の停車時間は五分以上ありますから、プラットへ出て、あらかじめ打合せておいたどこか秘密の場所へ、通信文をかくしておくということだって、できないことはないと思うんです」

「そうだ、あいつは高崎で弁当をかいにプラットへ出たといっていた。……しかも、そのついでにスリ騒ぎを偽装して、じぶんがあの列車に乗ってたってことを印象づけようとしたんだな」

「そうすると、金田一先生」

と、岡田警部補はまた昂奮《こうふん》して、

「あの女も共犯者なんですか。房子の話によるとあまり仲が好くなかったといってましたが……」

「べつに仲が好いという必要はないんじゃないでしょうか。合従連衡《がっしょうれんこう》の故事をひっぱりだすまでもなく、利害さえ一致すれば、日頃仲の好くない連中だって協同歩調をとるばあいがありますからね。それにこの方法はかなり安全だと考えられたんでしょう。なぜならばふたりの被害者のお芝居が失敗して、金田一耕助にそのカラクリを看破されたらしい形勢があれば、計画を中止して、またの機会をねらえばよいのですからね。ところがこんどのばあいは金田一先生、あさはかにも、まんまとトリックにひっかかって、紅葉照子の偽装死体を本物の死体と思いこんだらしい。しからば……と、いうわけで決行したんだと思うんですがいかがでしょう」

だれもそれに異議をはさむものはなく、密度の濃い沈黙が会議室のなかを占領していた。

金田一耕助はとつぜん椅子をきしらせて立ちあがると、

「警部さん、もう十二時ですよ。あとはみなさんにおまかせして、われわれはそろそろ引き揚げようじゃありませんか」

「ああ、そう」

等々力警部が立ちあがるのを待って、

「それじゃこれで……岡田さん、成功を祈ります」

金田一耕助はペコリとひとつ、もじゃもじゃ頭を一同にむかってさげると、合《あい》トンビを肩からひっかけ、飄々《ひょうひょう》として部屋から出ていった。

もう高原の秋の夜は、合トンビなしでは肌寒さをおぼえるほどの気候になっていた。

蛇　足

ここで蛇足を付加えるならば、金田一耕助と等々力警部は、そのつぎの朝の汽車でK高原を引き揚げた。

これは等々力警部の勤務の関係もあり、予定の行動でもあったが、金田一耕助にとっては、三十年前の迷宮入り事件というのを調査してみたいという口実もあった。

犯人……あるいは犯人たちはまんまとその手に乗ったのである。

月曜日の夜……と、いうよりは火曜日の朝の二時頃、萩原別荘のかくし戸棚へ忍びこんだ犯人が、杉山平太の右の足首……金田一耕助の考えていたように指だけではなかった……を切断しようとするところを張込んでいたふたり、江川刑事と友井刑事に取り押えられた。

犯人はいうまでもなく西田武彦だったが、そのときかなりの格闘が演じられたそうである。なにしろ場所がせまいかくし戸棚のなかのことだから、ふたり対ひとりという量的優勢もあまりものをいわなかったらしい。

　ことに真っ暗がりのなかの格闘だから、江川刑事のごときは武彦のもっていた兇器《きょうき》のために、数か所におよぶ負傷をしたが、そのうちの一か所のごときはそうとう重傷だったということである。

　武彦と容子の犯行はだいたい金田一耕助が臆測《おくそく》したとおりだった。悪戯《いたずら》好きな照子の虚栄心を煽《あお》って、ああいうお芝居の筋をかいたのは武彦だった。そして、それをたくみに照子にもちかけたのが容子だった。むろん、この計画はこんど容子がやってきて、はじめてたてられたものではなく、先週の週末に容子がやってきたとき吹きこんでおいたものである。

　あとでわかったところでは、さいしょの計画では、金田一耕助は筋書きのなかに入っていなかったそうである。目撃者としてはもっと平凡で無害な人間をえらぶつもりだったらしい。

　金田一耕助をこのお芝居のなかに抱きこもうと考えたのは照子だった。一週間のあいだ子供のようにこの計画を練りに練っていたらしい照子が、たまたま新聞でかれがこちらに滞在中であることをしって、にわかに大役をふることにきめたのだそうだが、それに同意したところに犯人たちの致命的なエラーがうまれた。

　万事の手筈《てはず》をきめた江馬容子は、四時五十分N発の白山でK高原をはなれた。そして、金田一耕助が臆測したとおり、高崎のプラット・フォームの屑籠《くずかご》へ、万事O・Kのむねの通信文を投げこんでおいたのである。

それから一時間あまりののち下り列車で高崎へついた武彦は、屑籠のなかの通信文を読んで計画がうまくいっていることをしった。

八時三十分Nへ着くと、その足でかれは萩原家の別荘へ直行した。そこでは照子が子供のようにはしゃいでいた。この無邪気な狼少年は、いまほんものの狼が牙《きば》をといでいるとは気がつかなかったのである。

このお芝居のためにわざわざ東京から呼びよせられた杉山平太も、無事に大役をおえてほっとしているところだった。かれは焼石と表札を西田家の別荘へもっていって、それで万事がおわったのである。

そうだ、このお芝居の役がおわったばかりではなく、かれの人生も万事おわってしまったのである。

管理人の藤原にこのお芝居を感付かれないためには、持ち出した家具類をもとのかくし戸棚にかえしておかなければならなかった。武彦もそれを手伝った。そして、全部の家具をしまいおわったところで武彦が、うしろから細紐《ほそひも》で平太の首をしめたのである。あのかくし戸棚のなかのことだった。

むろん、そこにはちょっとした物音がしたであろう。しかし、ホールで待っていた照子は、まさかそんな大それた犯罪が、じぶんの身辺で演じられたとは気がつかなかった。しゃあしゃあとしてかくし戸棚からおりてきた武彦は、あの無邪気で子供のような伯母を刺したのである。

武彦の言葉の調子から察すると、それはいとも無雑作で、事務的な殺人だったらしい。武彦はその死体を大きなビニールのシーツでくるんだ。あのかくし戸棚のなかには、ビニールの大きなシーツが何枚も用意してあった。そうしてその死体を西田家の別荘の裏山へはこんだのだが、こういうときに探偵小説の知識が役に立つ。兇器を抜かずにそのままにしておくと、案外血が溢《あふ》れないものだということを、武彦は探偵小説によってしっていたのである。

こうして三十年まえの迷宮入り事件の犯人の、犯罪発覚防止殺人事件をつくりあげておいて武彦は、なにくわぬ顔をして西田家の別荘へやってきたのだ。

「それにしても、岡田さん」

事件がかたづいたのち、東京へわざわざ礼にきた岡田警部補にむかって金田一耕助が質問した。

「あのふたごのような別荘ですがね。あれにはなにか仔細《しさい》があるんですか」

それは同席していた等々力警部にとってもしりたい問題だった。

「ああ、あれ」

と、岡田警部補はこともなげに、

「あれにはべつにふかい仔細ってほどのことはないんです。西田別荘ができたのは昭和十二年だそうです。ところがその翌年西田博士の友人の清水とかいうひとが、ひと夏あの別荘を借りて住んだんですね。そしたらすっかりあの素朴な表構えが気にいって、翌年、おなじM原に別荘を建てるとき、表構えだけはそっくりそのままうつしたんだそうです。はあ、啄木鳥《きつつき》のつついた穴までですね。但《ただ》し、こちらのほうは奥さんが日本趣味で、畳の部屋もほしいというところから、表のポーチやホール以外はすっかりちがっているわけです」

「しかし、それを房子はしらなかったのかね」

「いや、ところが終戦後、清水なにがしからいまの萩原なにがしにあの別荘が売られたんですね。それで房子もすっかり疎遠になって、ついうっかりしていたといってましたがね」

しばらく三人は黙りこくって、おもいおもいの思案をあたためていたが、だいぶんたってから岡田警部補がやりきれないような溜《た》め息をついて、

「それにしてもいまどきのわかいもんは怖いですねえ」

「怖いとおっしゃると……?」

「いえね。万事を告白したあとで武彦はこういうんです。容子は馬鹿だ。なんとかして伯母の血をとり、西田別荘のホールの床へなすくりつけておいてくれりゃよかったんだ。そして、そのうえにマットでもかぶせてゴマ化しておいてくれたら、だれも萩原別荘の存在に気がつかず、まんまと房子のやつに罪をきせられたのに……とね」

「はあ、はあ、なるほど」

「ところが、それを容子につたえたんですね。そしたら容子のいわくに、そんなことをしたら血の乾きぐあいでかえって嘘がばれちまう。じぶんこそ杉山平太を殺すまえになぜもっとよく調査しておかなかったのか。杉山平太の生爪さえ剝がしておいたら、こんなことにならなかったのに……あの男こそ馬鹿も馬鹿も大馬鹿だって、地団駄ふんでくやしがるんですよ。いやはや、あの連中、人を殺すことを寄せ算か引き算みたいに、ごく事務的に割切ってるとしか思えませんねえ」

金田一耕助も等々力警部もそれにたいしてなんの意見も加えなかったが、ちかごろの犯罪には、たぶんにその傾向があることをふたりとも認めずにはいられなかった。

解説

探偵小説には名探偵がつきものであった。デュパン、ルコック、ホームズ、ルレタビーユ、ソーンダイク、ブラウン神父、アブナー伯父、フレンチ警部、ポアロ、リングローズ、ヴァンス、クイーン、H・M卿、メグレと名をあげてゆくと、すぐ十指に余ってしまう。日本では海外ほど探偵小説の歴史が長くない上に、戦前は本格物に乏しかったから、読者がお馴染《なじみ》になるほどの探偵はそう多くはなかった。明智小五郎、獅子内俊次、帆村荘六、法水麟太郎、大心池教授、由利先生と挙げても、どれほどその風貌《ふうぼう》を思い浮べられるか心もとない気がする。

戦後になってようやく欧米と肩を並べて、本格物が活況を呈し、著者の金田一耕助を先頭に神津恭介、加賀美課長、鬼貫警部、南郷弁護士、高山検事、仁木兄妹、雅楽、陶展文といった面々が現われて、それぞれ個性を発揮して多種多様の事件の解決にあたったのだが、いわゆる社会派推理小説の擡頭《たいとう》によって、名探偵の影が薄くなってしまった。

戦後「探偵小説」が「推理小説」に衣更《ころもが》えするには、それ相当の理由があったのだが、それにしても「探偵小説」には欠くべからざる存在であった探偵まで、肩身の狭い思いをしなければならぬとは、思いも寄らぬことであった。

われわれは原作者のドイルよりまずホームズを、ルブランよりルパンを先に思い浮べるほど、作中人物のほうが生彩を帯びた存在となっている。冒頭にあげた名探偵たちは、もう原作者を離れて、独り歩きをしている。作者にあやつられている人形ではなく、われわれに語りかけてくれる血肉を具《そな》えた人間なのである。もちろん、あざやかなトリックは後々まで深い印象をとどめずにはおかないが、概して扱われた個々の事件よりも、探偵そのものの個性―風貌や性癖など―のほうが、より直接に迫ってくる。

その場合眼前に髣髴《ほうふつ》とするのは、たいてい海外の名探偵であって、日本作家の創造した探偵で、いきいきとした存在はごく少ない。戦前では江戸川乱歩の紹介した明智小五郎が名を知られているが、さてその風貌を思い浮べられるひとがどれだけあるだろうか。

どちらかといえば瘦《や》せたほうで、歩くときに変に肩を振る癖がある。顔つきから声音まで講釈師の神田伯竜にそっくりだというが、その伯竜を知っているものがほとんどいないのだから想像しようもない。いわゆる好男子ではないが、愛嬌《あいきょう》のある天才的な顔だった。髪の毛が長く伸びていて、モジャモジャともつれあい、人と話している間でも、よく指でさらに引っかき廻《まわ》すのが癖だった。服装もいっこう構《かま》わぬらしく、いつももめんの着物によれよれの兵児《へこ》帯をしめている。

ところが昭和期に入ると明智自身がすっかり変ってしまった。心理分析に頭脳の冴《さ》えを見せていたのが、中国服を着こんだり、植民地型の紳士スタイルを気取ったりするのはともかく、ルパン同様の活劇中の人物になっている。それが戦後になると、明智も五十を越して、たいへんなおしゃれで、相手の心中を見抜くような、薄気味の悪い笑顔を浮べた人物になった。

乱歩は時代の推移や作風の転換に応じて、明智を変えたため、かえってとりとめのない人物にしてしまった感がある。野村胡堂の銭形平次はいつになっても齢《とし》をとらず、三十一歳でとまっているが、ある意味でアイドルにとっては必須条件かもしれない。

その点ではわが金田一耕助はあらゆる条件に恵まれている。まずその名前が特異で印象的である。これはアイヌ語の権威で言語学者・国語学者の金田一京助氏にヒントを得たものである。私はこどものときに、その「アイヌ童話集」を読んで、奇妙な名前が印象に残っていたが、後に先生からアイヌ語とユーカラの講読を学ぼうとは予想もしなかった。先生と石川啄木との交友はよく知られているが、その講義は特殊なせいか、たった二人しか聴講者はいなかった。私はその名に懐しみを覚えて出席しただけだから、今ではすっかりアイヌ語を忘れてしまったが、先生は二人だけを相手に例の夢みるような調子で熱心に説かれたことをありありと思い出す。

著者が先生の名前にもとづいて、新しい探偵を生んだことは成功だった。耕助は出身も東北か北海道ということになっており、十九歳で郷里を出て、東京の私立大学に籍をおいたことがある。ところが日本の大学はつまらないように思えたので、ふらりと渡米した。皿洗いか何かしながら、放浪して麻薬の味を覚えた。

たまたま在留邦人間に起った殺人事件を見事に解決したことからパトロンがついて、カレッジを出る学資を出し、日本に帰ってから探偵事務所を開く資金もくれた。そのパトロンが「本陣殺人事件」の関係者というわけだ。耕助はアメリカ帰りに似合わず、かすりの羽織と着物、それに縞《しま》の袴《はかま》をはいている。それも皺《しわ》だらけで、すべて風采《ふうさい》をかまわぬ、ましてもじゃもじゃの髪の毛を搔《か》きまわす癖など、初期の明智小五郎そっくりである。わが国の代表的探偵が二人とも書生風だったのは、著者の探偵小説耽溺《たんでき》時代の思い出につながるからだろうか。

耕助は「足跡の捜索や、指紋の検出は、警察の方にやって貰《もら》います。自分はそれから得た結果を、論理的に分類総合していって、最後に推断を下すのです。これが私の探偵方法であります」と行動派でなく、天才推理型を自認している。それでいながら、風采をかまわず吃《ども》る癖《くせ》があるので、それが人に好《よ》い感じを与えて、話を巧みにきき出すのにきわめて効果的であった。

本書にはその探偵譚《たん》三編が収められているが、「女怪」（昭和二十五年九月、「オール讀物」に発表）の冒頭には、耕助の生活の一端が写されている。

「八つ墓村」事件を解決して、多額の謝礼を貰った耕助は、探偵譚記録者の筆者を招待して、伊豆の温泉場に案内する。そこで近頃はやっている行者の修行場にぶつかるが、それが耕助の内心憎からず思っているバーのマダムと因縁がある。

朴訥《ぼくとつ》愛すべき耕助とマダムとの取り合わせも妙だが、華やかな雰囲気と墓場荒らしの陰惨な行状とがもつれあって、錯雑した謎が生ずる。陰翳《いんえい》の濃い女性の微妙な心理を解析するには、さすがにこの名探偵も妙手を施しかねたようである。

「悪魔の降誕祭」（昭和三十三年一月、「オール讀物」に発表）は、ジャズ・シンガーとして評判の関口たまきの女性マネージャーが、耕助に電話して、事件が起りそうな予感におびえて助力を乞《こ》うたのが発端となっている。耕助は外出間際だったため、留守でも自分の室に来ていてくれるよう言いおいて、帰宅してみると、依頼人は殺害されている。さらに次の事件も予告するという「予告殺人」を扱っているが、それにはたまきを中心とする複雑な人間関係に、深いメスを入れなくてはならない。

予告された降誕祭の夜、第二の事件が起った。それぞれの思惑《おもわく》を秘めた当事者たちの言動から、真相をさぐり出さねばならぬのだが、たまきの告白から事件の様相は再転三転して、耕助の推理がようやく光明を見出《みいだ》すことになる。

歪《ゆが》められた人間関係から芽生えた邪悪な意図を、明らかにされた読者は、慄然《りつぜん》たる思いを覚えずにおれない真相に直面するだろう。

「霧の山荘」（昭和三十三年十一月、「講談倶楽部」に発表）は、著者の別荘のある軽井沢南原一帯が作品の舞台らしい。往年の名女優が死んだ筈《はず》の犯人に出会ったという話を持ちこまれて、彼女の別荘に赴く途中、濃霧のため迷ってしまう。やっと出迎えの男と一緒に訪ねてみると、彼女は死体となっていた。応援の男たちとかけつけてみると、その別荘には殺人の痕跡《こんせき》がまったくなくて、さすがの耕助も面目を失墜するという、狐につままれたような話である。

高原の濃霧は道を迷わせたばかりでなく、名探偵の捜査まで狂わせてしまった。死体消失の謎がやがて別々に二つの死体の出現となって、当局をきりきり舞いさせるが、五里霧中におかれたはずの耕助の鋭い観察と、心理洞察が巧みに考え抜かれた二重構造の工作の的を射抜く。輻湊《ふくそう》した謎のからくりを解き聞かされるたのしさは、探偵小説ならでは味わえないものがある。

中島河太郎

愛すべき名探偵——金田一耕助

山前　譲

名探偵・金田一耕助の人気は、二十一世紀を迎えてもいっこうに変りない。初登場は太平洋戦争が終結して間もない一九四六（昭和二十一）年に発表された「本陣殺人事件」だったから、もう六十年も前のことになる。戦後日本の復興ともに金田一耕助も歩んできたわけだが、さすがにその作品世界はずいぶん懐かしいものとなった。携帯電話で連絡をとりあい、インターネットで世界と情報をやりとりする現代からすると、違和感があるかもしれない。しかし、彼の事件簿はいまなお多くの読者に支持され、映像化も相次いでいる。

その理由のひとつは、やはりなんといっても名探偵らしい鮮やかな推理だ。不可解な事件、不可能興味の溢《あふ》れる犯罪の謎解きは、名探偵の独擅場《どくせんじょう》である。謎めいたことへの好奇心が、人類の発展の源となってきた。空に浮いている雲。あの雲はいったいなんだろう。こんな疑問をもち、それを探究していくのが人間である。金田一耕助は名探偵として、数々の難解な謎に取り組み、そして見事に真相を突き止めていた。

だが、金田一耕助の魅力はそれだけではない。彼は読者の興味、いや好奇心をじつにそそる人物である。シリーズ・キャラクターとして多くの作品に登場するなかで、彼に関する情報がしだいに蓄積されていった。事務所も何度か変わっている。趣味・嗜好《しこう》にかんするデータも、作者は折りにふれて書き留めてくれた。金田一耕助は、名探偵としてだけでなく、ひとりの人間として魅力的なのだ。その人間味溢れる名探偵としての存在が、よりいっそう読者の支持を集めた。

本書「悪魔の降誕祭」には、表題作のほか「女怪」と「霧の山荘」が収録されているが、謎めいた事件の名推理もさることながら、それぞれ金田一耕助研究には欠かせない情報が詰まっている。ミステリーとしてだけでなく、きっといろいろな視点から楽しめるに違いない。

巻頭の「悪魔の降誕祭」(「オール讀物」一九五八・一　加筆のうえ一九五八年七月刊の東京文藝社「悪魔の降誕祭」に収録)はなんと、金田一の事務所で殺人事件が起っている。夜の九時、事務所に帰ってきた金田一は、洗面所の床に倒れている女性を発見した。青酸加里中毒だった。何か相談があるということで、たしかに小山順子と名乗る女性と面会の約束していたのだが……。人気ジャズ・シンガーをめぐる不可解な事件の幕開けであった。

殺人現場となった金田一の事務所は、世田谷区緑ヶ丘(「蝙蝠男」では目黒区とも)にある高級アパート、緑ヶ丘荘の二階三号室にある。応接間、居間、寝室の三室にキッチン、バス、トイレ付きと、独身男性にとってはかなり豪華な部屋だ。この事件が発生したのは一九五七年だが、ちょうどその頃に話題となっていた公団マンションの間取りが二DKだから、金田一の部屋は間違いなく高級だろう。

金田一が最初に事務所を構えたのは、アメリカの放浪生活から帰ってまだ間もない一九三五年頃だった。パトロンの久保田銀造から、三千円ほど資金を提供してもらってのことだが、残念ながらどんな事務所だったかは、まったくデータがない。

太平洋戦争終結後、軍隊から帰ってきた金田一が銀座裏に事務所を構えたのは、空襲で焼け残った、俗に三角ビルと呼ばれている薄汚いビルの最上階である。ビルの名前の通りに三角形だった彼の部屋には、本や雑誌、書類や新聞の綴《と》じ込みが散乱していた。

ただ、ここに事務所があったのは、一九四六年十月から三か月ほどの短期間である。中学生時代の友人で建設会社を経営している風間俊六の好意で、大森の割烹《かっぽう》旅館・松月の離れに住むようになったからである。とくに探偵事務所としていたわけではなかったけれど、口コミで依頼者が訪れていたようだ。数々の大事件を解決している。

この居候生活が十年ほどつづいたあと、一九五七年早々に緑ヶ丘荘に転居した。知人の紹介としか書かれていないが、家賃を払っている気配もないから、やはり風間俊六の手配によるものなのだろう。緑ヶ丘荘のある緑ヶ丘町はもちろん実在しない町だが、緑ヶ丘学園を中心に発展したところで、都内でも多額納税者が住むところだという特徴から、作者が住んでいた成城を思い浮かべるのは簡単だろう。

間取りは立派でも、緑ヶ丘荘での金田一耕助はいぜんとして独身生活である。「悪魔の百唇譜」や「壺中美人」では、珍しく自分で朝食をつくっている場面があった。トーストにゆで卵、カン詰めのアスパラガスがサラダ代わり……さすがアメリカ帰りの名探偵は洋風の朝食だが、どうみても栄養学的には満足な朝食ではない。夜はもっぱら外食のようである。

木造二階建ての緑ヶ丘荘は、のちに鉄筋コンクリート五階建てのマンションに立て替えられている。緑ヶ丘マンションと名を変えたが、最後の事件である「病院坂の首縊りの家」でも、やはり金田一耕助が二階正面の部屋に住んでいた。

「女怪」(「オール讀物」一九五〇・九)はまだ松月に住んでいたころの事件である。「夜歩く」や「八つ墓村」といった長編のあとの出来事になるが、金田一耕助ファンにとっては、彼の大失恋が語られる作品として、とりわけ興味をそそられるに違いない。

「病院坂の首縊りの家」での事件を解決してアメリカへと旅立つまで、金田一耕助が独身だったのは間違いないだろう。だが、我らが愛すべき名探偵は、恋愛でもいくつかエピソードを残している。

事件解決後、東京に出ませんかと、ほとんどプロポーズとしか思えないような言葉を金田一が投げかけたのは、瀬戸内海の小島に住んでいた鬼頭早苗である。瞳《ひとみ》が深い愛敬をたたえ、えくぼの印象的な美人だった。名作「獄門島」で、金田一は彼女にほとんど一目惚《ひとめぼ》れしてしまうのである。だが、網元の娘である彼女は島を去る決心がつかなかった。名探偵といえども、恋愛については見事に解決とはいかなかったのだ。

そしてもう一人、金田一が結婚まで考えたのが、銀座裏のバー「虹子の店」のマダムである。「好きで、好きで、たまらない」と本人が言っているのだから、推理するまでもなく、名探偵にしてはなんとも珍しい大恋愛だ。あまり酒の飲めないはずの金田一が、繁くバーに通っている。マダムもけっして金田一を嫌いではないのだけれど……。好きな女性の前ではしどろもどろになってしまう名探偵。そんな彼の姿に、いっそう親しみがわくに違いない。

もちろん(!)、この大恋愛は悲劇的な結末を迎えるのだが、名探偵を冷やかすのはこのくらいにしておこう。「女怪」ではもう一人、「私」という人物にも注目したい。「私」が金田一と一緒に伊豆温泉に逗留《とうりゅう》したのが、この物語のそもそもの発端となっているからだ。

金田一の事件簿のいくつかで、「先生」とか「Yさん」と呼びかけられている人物が登場している。「女怪」を読めば明らかなように、「私」は金田一耕助のいわば伝記作家なのだ。鄙《ひな》びた湯治場で、名探偵が冒険譚《たん》を語り、それを「私」がかたっぱしにメモしている。そもそもの出会いは「黒猫亭事件」で語られていた。「本陣殺人事件」を執筆中、岡山に疎開していた「私」のもとを金田一が訪れたのである。初対面のときから二人はすっかりうちとけ、金田一は解決したばかりの獄門島であった事件を語り出す——。

こうして直接聞き出した事件もあれば、「黒猫亭事件」や「車井戸はなぜ軋る」のように、関係書類が提供された場合もある。アメリカに再び向かったあとに、「私」のもとには二、三の事件の記録が残されていたそうで、そのうち「悪霊島」が書き上げられた。もちろん、この「私」とは、探偵作家・横溝正史ということになる。

その横溝正史は夏のあいだ、軽井沢の別荘で過ごすことが多かった。一九五八年に避暑で軽井沢の南原を訪れたことがきっかけとなり、翌年に別荘を構えたという。「霧の別荘」(「講談倶楽部」一九五八・十一　加筆のうえ一九六一年一月刊の東京文藝社「霧の山荘」に収録)は、その軽井沢での避暑の体験が生かされているに違いない。

いかにも有名な別荘地らしい事件のなかで、金田一の学生時代のことが珍しく語られている。金田一は東北地方の内陸部の出身で、郷里の旧制中学を卒業後、東京で学生生活をおくった。その頃、サイレント時代の映画スター・紅葉照子に胸をときめかしていたと、「霧の山荘」で金田一が等々力警部に明かしている。けっこうミーハーな名探偵だ。

やはり軽井沢の事件である「仮面舞踏会」で、戦前の大スター・鳳千代子に出会ったときも、デビュー作から見てるとか、後援会の会長さんくらいの値打ちがあるとか、いつもと違う調子でまくしたて、周りの人をあきれさせていた金田一である。鳳千代子の映画デビューは一九四〇年だという。すでに金田一は探偵事務所を開業していたはずだが、こんなことでは、探偵業はけっこう暇だったのではないだろうか。

一人の人間として、金田一耕助はじつに興味深いキャラクターである。身近にいたら、かなり楽しめそうだ。しかし、もちろん彼の最大の魅力は、探偵としての才能である。「女怪」での「私」の分析によれば、〝素晴らしい直感と、洞察力〟を持っていて、〝子供が積み木を組み立てるように、あらゆるデータを積み重ねて、論理の塔をきずいて〟いったすえに、〝最後にのっぴきならぬ結論をひきだしていく〟のが金田一である。トリックを見破り、人間心理の綾を探って、徹頭徹尾論理的にすすめられていく名推理を、本書収録の三編でも堪能できるだろう。

（資料協力・浜田知明）

本書中には、今日の人権擁護の見地に照らして不当・不適切と思われる語句や表現がありますが、作品発表時の時代的背景を考え合わせ、また著者が故人であるという事情に鑑《かん》み、底本どおりとしました。

編集部

悪《あく》魔《ま》の降《こう》誕《たん》祭《さい》

横《よこ》溝《みぞ》正《せい》史《し》

昭和49年 8月10日　初版発行
平成17年 8月25日　改版初版発行
令和7年 10月10日　改版12版発行

発行者●山下直久

発行●株式会社KADOKAWA
〒102-8177　東京都千代田区富士見2-13-3
電話　0570-002-301（ナビダイヤル）

角川文庫 13905

印刷所●株式会社KADOKAWA
製本所●株式会社KADOKAWA

表紙画●和田三造

●お問い合わせ
https://www.kadokawa.co.jp/（「お問い合わせ」へお進みください）
※内容によっては、お答えできない場合があります。
※サポートは日本国内のみとさせていただきます。
※Japanese text only

ISBN978-4-04-355503-1　C0193

◆◇◇

角川文庫発刊に際して

角川源義

第二次世界大戦の敗北は、軍事力の敗北であった以上に、私たちの若い文化力の敗退であった。私たちの文化が戦争に対して如何に無力であり、単なるあだ花に過ぎなかったかを、私たちは身を以て体験し痛感した。西洋近代文化の摂取にとって、明治以後八十年の歳月は決して短かすぎたとは言えない。にもかかわらず、近代文化の伝統を確立し、自由な批判と柔軟な良識に富む文化層として自らを形成することに私たちは失敗して来た。そしてこれは、各層への文化の普及滲透を任務とする出版人の責任でもあった。

一九四五年以来、私たちは再び振出しに戻り、第一歩から踏み出すことを余儀なくされた。これは大きな不幸ではあるが、反面、これまでの混沌・未熟・歪曲の中にあった我が国の文化に秩序と確たる基礎を齎らすためには絶好の機会でもある。角川書店は、このような祖国の文化的危機にあたり、微力をも顧みず再建の礎石たるべき抱負と決意とをもって出発したが、ここに創立以来の念願を果すべく角川文庫を発刊する。これまで刊行されたあらゆる全集叢書文庫類の長所と短所とを検討し、古今東西の不朽の典籍を、良心的編集のもとに、廉価に、そして書架にふさわしい美本として、多くのひとびとに提供しようとする。しかし私たちは徒らに百科全書的な知識のジレッタントを作ることを目的とせず、あくまで祖国の文化に秩序と再建への道を示し、この文庫を角川書店の栄ある事業として、今後永久に継続発展せしめ、学芸と教養との殿堂として大成せんことを期したい。多くの読書子の愛情ある忠言と支持とによって、この希望と抱負とを完遂せしめられんことを願う。

一九四九年五月三日

〈金田一耕助ファイル〉シリーズ

ボサボサの髪、人なつこい笑顔、
色白で内気な……あの男が帰ってきた!!

呪われた名家、美しいヒロイン、完璧な密室、
…そして殺人の美学——日本ミステリー界の巨匠横溝正史が生んだ、
名探偵金田一耕助が挑む難事件の数々。

日本の大ベストセラーシリーズ！

ファイル1「八つ墓村」

ファイル2「本陣殺人事件」

ファイル3「獄門島」

ファイル4「悪魔が来りて笛を吹く」

ファイル5「犬神家の一族」

ファイル6「人《じん》面《めん》瘡《そう》」

ファイル7「夜歩く」

ファイル8「迷路荘の惨劇」

ファイル9「女王蜂」

ファイル10「幽霊男」

発行部数5,500万を越える、

ファイル11「首」(「花園の悪魔」改題)
ファイル12「悪魔の手《て》毬《まり》唄《うた》」
ファイル13「三つ首塔」
ファイル14「七つの仮面」
ファイル15「悪魔の寵《ちょう》児《じ》」
ファイル16「悪魔の百《ひゃく》唇《しん》譜《ふ》」
ファイル17「仮面舞踏会」
ファイル18「白と黒」
ファイル19「悪霊島(上)(下)」
ファイル20「病院坂の首《くび》縊《くく》りの家(上)(下)」